Introdução à climatologia

Dados Internacionais de Catalogação na Publicação (CIP)
(Câmara Brasileira do Livro, SP, Brasil)

Torres, Fillipe Tamiozzo Pereira
   Introdução a climatologia / Fillipe Tamiozzo Pereira Torres e Pedro José de Oliveira Machado. – São Paulo : Cengage Learning, 2021.

   4. reimpr. da 1. ed. de 2011.
   Bibliografia.
   ISBN 978-85-221-1147-3

   1. Brasil - Clima 2. Climatologia I. Machado, Pedro José de Oliveira. II. Título.

11-09544
CDD-551.6981

Índices para catálogo sistemático:
 1. Brasil : Clima : Estudos : Ciências da terra
    551.6981
 2. Clima : Estudos : Brasil : Ciências da terra
    551.6981

Introdução à Climatologia

Fillipe Tamiozzo Pereira Torres
e
Pedro José de Oliveira Machado

Austrália • Brasil • México • Cingapura • Reino Unido • Estados Unidos

Introdução à Climatologia

Fillipe Tamiozzo Pereira Torres e Pedro José de Oliveira Machado

Gerente Editorial: Patricia La Rosa

Supervisora Editorial: Noelma Brocanelli

Supervisora de Produção Editorial: Fabiana Alencar Albuquerque

Editora de Desenvolvimento: Gisela Carnicelli

Copidesque: Andréa Pisan S. Aguiar

Revisão: Luicy Caetano de Oliveira e Maria Dolores S. Mata

Diagramação: PC Editorial Ltda.

Capa: Manu Santos Design

Pesquisa Iconográfica: Josiane Camacho e Vivian Rosa

© 2012 Cengage Learning. Todos os direitos reservados.

Todos os direitos reservados. Nenhuma parte deste livro poderá ser reproduzida, sejam quais forem os meios empregados, sem a permissão, por escrito, da Editora. Aos infratores aplicam-se as sanções previstas nos artigos 102, 104, 106 e 107 da Lei nº 9.610, de 19 de fevereiro de 1998.

Esta editora empenhou-se em contatar os responsáveis pelos direitos autorais de todas as imagens e de outros materiais utilizados neste livro. Se porventura for constatada a omissão involuntária na identificação de algum deles, dispomo-nos a efetuar, futuramente, os possíveis acertos.

A Editora não se responsabiliza pelo funcionamento dos links contidos neste livro que possam estar suspensos.

> Para informações sobre nossos produtos, entre em contato pelo telefone **0800 11 19 39**
>
> Para permissão de uso de material desta obra, envie seu pedido para
> **direitosautorais@cengage.com**

© 2012 Cengage Learning. Todos os direitos reservados.

ISBN-13: 978-85-221-1147-3
ISBN-10: 85-221-1147-2

Cengage Learning
Condomínio E-Business Park
Rua Werner Siemens, 111 – Prédio 11 – Torre A –
Conjunto 12 – Lapa de Baixo –
CEP 05069-900 – São Paulo – SP
Tel.: (11) 3665-9900 – Fax: (11) 3665-9901
SAC: 0800 11 19 39

Para suas soluções de curso e aprendizado, visite
www.cengage.com.br

Impresso no Brasil
Printed in Brazil
4. reimp. – 2021

Sumário

Prefácio   ix
Sobre os autores   xi
Apresentação   xiii
Introdução   xv

capítulo 1   Atmosfera terrestre   1

1.1   COMPOSIÇÃO   3
1.2   ESTRUTURA   5
1.3   MASSA   8
1.4   EVOLUÇÃO DA ATMOSFERA TERRESTRE   10

capítulo 2   Noções de cosmografia   17

capítulo 3   Principais elementos do clima   27

3.1   RADIAÇÃO SOLAR E INSOLAÇÃO   29
3.2   TEMPERATURA   34
3.3   UMIDADE DO AR   37
3.4   PRESSÃO ATMOSFÉRICA   41
3.5   VENTO   45
    3.5.1   Brisas   47
    3.5.2   Ventos de vale e de montanha   47
    3.5.3   Alísios   48

3.6 NEBULOSIDADE   50
3.7 PRECIPITAÇÃO   54
    3.7.1   O ciclo hidrológico   55

capítulo 4   Principais meteoros   63

4.1 HIDROMETEOROS   66
4.2 LITOMETEOROS   70
4.3 FOTOMETEOROS   71
4.4 ELETROMETEOROS   74

capítulo 5   Principais fatores do clima   79

5.1 LATITUDE   81
5.2 ALTITUDE   82
5.3 CONTINENTALIDADE E MARITIMIDADE   84
5.4 VEGETAÇÃO   85
5.5 SOLOS   85
5.6 DISPOSIÇÃO DO RELEVO   86
5.7 INTERVENÇÃO ANTRÓPICA   88
5.8 CORRENTES MARÍTIMAS   91

capítulo 6   Circulação de ar na atmosfera   95

6.1 ZONA DE CONVERGÊNCIA INTERTROPICAL E ZONA DE CONVERGÊNCIA DO ATLÂNTICO SUL   104
6.2 CENTROS DE AÇÃO   107
    6.2.1   Centros de ação da América do Sul   109

capítulo 7   As massas de ar   115

7.1 O MECANISMO DAS FRENTES   118
7.2 AS MASSAS DE AR ATUANTES NO BRASIL   122
7.3 DOMÍNIO MÉDIO DAS MASSAS DE AR NO BRASIL   128

capítulo 8   Classificações climáticas   131

8.1 MODELO DE CLASSIFICAÇÃO CLIMÁTICA DE FLOHN   135

Sumário VII

8.2 MODELO DE CLASSIFICAÇÃO CLIMÁTICA DE STRAHLER   135
8.3 MODELO DE CLASSIFICAÇÃO CLIMÁTICA DE BUDYKO   136
8.4 MODELO DE CLASSIFICAÇÃO CLIMÁTICA DE TERJUNG E LOUIE   137
8.5 MODELO DE CLASSIFICAÇÃO CLIMÁTICA DE KÖPPEN   138
8.6 MODELO DE CLASSIFICAÇÃO CLIMÁTICA DE BAGNOULS E GAUSSEN   142
8.7 MODELO DE CLASSIFICAÇÃO BIOCLIMÁTICA DE HOLDRIDGE   148
8.8 MODELO DE CLASSIFICAÇÃO BIOCLIMÁTICA DE RIVAS--MARTÍNEZ   150
8.9 MODELO DE CLASSIFICAÇÃO BIOCLIMÁTICA DE TROLL E PAFFEN   157
8.10 MODELO DE CLASSIFICAÇÃO BIOCLIMÁTICA DE THORNTHWAITE   161

capítulo 9   Terra: caracterização climática   165

9.1 CLIMAS MEGATÉRMICOS (A)   168
9.2 CLIMAS SECOS (B)   172
9.3 CLIMAS MESOTÉRMICOS (C)   175
9.4 CLIMAS FRIOS ÚMIDOS (D)   182
9.5 CLIMAS POLARES (E)   188

capítulo 10   Brasil: caracterização climática   191

10.1 DINÂMICA ATMOSFÉRICA   193
10.2 CLIMA EQUATORIAL (E SUBEQUATORIAL)   196
10.3 CLIMA TROPICAL ÚMIDO (LITORÂNEO ÚMIDO)   198
10.4 CLIMA TROPICAL   199
10.5 CLIMA TROPICAL DE ALTITUDE   200
10.6 CLIMA PSEUDOMEDITERRÂNEO   201
10.7 CLIMA SUBTROPICAL   202
10.8 CLIMA SEMIÁRIDO   204

capítulo 11   Eventos especiais   207

11.1 EFEITO ESTUFA   209

11.2 INVERSÃO TÉRMICA   212
11.3 TEMPESTADES TROPICAIS   213
    11.3.1 Tornados   217
    11.3.2 Tempestades de areia   218
11.4 EVENTOS OSCILAÇÃO SUL (EL NIÑO E LA NIÑA)   218
    11.4.1 Efeitos   220
    11.4.2 Origens   220

capítulo 12   Oscilações e variações climáticas   223
12.1 CAUSAS DAS VARIAÇÕES CLIMÁTICAS   229
12.2 EFEITOS DAS VARIAÇÕES CLIMÁTICAS   232

capítulo 13   Estrutura meteorológica   239
13.1 PRINCIPAIS INSTRUMENTOS   246

Referências bibliográficas   251

Prefácio

Profissional ou não profissional, vivemos com o tempo, e como o alcance da vida se amplia, nossa necessidade de um conhecimento geral sobre o tempo aumenta. E não há necessidade de conhecimento aprofundado em matemática e física para entender o fundamental explicado nas páginas seguintes.

Este livro pretende ser uma introdução à climatologia geral e apresenta três divisões principais: física, regional e aplicada.

Primeiro, apresenta-se os elementos físicos de tempo e clima, os processos fundamentais da atmosfera. É um pré-requisito óbvio para as duas partes finais.

Em seguida, trata-se da classificação dos tipos climáticos e sua distribuição geográfica. De acordo com a abordagem não técnica do livro, uma estrutura elementar de climas do mundo é empregada para a descrição climática, incluindo capítulo para a caracterização climática brasileira.

Por último, relaciona-se os elementos climáticos com as atividades bióticas ambientais e humanas. Apesar de ocupar consideravelmente menos espaço, fica claro o uso do nosso conhecimento do tempo e do clima. Espera-se que essas aplicações práticas não só estimulem o interesse em climatologia, mas também desenvolva o gosto pela investigação científica básica e pela interdependência de campos de conhecimento.

O estudante interessado e capaz vai querer buscar muitos temas além do escopo limitado destas páginas. Esforços foram feitos para apresentar o material à luz das recentes descobertas e teorias revistas, mas a evolução em várias etapas da meteorologia e climatologia é tão rápida, que o leitor é convidado a consultar periódicos atuais para a informação sobre o mais recente avanço.

O Laboratório de Climatologia (LabCAA) da Universidade Federal de Juiz de Fora (UFJF) orgulha-se de Fillipe Tamiozzo Pereira Torres, coautor deste livro. Assim como de outros, quase 20, bolsistas do Curso de Geografia da UFJF, hoje Mestres e Doutores, professores de universidades públicas e privadas, e geógrafos.

Luiz Alberto Martins
Professor aposentado do Departamento de Geociências
e primeiro coordenador do Laboratório de Climatologia da UFJF

Nota da Editora:
As imagens sem crédito contidas neste livro foram cedidas pelos autores.
A Editora Cengage Learing não se responsabiliza por tais imagens.

Sobre os autores

FILLIPE TAMIOZZO PEREIRA TORRES é geógrafo formado pela Universidade Federal de Juiz de Fora e Mestre em Ciência Florestal pela Universidade Federal de Viçosa. Tem experiência na área de Geociências, com ênfase em Geografia Física, atuando principalmente com a climatologia geográfica e gestão ambiental. Atualmente, é professor e coordenador do curso de Gestão Ambiental da Universidade Presidente Antonio Carlos e Gerente da Divisão de Planejamento e Gestão da Prefeitura Municipal de Ubá. Possui vasta produção bibliográfica relacionada às ciências ambientais.

PEDRO JOSÉ DE OLIVEIRA MACHADO é formado em Geografia pela UFJF (1988). Titulou-se Mestre em Geografia pela Unesp/Presidente Prudente (SP), em 1998, na área de concentração "Desenvolvimento Regional e Planejamento Ambiental". Atualmente, é Doutorando em Geografia na UFF, Niterói (RJ). Foi geógrafo do Instituto de Pesquisa e Planejamento da Prefeitura de Juiz de Fora (IPPLAN/JF), entre 1988 e 1991. Desde 1991 é professor da UFJF, lotado no Departamento de Geociências, lecionando disciplinas nos cursos de Geografia, Arquitetura e Urbanismo e no curso de Especialização em Análise Ambiental, da Faculdade de Engenharia.

Apresentação

A série *Textos Básicos de Geografia* visa contribuir, por meio do fornecimento de material didático, para a formação acadêmica dos graduandos em licenciatura e bacharelado em Geografia.

Os livros desta série não têm a pretensão de substituir bibliografias já consagradas, utilizadas nas diferentes disciplinas dos cursos, mas pretendem somar-se a essas bibliografias, proporcionando a disponibilidade de uma maior quantidade e qualidade de informações.

A ideia central da série é disponibilizar um livro introdutório de conceitos básicos em cada uma das principais disciplinas presentes nos currículos dos cursos universitários brasileiros. Graças à grande variabilidade curricular existente no país, serão selecionadas, em um primeiro momento, as disciplinas mais recorrentes, o que não inviabiliza, *a posteriori*, a confecção de outros títulos de grande relevância.

Assim, nós, autores, pretendemos apresentar os seguintes títulos:

1. Introdução à Climatologia
2. Introdução à Geomorfologia
3. Introdução à Hidrogeografia

Iniciando a série, apresentamos o livro *Introdução à Climatologia*, que traz alguns conceitos básicos abordados na disciplina homônima considerada chave para o entendimento de outras áreas do conhecimento, como hidrogeografia e geomorfologia.

Introdução

A superfície da Terra apresenta significativas variações de um lugar para outro. A formação e a existência de paisagens singularizadas e diferenciadas se devem, em grande parte, à combinação resultante da atuação conjunta de múltiplos agentes naturais, como a estrutura geológica, o relevo, o clima, o solo, os rios, a vegetação, a fauna etc. Dessa forma, conclui-se que a paisagem não se deve a apenas um desses agentes isoladamente, mas à atuação conjugada e associada de vários deles.

Entre esses vários agentes naturais, responsáveis pela diferenciação espacial das paisagens terrestres, o clima assume um significado expressivo na configuração externa da paisagem, visto que influencia outros elementos, como a vegetação, o solo e o relevo, e é influenciado por eles.

De acordo com Troppmair (2004), a distribuição espacial das formações e associações vegetais (biomas) está intimamente ligada ao clima; em regiões semelhantes no aspecto climático encontram-se geobiocenoses e paisagens semelhantes.

Ainda de acordo com o autor, metade das espécies animais do planeta tem sua área de ocorrência nos trópicos, mais precisamente nos 7% da superfície do globo, cobertos por florestas tropicais. Isso se deve, ao fato de as zonas temperadas terem sofrido o rigor das glaciações, que sacrificaram inúmeras espécies e "empurraram" outras às regiões mais quentes. Por outro lado, próximo aos trópicos, o ambiente permaneceu estável, o que facilitou o desenvolvimento de ecossistemas mais ricos e complexos, adaptados a um clima de pouca variação. "Muitos vegetais e animais estão excluídos de regiões que apresentam temperaturas extremas, pois estas realizam papel seletivo" (TROPPMAIR, 2004, p. 49).

O clima intervém, ainda, na formação dos solos, na decomposição das rochas, na elaboração das formas de relevo, no regime dos rios e das águas subterrâneas, no aproveitamento dos recursos econômicos, na natureza e no ritmo das atividades agrícolas, nos tipos de cultivos praticados, nos sistemas de transporte e na própria distribuição dos seres humanos na Terra.

Assim, "os processos geomorfológicos, pedológicos e ecológicos, bem como as formas que eles originam, só podem ser devidamente compreendidos com referência ao clima predominante na atualidade e no passado" (AYOADE, 2003, p. 2).

Ainda de acordo com Ayoade (2003), na ciência da atmosfera, usualmente é feita uma distinção entre tempo e clima, e entre meteorologia e climatologia. Por *tempo* entende-se um conjunto de valores que, em um dado momento e em um certo lugar, caracteriza o estado atmosférico. Assim, o tempo é uma combinação curta e momentânea dos elementos que formam o clima, ou seja, é um estado particular e efêmero da atmosfera.

Clima, segundo Hann apud Silva (2004, p. 92), "é um estado médio dos elementos atmosféricos durante um período relativamente longo, sobre um ponto da superfície terrestre". Koppen apud Silva (2004, p. 92) afirma que "clima é o somatório das condições atmosféricas de um determinado lugar". Para Poncelet apud Silva (2004, p. 93), "é o conjunto habitual dos elementos físicos, químicos e biológicos que caracterizam a atmosfera de um local e influencia nos seres que nele se encontram".

De acordo com Barbosa e Zavatine (2000), a tradicional concepção do clima, como um conjunto de fenômenos meteorológicos que caracterizam o estado médio da atmosfera em um ponto da superfície terrestre, foi substituída pelas ideias de Sorre (1951), que propôs a reformulação do conceito de clima como "a série dos estados atmosféricos acima de um lugar em sua sucessão habitual". Assim, foi incorporada a noção de ritmo à climatologia, dando origem a uma nova abordagem, com base no dinamismo da atuação dos sistemas atmosféricos e dos tipos de tempo produzidos.

Nesse contexto, a meteorologia se encarrega do estudo do tempo, ao passo que a climatologia tem o clima como objeto de estudo.

Em magistral obra intitulada *Traité de climatologie biologique et medicale*, Max Sorre (1934, p. 1), traz as seguintes diferenciações:

[...] meteorologistas e climatólogos podem fazer observações com os mesmos instrumentos, sobre os mesmos fenômenos como a temperatura, por exemplo. Eles elaboram séries registradas nos mesmos arquivos. Todavia, a apreciação da justeza e sensibilidade dos aparelhos, a crítica matemática das séries, o estudo das variações tendo em vista a previsão, tudo isso é essencialmente da alçada do meteorologista. Ele é preparado para essa tarefa, pois a sua formação é a do físico. Aos olhos do climatólogo, a variação termométrica aparece primeiro como um elemento da particularidade climática de um lugar ou de uma região.

Esta particularidade climática é, por sua vez, apenas um elemento das características geográficas, as quais compreendem, ainda, a forma do terreno, as águas, o mundo vivo. Ele tem constantemente presentes no espírito as relações da interdependência entre esses elementos, relações que não se exprimem absolutamente por fórmulas matemáticas. Se ele estiver, sobretudo, preocupado com as relações do clima com os aspectos da vida, ou seja, se ele é climatobiologista, a formação do biologista lhe é indispensável.

[...] A climatologia clássica, à qual devemos obras magistrais, como a de Hann, foi, sobretudo, obra de meteorologistas. Suas insuficiências se evidenciam claramente. As mesmas tiveram consequências desagradáveis. Se a geografia botânica se desviou das considerações ecológicas, a carência da climatologia não foi estranha a isso. Agrônomos e médicos reclamam com insistência o retorno dessa disciplina a sua verdadeira vocação. Essa orientação assume grande importância no momento em que o progresso da navegação aérea coloca em primeiro plano a pesquisa da previsão: o estudo da atmosfera não é objeto de uma disciplina única; as pretensões do climatólogo são tão justificadas quanto as do meteorologista.

> *Foi dito anteriormente que eles utilizam o mesmo material científico. Todavia, é necessário colocar algumas reservas. É verdadeiro para o essencial. Porém, todas as categorias de observações não proporcionam exatamente a mesma contribuição para ambos. Por exemplo, as observações relativas à alta e à média atmosfera, à formação dos sistemas de nuvens, apresentam um interesse maior em meteorologia. O climatólogo se atém mais à duração, à intensidade da nebulosidade porque esses elementos exercem influência sobre o aspecto do tapete vegetal. Encontrar-se-iam, facilmente outros exemplos.*

No Brasil, a climatologia dinâmica ou geográfica teve seus fundamentos alicerçados por intermédio de Monteiro (1964), que, embasado nos ensinamentos de Serra e Ratisbonna (1942) e de Sorre (1951) e Pédelaborde (1957), criou regras elementares que introduziram a noção de ritmo climático, tornando possível a visualização e a interpretação simultânea dos elementos do clima e o reconhecimento de diferentes problemas dele advindos.

Basicamente, essa metodologia despreza os valores médios em benefício de um desdobramento mais criterioso da variação dos elementos do clima, como a temperatura, a umidade relativa, a precipitação, a pressão atmosférica, o vento, a nebulosidade e, principalmente, a situação sinóptica das massas de ar, como mostra Ribeiro (1982, p. 50):

> *as passagens frontais deram uma contribuição significativa para a explicação do dinamismo dos fenômenos climáticos reconhecendo a importância que a frente polar assume no mecanismo da sucessão e da geração dos estados atmosféricos e suas consequências.*

Ao passo que tempo é o estado momentâneo da atmosfera em determinado lugar, clima pode ser definido como a sucessão ou o conjunto de variações desses estados médios (podendo, logicamente, ocorrer anomalias) que vai caracterizar a atmosfera de um lugar. Assim, clima é o conjunto de fenômenos meteorológicos que caracterizam, durante um longo período, o estado médio da atmosfera e sua evolução em um determinado local. É possível, por exemplo, ocorrer tempo frio em uma região de clima quente. Para determinar e caracterizar o clima de uma área é necessário uma longa série ininterrupta de observações diárias dos "tempos", algumas vezes por dia e, segundo Ayoade (2003), essas observações nunca podem ser realizadas em um período inferior a 30/35 anos.

Ainda de acordo com o autor, o campo da climatologia é bastante amplo e podem-se fazer subdivisões com base nos tópicos enfatizados ou na escala dos fenômenos atmosféricos ressaltados. De acordo com a escala, têm-se as seguintes divisões:

1. *Macroclimatologia* – relacionada com os aspectos dos climas de amplas áreas da Terra e com os movimentos atmosféricos em larga escala que afetam o clima;
2. *Mesoclimatologia* – preocupada com o estudo do clima em áreas relativamente pequenas, entre 10 km e 100 km de largura (por exemplo, o estudo do clima urbano e dos sistemas climáticos locais severos, como os tornados e os temporais);
3. *Microclimatologia* – preocupada com o estudo do clima próximo à superfície ou de áreas muito pequenas, com menos de 100 m de extensão.

A característica climática de determinada região é controlada pelos elementos e fatores climáticos. Os elementos do clima são seus componentes principais, ou seja, aqueles que se conjugam para formar o tempo atmosférico e o clima propriamente dito. Já os fatores do clima, provocam alterações, por vezes bastante significativas, no clima e/ou nos seus elementos. São eles que produzem alterações e interferências diretas e/ou indiretas nos elementos climáticos e nos tipos climáticos.

Os principais elementos do clima e do tempo são: temperatura, umidade do ar, pressão atmosférica, ventos, nebulosidade, insolação, radiação solar e precipitação. Quanto aos principais fatores climáticos, destacam-se: latitude, altitude, maritimidade e continentalidade, solos, vegetação, correntes marítimas, disposição do relevo e, sobretudo, interferência antrópica.

Sobre a interferência antrópica, Ayoade (2003, p. 7) destaca:

> *O homem moderno é afetado pelo tempo e pelo clima, da mesma forma que seus antepassados. Mas, ao contrário*

dos antigos, o homem moderno não quer viver à mercê do tempo meteorológico. Ele agora quer manejar ou até mesmo planejar o controle das condições meteorológicas. Para essa finalidade, o homem necessita capacitar-se para entender os fenômenos atmosféricos de modo que possa prevê-los, modificá-los ou controlá-los quando possível.

capítulo 1

Atmosfera terrestre

A atmosfera, palco dos eventos meteorológicos, pode ser descrita como uma camada fina de gases sem cheiro, sem cor e sem gosto que envolve e acompanha a Terra em todos os seus movimentos. É composta de gases que se encontram junto à superfície terrestre, que se tornam rarefeitos e desaparecem com a altitude. A atmosfera alcança uma altura (espessura) de cerca de 800 km a 1.000 km e liga-se à Terra pela força da gravidade. Caracteriza-se, ainda, por apresentar uma espessura menor na região equatorial e maior sobre os polos, em razão da forma característica do planeta (geoide) (AYOADE, 2003).

1.1 COMPOSIÇÃO

De acordo com Soares e Batista (2004), a atmosfera é constituída por uma combinação de diversos gases, como o nitrogênio, o oxigênio, os chamados gases raros (argônio, neônio, criptônio e xenônio), o dióxido de carbono, o ozônio, o vapor d'água, o hélio, o metano, o hidrogênio etc. Além desses gases, há na atmosfera partículas de pó, cinzas vulcânicas, fumaça, matéria orgânica e resíduos industriais em suspensão, os quais são denominados aerossóis, de acordo com Vianello e Alves (1991), termo usualmente reservado para partículas materiais exceto água e gelo. Os aerossóis são importantes na atmosfera como núcleos de condensação e de cristalização, como absorvedores e dispersores de radiação e como participantes de vários ciclos químicos. Ayoade (2003) destaca que os aerossóis produzidos pelo homem são considerados, atualmente, como responsáveis por 30% dos aerossóis contidos na atmosfera. Contudo, destacam-se, de acordo com a Tabela 1.1, especialmente nas camadas mais baixas, o nitrogênio (N_2) e o oxigênio (O_2), embora os demais desempenhem importante papel no balanço atmosférico, pois absorvem, refletem e/ou difundem tanto a radiação solar como a reirradiação terrestre.

A quantidade de moléculas dos elementos varia de acordo com altitude (Figura 1.1), visto que pela força da gravidade os elementos mais densos tendem a ficar mais próximos da superfície.

Tabela 1.1 Principais componentes gasosos, fixos e variáveis, da atmosfera terrestre

Componentes	% por volume de ar seco	Concentração em ppm de ar
Fixos		
Nitrogênio (N_2)	78,084	–
Oxigênio (O_2)	20,946	–
Argônio (A)	0,934	–
Neônio (Ne)	0,00182	18,2
Hélio (He)	0,000524	5,24
Metano (CH_4)	0,00015	1,5
Criptônio (Kr)	0,00014	1,4
Hidrogênio (H)	0,00005	0,5
Variáveis		
Vapor d'água (H_2O)	≤ 4	–
Dióxido de carbono (CO_2)	0,0325	325
Monóxido de carbono (CO)	–	<100
Ozônio (O_3)	–	≤ 2
Dióxido de enxofre (SO_2)	–	≤ 1
Dióxido de nitrogênio (NO_2)	–	≤ 0,2

Adaptado de: Soares e Batista (2004).

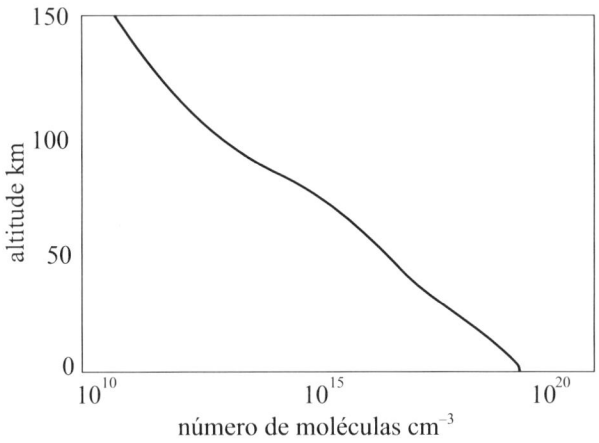

Fonte: Goody e Walker (1996, p. 10).

Figura 1.1 Perfil altitudinal do número de moléculas de gás por centímetro cúbico na atmosfera

1.2 ESTRUTURA

Segundo Domingues (1979, p. 79), "A composição e as condições físicas da atmosfera não são uniformes em toda a sua espessura, mas variam de modo acentuado". Assim, a atmosfera divide-se em diversas camadas ou estratos superpostos. De acordo com Ayoade (2003), evidências provenientes de radiossondas, foguetes e satélites, indicam que a atmosfera está estruturada em três camadas relativamente quentes separadas por duas camadas relativamente frias com camadas de transição entre as cinco camadas principais denominadas "pausas".

Várias camadas foram reconhecidas dentro da atmosfera, porém, até agora, não há consenso sobre sua terminologia e quantidade. Geralmente, são reconhecidas as seguintes camadas, de acordo com a Figura 1.2:

- **Troposfera**: é a camada mais baixa da atmosfera, estendendo-se até mais ou menos 12 km. Essa camada se estende a partir da superfície até a altura de 14/16 km nas zonas equatoriais e até 8/10 km nas zonas polares, pois nessas últimas as baixas temperaturas promovem a contração dos componentes atmosféricos (DOMINGUEZ, 1979). Nela, ocorrem a maior parte dos "meteoros", ou seja, os fenômenos ocorridos na atmosfera que podem ser aéreos ou mecânicos (ventos), acústicos (trovão), aquosos (chuva), óticos (arco-íris) ou elétricos (raios). Contém perto de 75% e a quase totalidade do vapor d'água e dos aerossóis (AYOADE, 2003; SOARES e BATISTA, 2004). Na troposfera, a temperatura diminui a uma taxa média de 0,6 °C a cada 100 m (SOARES e BATISTA, 2004). O limite superior da troposfera, denominado tropopausa, corresponde às zonas de temperaturas mais baixas. Nota-se que sua posição em altitude varia da mesma maneira que os limites da troposfera sendo mais alta na região do Equador e mais baixa nas regiões polares. "Sendo a tropopausa mais baixa nos polos, sua temperatura diminui somente até –33 °C em média, ao passo que no Equador desce até –63 °C" (DOMINGUEZ, 1979, p. 81);
- **Estratosfera**: (região de estratificação): estende-se da tropopausa até cerca de 50 km (SOARES e BATISTA, 2004). Nessa camada, a temperatura aumenta com a altitude chegando a 17 °C na estratopausa

6 Introdução à climatologia

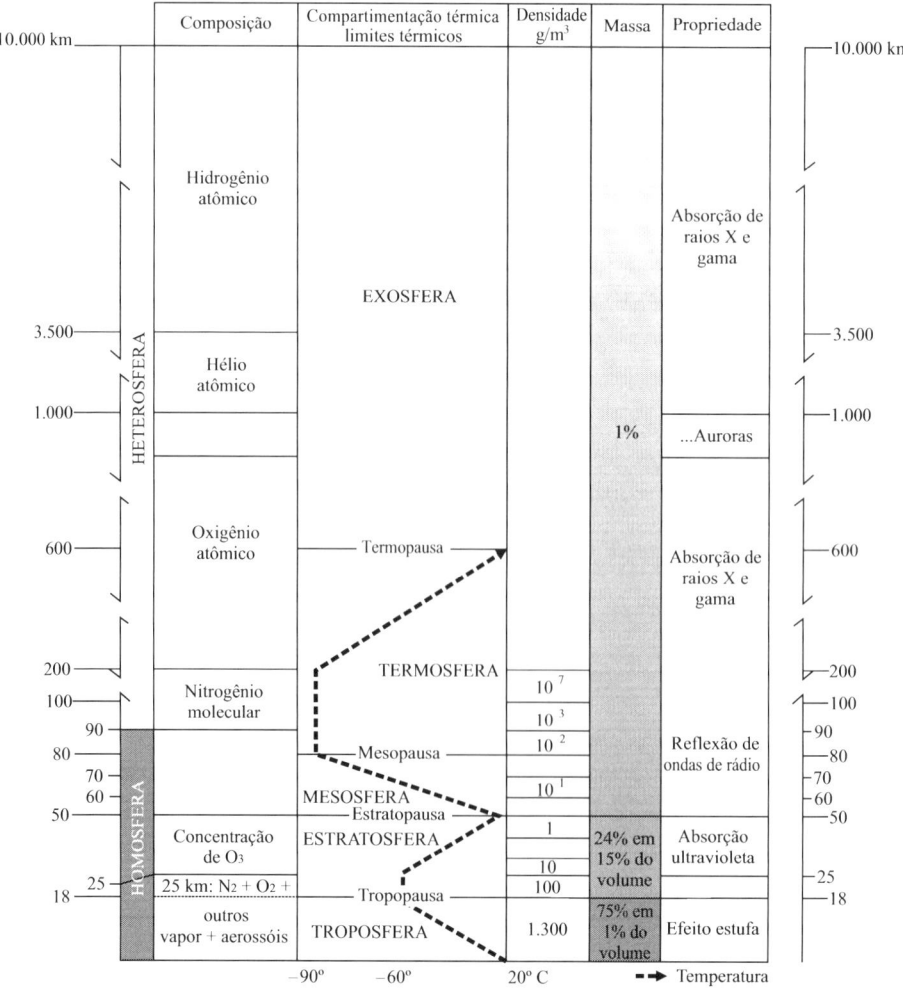

Adaptado de: Argentiére (1960); Viers (1975); Retallack (1977); Dominguez (1979); Strahler (1982); Hardy et al. (1983); Vianello e Alves (1991); Ayoade (2003); Soares e Batista (2004); Mendonça e Danni-Oliveira (2007).

Figura 1.2 Características da atmosfera

(DOMINGUEZ, 1979). Outros autores, como Ross (1995), mencionam que na camada de ozônio a temperatura chega a 50 °C, em virtude da absorção da radiação ultravioleta do Sol pelo ozônio (O_3), que a transforma em energia térmica. O ozônio é encontrado, de acordo com Soares e Batista (2004), em concentrações variáveis dentro dessa camada nas altitudes entre 20 km e 50 km, com forte concentração por volta dos 25 km de altitude. Por conseguinte, a Estratosfera possui em suas camadas superiores, uma fonte de calor, em contraste com a Troposfera que é aquecida principalmente por baixo (RETALLACK, 1977). Ainda de acordo com o autor, a temperatura da camada, em geral, permanece constante até os 25 km e vai aumentando de forma lenta até os 32 km, depois disso começa a aumentar rapidamente;

- **Mesosfera**: camada que se estende da estratopausa até cerca de 80 km de altitude, apresentando queda de temperatura de –3,5 °C por quilômetro. No seu limite superior (mesopausa), observa-se a temperatura mais baixa da atmosfera, cerca de –90 °C (SOARES e BATISTA, 2004). No que se refere à sua composição, a mesosfera contém uma pequena parte de ozônio e vapores de sódio, os quais desempenham um importante papel nos fenômenos luminosos da atmosfera (DOMINGUEZ, 1979), como as auroras;
- **Termosfera**: estende-se da mesopausa até cerca de 500 km de altitude e é bastante rarefeita. Aqui, a atmosfera é muito afetada pelos raios X e pela radiação ultravioleta, o que provoca ionização ou carregamento elétrico. As camadas inferiores da Ionosfera desempenham um papel muito importante nas transmissões de rádio e televisão, já que refletem ondas de diversos comprimentos emitidas da Terra, o que possibilita sua captação pelas emissoras. O limite da superior denomina-se Termopausa (DOMINGUEZ, 1979). "Aqui, a temperatura aumenta com a altitude em razão da absorção da radiação ultravioleta pelo oxigênio atômico" (AYOADE, 2003, p. 16).
- **Exosfera**: estende-se da termopausa até uns 800 km a 1.000 km de altitude. Predominam os átomos de hidrogênio e hélio (mais leves). Aqui, a atmosfera vai se rarefazendo, tendendo ao vácuo. A densidade atmosférica é igual a do gás interespacial que a circunda. Ocorrem elevadíssimas temperaturas e grande incidência de poeira cósmica.

Como observação, destaca-se que:

> *convencionalmente, estabeleceu-se o limite superior da atmosfera a uma altura aproximada de 1.000 km sobre*

o nível médio do mar. Todavia, a maioria dos cientistas, preferem considerar que o ar atmosférico chega a confundir-se com os gases raros e com a poeira do espaço interplanetário. Neste caso, não existe um limite preciso entre a atmosfera e este espaço (RETALLACK, 1977, p. 13).

1.3 MASSA

De acordo com Ayoade (2003), a atmosfera, sendo uma mistura mecânica de gases, exibe as características de todos os seus componentes. É volátil, compressível e expansiva, e suas camadas inferiores, muito mais densas que as superiores (Figura 1.3).

A densidade média da atmosfera diminui a partir de 1,2 kgm^{-3} na superfície da Terra até 0,7 kgm^{-3} na altura de 5.000 m. Cerca da metade do total

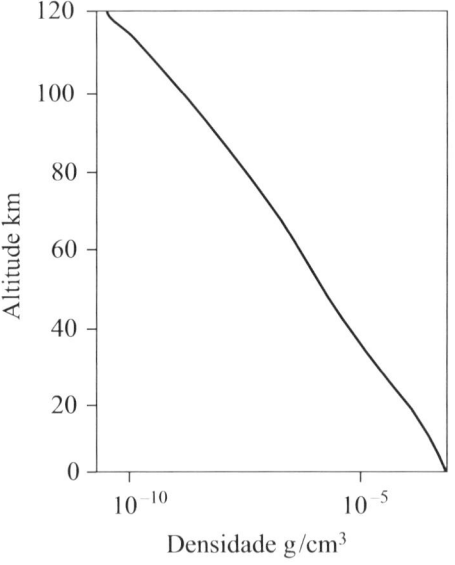

Adaptado de: Goody e Walker (1996).

Figura 1.3   Variação da densidade atmosférica conforme a altitude

da massa da atmosfera está concentrada abaixo de 5 km (Figura 1.4). "A pressão atmosférica diminui logaritmicamente com a altitude acima da superfície terrestre. A pressão em um ponto na atmosfera é o peso do ar verticalmente acima da unidade de área horizontal centralizada naquele ponto" (AYOADE, 2003, p. 18).

A pressão atmosférica média ao nível do mar é 1.013,25 mb. Cada um dos gases na atmosfera exerce uma pressão parcial independentemente dos demais. Assim, o nitrogênio exerce uma pressão de 760 mb; o oxigênio, de 240 mb; e o vapor d'água, de 10 mb ao nível do mar. A pressão exercida pelo vapor d'água varia conforme a latitude e a sazonalidade. Sobre a Sibéria setentrional, em janeiro, por exemplo, a pressão aproxima-se de 0,2 mb; nos trópicos, em julho, vai a mais de 30 mb. Entretanto, essa variação não é refletida no padrão da pressão na superfície total. De fato, em razão de fatores dinâmicos, o ar em áreas de alta pressão é geralmente seco, ao passo que em áreas de baixa pressão é usualmente úmido (BARRY e CHORLEY, 1976).

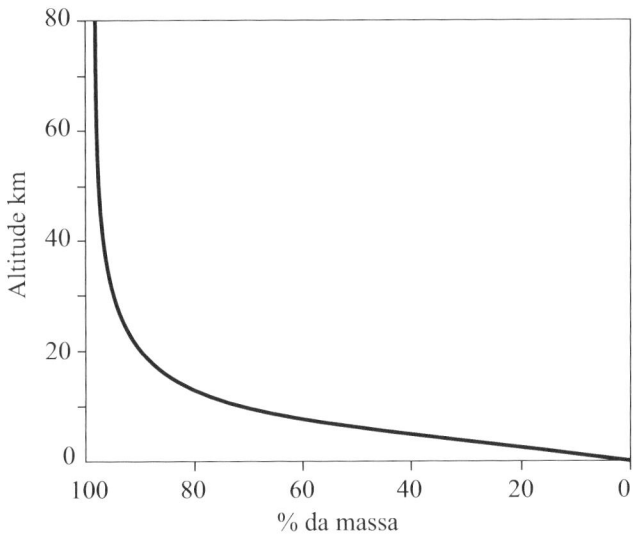

Adaptado de: Ayoade (2003).

Figura 1.4 Distribuição vertical da massa da atmosfera

1.4 EVOLUÇÃO DA ATMOSFERA TERRESTRE

Como outras esferas do sistema Terra (hidrosfera, biosfera e litosfera), a atmosfera, apresenta variações desde sua formação.

De acordo com Salgado-Labouriau (1994), a Terra foi formada há cerca de 4,6 bilhões de anos. Em um primeiro momento, a atmosfera terrestre era formada por remanescentes da nebulosa original da qual se condensou o sistema solar. Há evidências de que nela predominavam o hidrogênio e o hélio e de que havia muito pouca quantidade de dióxido de carbono (CO_2), metano (CH_4), amônia (NH_3) e gases nobres.

Ainda de acordo com a autora, acredita-se que essa atmosfera inicial foi arrastada para fora da Terra à medida que se condensava porque a proporção que existe hoje de gases nobres é muito menor que a que existe no Sol e nos grandes planetas (Júpiter e Saturno). Não se sabe, ainda, como essa atmosfera inicial foi eliminada.

> *Talvez foi por ser muito leve e se perdeu no espaço. Talvez foi arrastada para fora pelos ventos solares como ocorre com os cometas que, ao se aproximarem do Sol, formam caudas dirigidas para fora e constituídas por parte de sua matéria que é empurrada para o espaço pelos ventos solares. Talvez a velocidade das moléculas fosse maior que a velocidade de escape enquanto a Terra era muito mais quente* (SALGADO-LABOURIAU, 1994, p. 215).

Apesar das várias teorias sobre a formação da segunda atmosfera, há um consenso de que ela tenha sido produzida em consequência do esfriamento e da consolidação do planeta. A Terra deve ter funcionado como um sistema fechado e os componentes dessa nova atmosfera devem ter saído de suas próprias entranhas (SALGADO-LABOURIAU, 1994).

Usa-se o termo degaseamento (eliminação pelo vácuo ou pelo resfriamento) para descrever a formação da atmosfera dos planetas enquanto se esfriam e há expulsão de gases da lava vulcânica quando se solidifica.

Quando a Terra iniciou sua consolidação, a temperatura deve ter aumentado drasticamente e o degaseamento deve ter começado a acelerar enquanto a temperatura aumentava. Quando a superfície se solidificou, o planeta começou a esfriar. O degaseamento diminuiu, mas não parou e esse processo continua até hoje por meio das erupções vulcânicas (SALGADO-LABOURIAU, 1994).

Ainda de acordo com a autora, a análise dos gases desprendidos pelos vulcões hoje ainda não pode ser feita com precisão porque os métodos atuais não eliminam totalmente a contaminação da amostra por componentes gasosos da atmosfera. No entanto, já se sabe que o gás mais abundante em todos eles é o vapor d'água. Nos vulcões do Havaí, por exemplo, 79,31% dos gases de erupção são constituídos de vapor d'água. Os outros gases importantes das erupções são: SO_2, CO_2, CO, H_2S, NO_3 e CH_4, os quais variam suas proporções conforme o vulcão. Acredita-se que o SO_2 e o NO_3 sejam subprodutos do oxigênio e que não existiam na atmosfera primitiva. Entretanto, os outros gases foram componentes dessa atmosfera durante o Arqueano por causa da emissão dos vulcões e do degaseamento da Terra enquanto esfriava.

Essa segunda atmosfera era muito diferente da atual. Além da composição, a mistura dos gases formava uma atmosfera redutora, ao contrário da que temos hoje, que é oxidante. O oxigênio, se é que existia em estado livre, estava presente em quantidade mínima (traços) resultante da fotodissociação do vapor d'água pela energia solar (Figura 1.5A).

Em determinado ponto do Arqueano, o qual durou mais de 2,5 bilhões de anos, o esfriamento gradual da Terra chegou a uma temperatura que permitia a existência da água em forma líquida. O vapor d'água atmosférico começou, em parte, a se condensar e a se acumular nas depressões da crosta sólida. Iniciou-se a formação de lagos e mares e criou-se o ciclo hidrológico conhecido hoje (SALGADO-LABOURIAU, 1994).

A evaporação da água dos oceanos e a precipitação como chuva foram, pouco a pouco, removendo o CO_2 da atmosfera. A água que caía dissolvia as rochas e o CO_2 reagia com o cálcio para formar íons bicarbonatados que eram levados para o fundo dos mares como carbonato de cálcio (calcário). Dessa

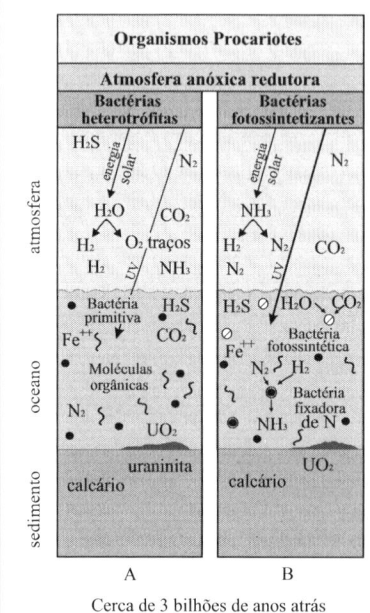

A – Arqueano, desenvolvimento das primeiras bactérias anaeróbias no mar; **B** – surgimento das bactérias fotossintéticas e das fixadoras de nitrogênio, que trouxeram uma mudança química no ar e no mar;

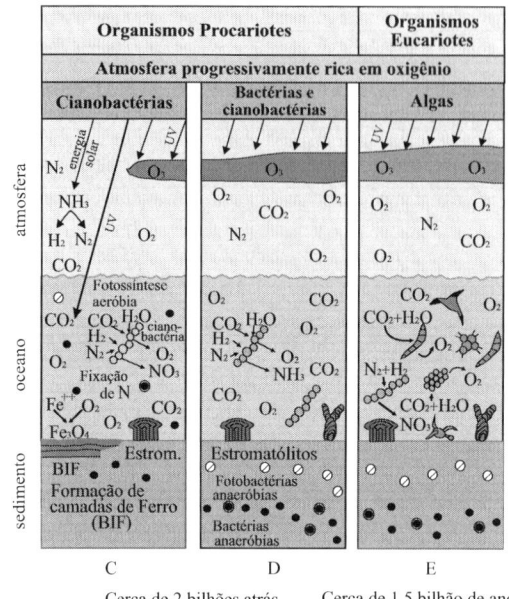

C – desenvolvimento das cianobactérias no mar e início da acumulação de O_2 que resultou na formação de espessas camadas de óxido de ferro (BIF); **D** – acumulação de O_2 em quantidades apreciáveis no oceano e na atmosfera que deslocou as bactérias anaeróbicas para o ambiente anóxico dos sedimentos marinhos; **E** – desenvolvimento de outros organismos marinhos; a camada de ozônio da atmosfera está completa.

Adaptado de: Salgado-Labouriau (1994).

Figura 1.5 Esquema da evolução do ambiente na atmosfera, no mar e nos sedimentos marinhos entre 3 bilhões e 1,5 bilhão de anos atrás

forma, a maior parte do CO_2 que existia nessa atmosfera primitiva hoje está presa na forma de calcário, e somente uma porção muito pequena ficou na atmosfera. Os sedimentos calcários mais antigos que se conhecem são do Arqueano e se depositaram sob a água.

Nas zonas de subdução das placas tectônicas, o calcário do fundo do mar é continuamente reciclado para a astenosfera onde, pelo calor e pressão muito elevados, o CO_2 é liberado do calcário. Esse CO_2 sai nas erupções vulcânicas, nos gêiseres, nas fumarolas e em outros lugares pelos quais o magma vem à superfície degaseando para a atmosfera. A respiração dos seres vivos também produz dióxido de carbono, que vai para a atmosfera. Se não houvesse essa reciclagem, o processo de intemperismo teria removido todo o dióxido de carbono da atmosfera em alguns milhões de anos (SALGADO-LABOURIAU, 1994).

Durante o processo de reciclagem, o CO_2 reduziu-se a uma proporção muito pequena (0,03%), e o nitrogênio da atmosfera primitiva passou a ser o constituinte dominante da atmosfera na forma de N_2 ou NH_3 (Figura 1.5B). Ele continua assim e representa 78,1% do volume atual do ar. O efeito estufa do CO_2 e do vapor d'água fizeram a temperatura não baixar muito e a água manter-se em estado líquido sobre a superfície. Se não fosse esse efeito, a água terminaria por se solidificar formando grandes lagos e mares gelados (SALGADO-LABOURIAU, 1994).

Na segunda atmosfera, sem O_3 e O_2 livres, a radiação ultravioleta não era filtrada pela atmosfera e chegava até a superfície da Terra. Os mares daquele tempo devem ter sido muito ricos em gases dessa atmosfera primitiva, mas a vida, que então se iniciava, só devia ser possível bem abaixo da superfície da água, onde a radiação, que é letal às formas de vida conhecidas, não penetrava. Acredita-se que bactérias e outras formas de vida anaeróbicas e fixadoras do nitrogênio deviam estar começando a aparecer nos oceanos.

Há evidências de que os organismos fotossintetizadores surgiram há pelo menos 3,5 bilhões de anos. Eram cianobactérias (cianofíceas) mais abundantes em rochas calcárias até o final do Pré-cambriano. Pela utilização da energia solar esses organismos, da mesma forma que os atuais, obtinham sua energia da água e do CO_2 eliminando o oxigênio. Acredita-se que a atmosfera, no início, não continha uma quantidade apreciável de oxigênio porque o que era produzido seria usado nos processos de oxidação (Figura

1.5B). Começaram a se formar óxidos de elementos ávidos por oxigênio, como os óxidos de urânio e ferro. As maiores jazidas de óxido de ferro que existem hoje são de rochas do Proterozoico, era conhecida como Idade do Ferro (SALGADO-LABOURIAU, 1994).

Com base nesse raciocínio, supõe-se que até o término do Pré-cambriano toda a vida se encontrava submersa por ser impossível sua existência na superfície em virtude da radiação ultravioleta.

Na medida em que a produção de oxigênio aumentava e os elementos redutores eram saturados, começou a acumular oxigênio livre na atmosfera. Alguns pesquisadores supõem que já havia oxigênio suficiente na atmosfera no último bilhão e meio de anos, no Proterozoico superior (Figura 1.5E), em razão da abundância de estromatólitos e do aparecimento das algas unicelulares e multicelulares. Esse aumento de oxigênio permitiu o aparecimento de organismos aeróbios e a proliferação da vida nos mares. Da mesma forma, permitiu o desenvolvimento da camada de ozônio na estratosfera, a qual é um filtro muito eficiente da radiação ultravioleta (SALGADO-LABOURIAU, 1994).

A grande mudança ambiental, de uma atmosfera redutora a outra oxidante, obrigou os organismos anaeróbios a se refugiarem em ambientes pobres ou desprovidos de oxigênio, que para eles é letal. Provavelmente, houve um grande número de extinções. Como as bactérias raramente deixam registros fósseis e as diferenças entre suas espécies e gêneros estão muito mais no tipo de metabolismo que na morfologia, não se pode avaliar a extensão do extermínio. Pela comparação com os ambientes em que vivem hoje, pode-se supor que passaram a viver nas águas profundas de lagos e mares e em sedimentos não consolidados (Figura 1.5D, Figura 1.5E).

Entretanto, somente muito mais tarde, no Siluriano médio (cerca de 140 milhões de anos depois), aparecem no registro fóssil as primeiras formas de vida terrestre. Uma das hipóteses é que a camada de O_3 não havia se formado ainda nem havia suficiente O_2 na atmosfera para filtrar eficientemente a radiação ultravioleta (SALGADO-LABOURIAU, 1994).

O início da vida na Terra e sua evolução criaram novos tipos de metabolismo que tiveram papel fundamental na modificação da atmosfera primitiva até chegar à composição de gases que tem hoje. Se a vida não tivesse existido, a atmosfera estaria em equilíbrio dinâmico com as rochas da superfície e seria semelhante à do Arqueano.

De acordo com Lovelock (1989), é possível identificar se um planeta de qualquer sistema solar tem vida pela análise de sua atmosfera. A presença de vida deslocaria o equilíbrio, e a composição de gases seria diferente da esperada pela análise das rochas da superfície.

capítulo 2

Noções de cosmografia

A Terra possui um formato denominado *geoide* que se aproxima de uma circunferência, não é perfeitamente circular, mas apresenta diâmetros diferentes na faixa equatorial e na faixa polar. Esse fato é resultado do movimento de rotação do planeta, a uma velocidade de 1.670 km/h, que pela força centrífuga, tende a salientar a região equatorial (SALGADO--LABOURIAU, 1994).

Como citado por Domínguez (1979, p. 47), "adotou-se como superfície de referência da Terra um elipsoide de revolução cujas medidas principais são: raio equatorial 6.378,38 km, raio polar 6.356,912 km, raio médio 6.371 km". Por essa razão, costuma-se dizer que a Terra é "achatada" nos polos e "dilatada" na faixa equatorial.

"A Terra, como os demais planetas do Sistema Solar, está submetida às leis da dinâmica celeste" (DOMINGUEZ, 1979, p. 49), por esse motivo, realiza inúmeros movimentos no espaço orbital. Hoje, o movimento de rotação da Terra em torno de seu eixo é de aproximadamente 24 horas (média de 23 horas, 56 minutos e 4 segundos). Ela gira em torno do sol em aproximadamente 365 dias (média de 365 dias, 6 horas, 9 minutos e 10 segundos) (SALGADO-LABOURIAU, 1994).

A órbita de um planeta é o caminho percorrido por ele ao redor do sol. As órbitas são elipses mais ou menos alongadas. Para a órbita da Terra, o alongamento desvia menos de 2% do círculo, ao passo que para Plutão e Mercúrio, o desvio é de mais de 20%.

Os planetas giram inclinados em relação ao plano de sua órbita. O eixo de rotação faz um ângulo de inclinação com o plano. Para a Terra, a inclinação entre o eixo de rotação e o plano perpendicular à sua órbita é de 23,5°.

Ainda de acordo com Salgado-Labouriau (1994), a inclinação do eixo de rotação permanece fixa enquanto o planeta percorre a sua órbita ao redor do sol. A inclinação faz ora um hemisfério, ora outro, receberem mais energia solar, o que resulta no ciclo das estações do ano. A inclinação do eixo terrestre é tão importante que está na origem da palavra clima: em grego, *klima* significa inclinação.

Segundo Sadourny (1994), na Terra, durante o verão, os dias são mais longos; durante o inverno, os dias são mais curtos e, naturalmente, mais frios. Com isso, a radiação solar recebida durante as estações do ano varia conforme a região do globo.

Como explicam Tubelis e Nascimento (1984), o sol culmina no zênite (representando maior ganho energético) em locais cuja latitude é igual ou menor ao valor da inclinação do eixo da Terra (Figura 2.1). Assim, nos equinócios (21 de março e 23 de setembro) o sol culmina no zênite sobre o Equador; nessas datas, em todos os pontos da Terra, dias e noites têm a mesma duração.

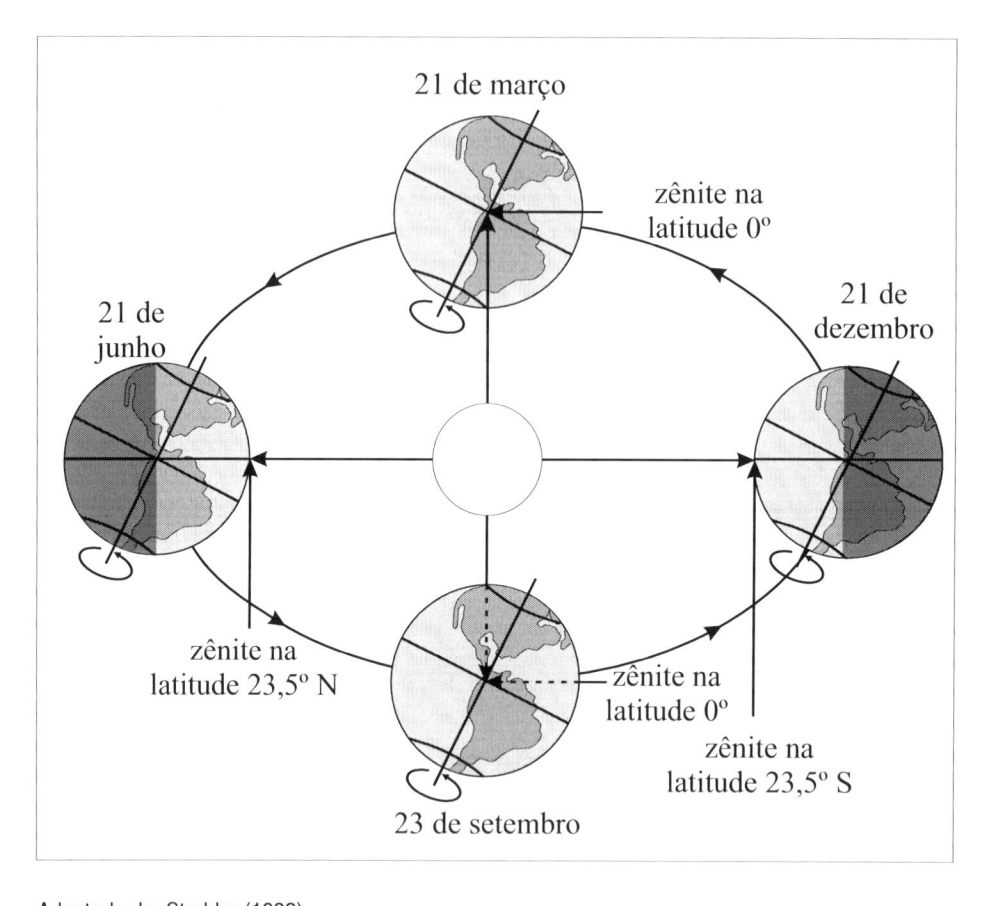

Adaptado de: Strahler (1982).

Figura 2.1 Movimento de translação da Terra, solstícios e equinócios

No solstício de verão no hemisfério sul e no solstício de inverno no hemisfério norte (21 de dezembro), o sol culmina no zênite para a latitude −23,5° (sul). Pelo fato de essa ser a maior declinação alcançada no hemisfério sul, essa latitude recebe o nome de Trópico de Capricórnio. De 23 de setembro a 21 de março, o sol culmina no zênite para locais de latitude sul. De 21 de março a 23 de setembro, o sol culmina no zênite para locais de latitude norte. Em 21 de junho, o sol culmina no zênite para 23,5° (norte), latitude que define a posição do Trópico de Câncer. Tem-se, assim, o solstício de verão no hemisfério norte e o solstício de inverno no hemisfério sul. Nas latitudes superiores a 23,5°, o sol não culmina no zênite em nenhum dia do ano. Denomina-se região tropical aquela compreendida entre as latitudes 23,5° S e 23,5° N.

Por causa ainda da inclinação do eixo da Terra, no hemisfério que está recebendo menor quantidade de radiação solar (inverno), a luz solar só consegue chegar até determinado ponto da superfície. Esse ponto é exatamente a subtração do valor da inclinação (Figura 2.2), ou seja, 90° − 23,5° = 66,5°, latitude que caracteriza o Círculo Polar. Com isso, a luz solar não consegue atingir parte da superfície no hemisfério que está no inverno, isso significa 24 horas de noite ininterruptas. Por outro lado, no hemisfério que está no verão, a partir do Círculo Polar, o sol não se põe, tem-se, então, 24 horas de brilho solar.

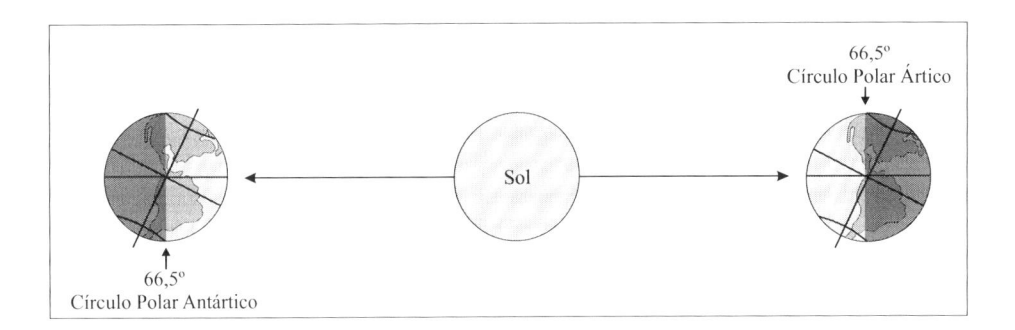

Adaptado de: Strahler (1982).

Figura 2.2 Círculo de iluminação

De acordo com Tubelis e Nascimento (1984, p. 27), no hemisfério sul,

> *no equinócio de primavera (23 de setembro), a duração do dia é igual a da noite. Na primavera, a duração do*

dia aumenta, sendo máxima no solstício de verão (21 de dezembro). Durante o verão, o dia passa a diminuir, mas ainda é maior que a noite. No equinócio de outono (21 de março) novamente a duração do dia torna-se igual a da noite. No outono, a duração do dia é menor que a da noite e é decrescente até o solstício de inverno (21 de junho), quando sua duração é mínima. No inverno, a duração do dia cresce, mas ainda é menor que a noite.

Se não houvesse inclinação e a Terra girasse com eixo perpendicular à órbita, os dias e as noites seriam iguais em cada faixa latitudinal, e o clima seria uniforme, porque o vento e a temperatura seriam uniformes nas latitudes simétricas. Isso faria com que as plantas ficassem restritas a faixas latitudinais estreitas (SALGADO-LABOURIAU, 1994).

A variação da duração dos dias e das noites de acordo com a latitude pode ser observada na Tabela 2.1.

Tabela 2.1 Variação latitudinal da duração do dia no hemisfério sul

Latitude	23/setembro	21/dezembro	21/março	21/junho
0°	12 horas	12 horas	12 horas	12 horas
10°	12 horas	12 h 35'	12 horas	11 h 25'
20°	12 horas	13 h 12'	12 horas	10 h 48'
30°	12 horas	13 h 56'	12 horas	10 h 04'
40°	12 horas	14 h 52'	12 horas	9 h 08'
50°	12 horas	16 h 18'	12 horas	7 h 42'
60°	12 horas	18 h 27'	12 horas	5 h 33'
70°	12 horas	2 meses	12 horas	0
80°	12 horas	4 meses	12 horas	0
90°	12 horas	6 meses	12 horas	0

Fonte: Machado (2000a, p. 14).

Hoyle (1975) apud Salgado-Labouriau (1994) afirma que, "se o ângulo de inclinação da Terra fosse maior que 33,5°, os invernos polares e os verões tropicais seriam muito mais fortes e haveria tempestades que chegariam a extremos que não conhecemos".

Hoje, o ângulo de inclinação da Terra, como dissemos, é de 23,5°, em média, variando entre um mínimo de 22,1° e um máximo de 24,5° (SALGADO-LABOURIAU, 1994), como podemos observar na Figura 2.3.

Essa variação cíclica, chamada precessão axial, faz a radiação solar recebida diminuir ou aumentar nas zonas polares ao longo do tempo com uma frequência de 41.000 e de 54.000 anos (Tabela 2.2).

Atualmente, o eixo polar da Terra aponta para a estrela *Alpha Ursae Minoris* (Estrela Polar ou Polaris). Contudo, essa condição não foi sempre assim. A Terra, assim como um pião, descreve um cone ao girar sobre seu eixo, só que o pião bamboleia no sentido de seu movimento, e a Terra, no sentido inverso. A Terra vai mudando sua direção lentamente, sempre com a mesma inclinação, descrevendo um cone duplo no espaço (Figura 2.4) (SALGADO-LABOURIAU, 1994).

Daqui a mais ou menos 14.000 anos, a estrela *Alpha Lyrae* (Vega) será a estrela polar, e, por volta de 27.800 anos no futuro, voltará a ser a *Alpha Ursae Minoris*. O período de precessão desse círculo é de 25.800 anos (SALGADO-LABOURIAU, 1994) (Tabela 2.2).

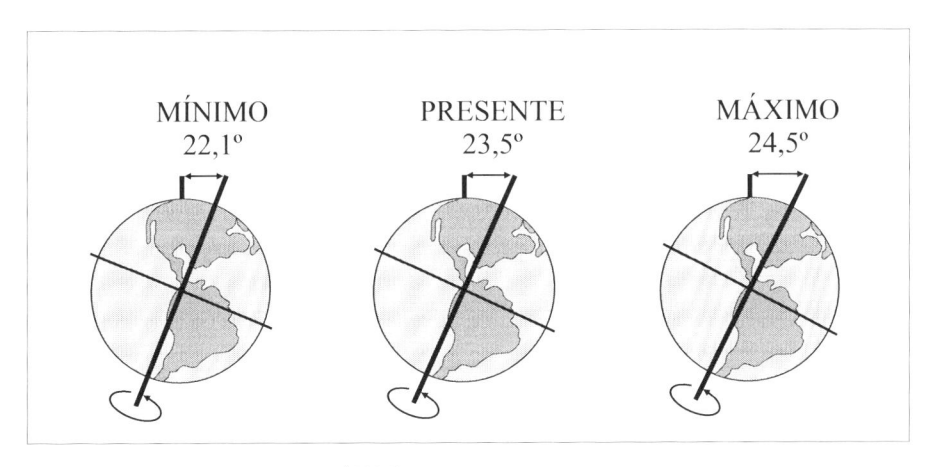

Adaptado de: Salgado-Labouriau (1994).

Figura 2.3   Precessão axial da Terra

24 Introdução à climatologia

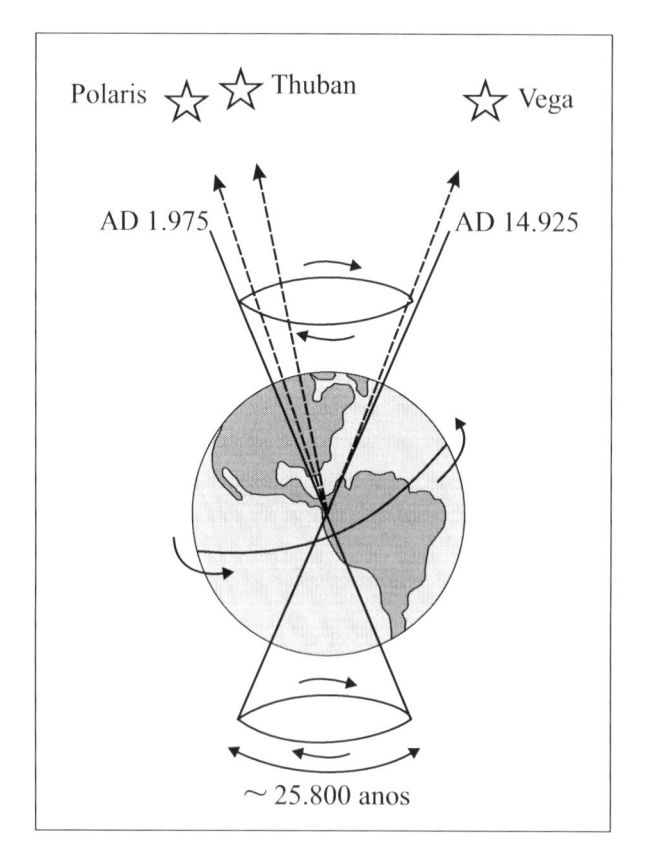

Adaptado de: Kerrod (1976); Salgado-Labouriau (1994).

Figura 2.4   Oscilação do eixo da Terra. Em 1975, o eixo atingiu o extremo de precessão; no ano 14.925 de nossa era, chegará ao outro extremo

Tabela 2.2   Ciclos orbitais da Terra

Movimento	Duração aprox. (anos)	Variação
Oscilação do eixo	25.800	Polaris-Vega
Precessão axial (obliquidade)	41.000-54.000	22,1º-2 4,5º
Precessão orbital (excentricidade)	95.000-00.000 125.000-400.000	(0,00%-0,06%)
Precessão do equinócio	19.000-23.000	

Adaptado de: Pisias e Imbrie (1987); Berger et al. (1993); Salgado-Labouriau (1994).

A órbita da Terra também varia de 0,00 (circular) a 0,06 de excentricidade. Essa variação é cíclica e, além dela, a própria elipse, com o tempo, muda a posição de seu eixo maior. Há, de acordo com Salgado-Labouriau (1994), quatro ciclos, três de frequências menores, de 95.000, de 100.000 e de 125.000 anos, e um ciclo de frequência maior, de 400.000 anos (Tabela 2.2), esses ciclos constituem a precessão da excentricidade. Tais variações mudam apenas em, aproximadamente, 0,1% a quantidade de radiação total recebida pela Terra. Entretanto, são importantes na modulação da amplitude dos ciclos de precessão. Quando a órbita é circular, a posição em que ocorrem os equinócios e solstícios é irrelevante, mas quando é elíptica a posição é importante e muda o total de energia solar que a Terra recebe sazonalmente.

Ainda segundo a autora, se as precessões (axial e da elipse) são tomadas juntas, a posição dos equinócios e solstícios muda ao longo da órbita em um ciclo total de cerca de 22.000 anos (frequência de 19.300 e 23.000 anos; Tabela 2.2). Esse ciclo denomina-se precessão dos equinócios. Hoje o solstício de verão do hemisfério sul ocorre perto do periélio, ponto em que a Terra passa mais perto do sol (Figura 2.5). Há 11.000 anos, ocorria do lado oposto da elipse. Atualmente, a Terra está mais longe do sol durante o verão no hemisfério norte (afélio) e, nessa estação, recebe menor radiação solar que no verão do hemisfério sul. No entanto, daqui a cerca de 11.000 anos, essa situação se inverterá em razão da precessão dos equinócios (Figura 2.5).

A precessão dos equinócios, portanto, modifica ciclicamente a quantidade de energia recebida pela Terra no inverno e no verão, diminuindo ou aumentando a temperatura da estação climática, embora seus efeitos absolutos sejam diminuídos pela repartição dos continentes e oceanos, como poderá ser visto no Capítulo 5. A precessão é causada pelas influências gravitacionais da lua, do sol e dos outros planetas, principalmente os dois gigantes, Júpiter e Saturno.

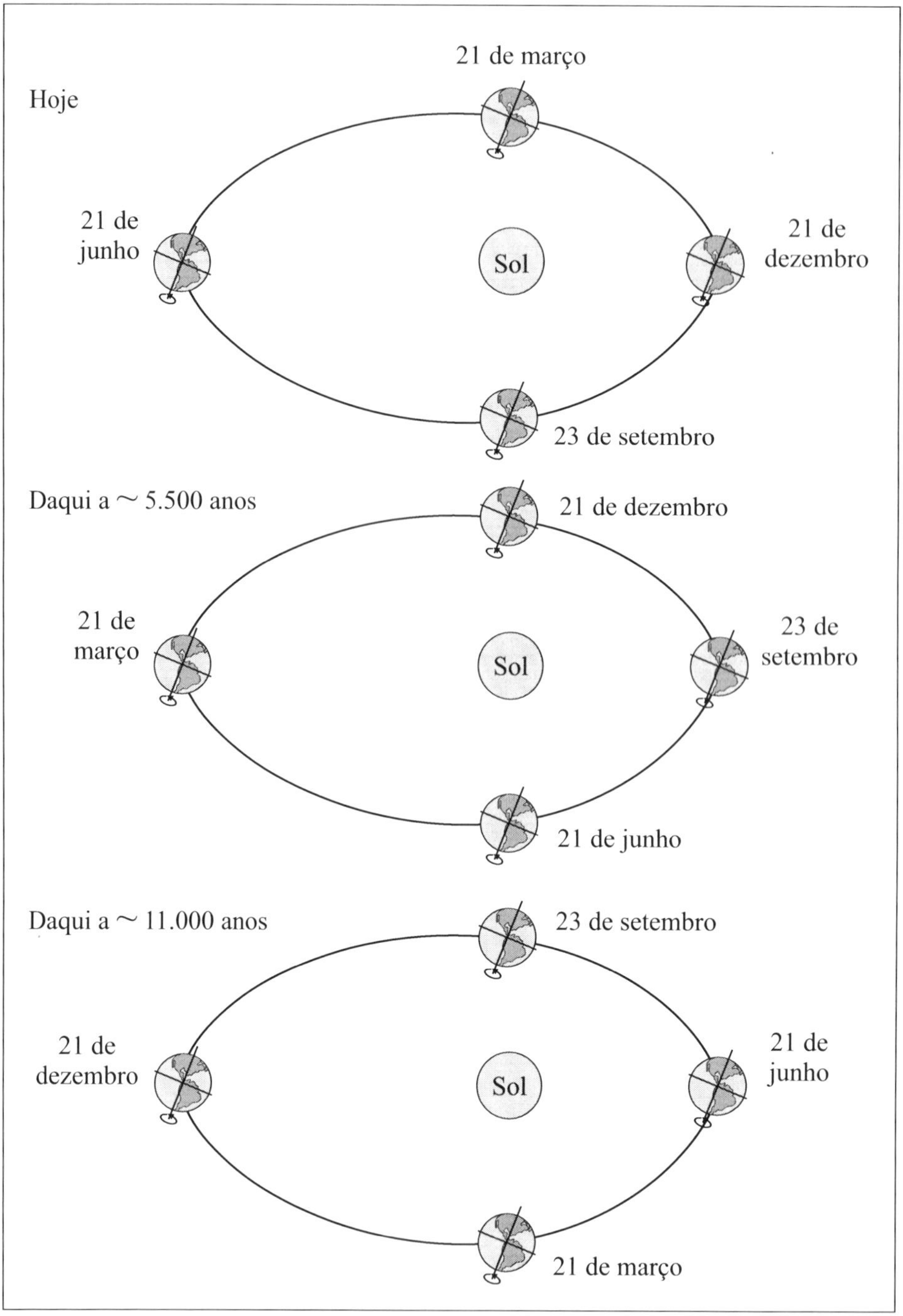

Adaptado de: Pissias e Imbrie (1987); Salgado-Labouriau (1994).

Figura 2.5   Precessão dos equinócios

capítulo 3

Principais elementos do clima

3.1 RADIAÇÃO SOLAR E INSOLAÇÃO

De acordo com Tubelis e Nascimento (1984), existe uma diferença conceitual entre radiação solar e insolação. Ao passo que insolação é a duração do período do dia com luz solar ou a duração do brilho solar, radiação solar é a energia recebida pela Terra na forma de ondas eletromagnéticas provenientes do sol. A radiação solar é a fonte de energia de que o globo terrestre dispõe.

Para Ayoade (2003), a distribuição latitudinal da insolação (Figura 3.1) indica que, graças à baixa nebulosidade em comparação com a região equatorial, as maiores quantidades de insolação são recebidas nas zonas subtropicais sobre os principais desertos do globo. Os valores de insolação diminuem em direção aos polos e atingem o mínimo em torno das latitudes de 70°-80° no hemisfério norte e de 60°-70° no hemisfério sul. Essa diferença entre os dois hemisférios é decorrente da maior proporção de oceanos em relação aos continentes do

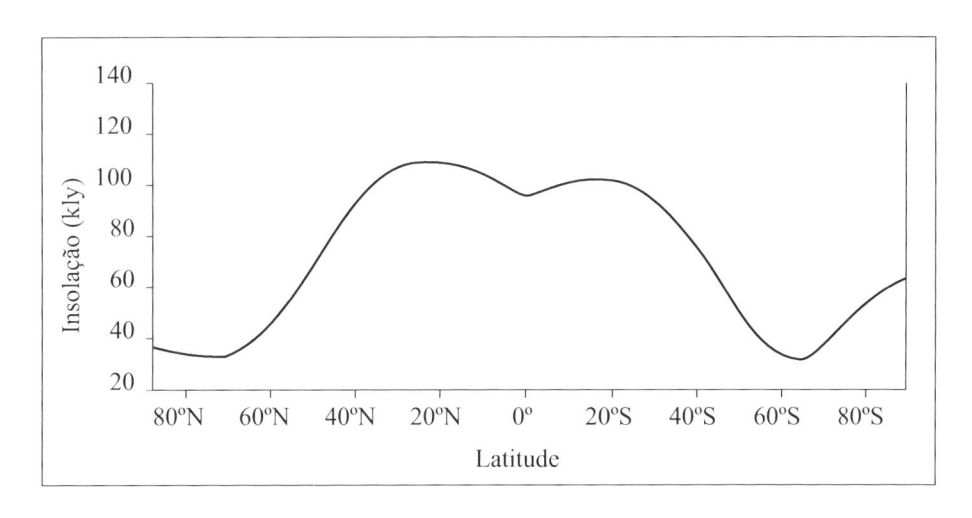

Adaptado de: Ayoade (2003).

Figura 3.1   Distribuição latitudinal da insolação anual

hemisfério sul, ou seja, quanto maior a quantidade de água evaporando, maior a nebulosidade.

Segundo Soares e Batista (2004), radiação é uma forma de energia que emana, sob forma de ondas eletromagnéticas, de todos os corpos com temperaturas superiores ao zero absoluto (–273 °C).

Ainda de acordo com os autores, o sol fornece 99,97% da energia utilizada no sistema Terra/atmosfera e é, direta ou indiretamente, responsável por todas as formas de vida encontradas no planeta.

A cada minuto, o sol emite 56×10^{26} calorias de energia propagadas em todas as direções, no entanto, a intensidade da radiação diminui inversamente ao quadrado das distâncias do sol, com isso, o planeta recebe apenas dois bilionésimos da energia que sai da fonte (SOARES e BATISTA, 2004).

Apesar de serem consideradas constantes, as diferenças da incidência de raios solares de acordo com as estações do ano interferem nos valores reais de energia ($cal.cm^{-2}.min^{-1}$) que chega à superfície, como observado na Tabela 3.1.

Tabela 3.1 Quantidade de energia ($cal.cm^{-2}.min^{-1}$) recebida pela Terra no dia 15 de cada mês no hemisfério sul

Estação	Mês	Energia
Verão	Jan.	2,046
	Fev.	2,029
Outono	Mar.	2,002
	Abr.	1,967
	Maio	1,937
Inverno	Jun.	1,928
	Jul.	1,916
	Ago.	1,930
Primavera	Set.	1,958
	Out.	1,991
	Nov.	2,024
Verão	Dez.	2,044

Adaptado de: Soares e Batista (2004).

Além do aspecto inerente à distância, de acordo com Retallack (1977) e Tubelis e Nascimento (1984), a radiação solar, ao atravessar a atmosfera, é atenuada por três processos: difusão (espalhamento pelas partículas da atmosfera, como gases, cristais e impurezas): uma parte dessa radiação difundida é, portanto, devolvida ao espaço, enquanto outra parte atinge a superfície e é chamada radiação difusa; absorção (absorção seletiva por certos constituintes atmosféricos para certos comprimentos de ondas, como a absorção da radiação ultravioleta pelo ozônio [O_3]); reflexão (a reflexão pelas nuvens depende principalmente da espessura, estrutura e constituição delas).

De acordo com Tubelis e Nascimento (1984), em média, de 100% da energia do sol que chega à atmosfera (Figura 3.2), cerca de 40% incidem sobre as nuvens, desse total, 1% é absorvido e 25% são refletidos e se perdem no espaço, chegando apenas 14% à superfície. Dos demais 60% que incidem sobre áreas sem cobertura de nuvens, 7% são refletidos/difundidos por aerossóis e 16% são absorvidos por gases atmosféricos, chegando 37% à superfície. Dos 51% que chegam à superfície, subtraem-se 5%, que são refletidos pela própria superfície. Assim, aproximadamente 46% da energia que incide sobre a atmosfera é absorvida pela superfície terrestre.

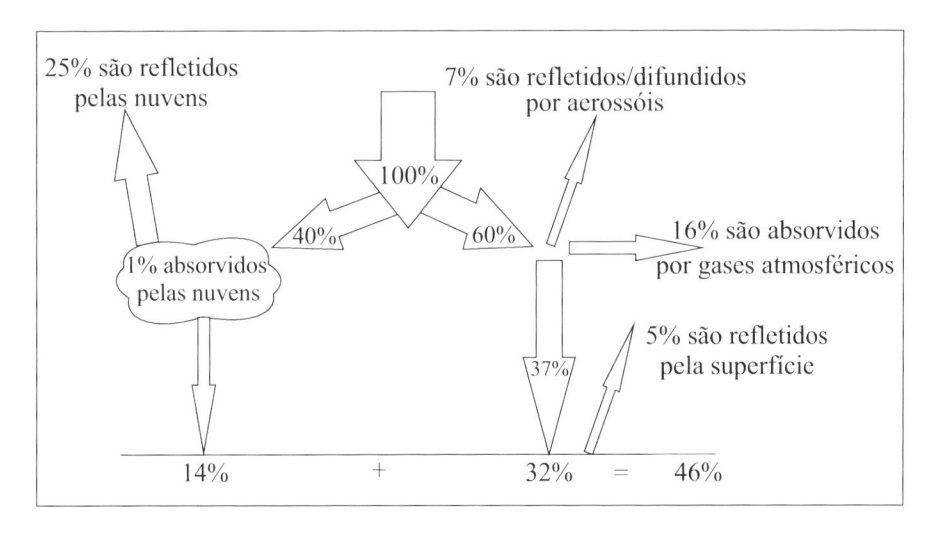

Adaptado de: Tubelis e Nascimento (1984).

Figura 3.2   Esquema do balanço de radiação solar médio

É importante ressaltar que a energia absorvida ou refletida depende da superfície sobre a qual incide a radiação. Alguns conceitos, definidos por Soares e Batista (2004), são importantes: albedo (Tabela 3.2) indica a refletividade total de uma superfície iluminada pelo sol; absortividade, fração de energia incidente absorvida pelo material (Tabela 3.3); refletividade, fração da energia incidente refletida pelo material; transmissividade, fração da energia incidente transmitida pelo material. Esses coeficientes variam de 0 a 1, a soma deles é igual a 1, visto que toda energia incidente sobre qualquer material deve ser absorvida, refletida e/ou transmitida. A emissividade (Tabela 3.3) é o coeficiente que indica a eficiência de um corpo em emitir energia.

Tabela 3.2 Albedo de algumas superfícies

Superfície	Albedo	Superfície	Albedo	Superfície	Albedo
Água	5%	Areia seca	18%	Areia úmida	9%
Asfalto	7%	Concreto	22%	Culturas	15%-25%
Floresta	16%-37%	Grama seca	16%-19%	Solo claro	27%
Solo escuro	10%	Solo úmido	15%	Nuvens	50%-55%

Adaptado de: Soares e Batista (2004).

Tabela 3.3 Absortividade (ondas curtas) e emissividade (ondas longas) de algumas superfícies em relação à radiação total

Superfície	Absortividade (%)	Emissividade (%)
Areia seca	83	90
Areia úmida	91	95
Coníferas	95	95
Floresta de *Pinus* spp	86	90
Grama seca	68	90
Ferro galvanizado	65	13

Adaptado de: Soares e Batista (2004).

A quantidade de radiação solar, bem como a insolação que incide sobre a superfície, depende de alguns fatores, como período do ano (estações); período do dia (manhã ou noite); latitude (nas latitudes entre 35° N e 35° S, ocorre excesso de energia [Figura 3.3], pois a quantidade absorvida é maior que a irradiada ao espaço; fora dessas latitudes, há déficit energético) (RETALLAK, 1977); cobertura de nuvens (a insolação no Nordeste, em qualquer época do ano, é muito superior que na região Norte, evidência de que aquela é a região de maior disponibilidade de insolação relativa no Brasil. Destacando-se que a cobertura do céu – nebulosidade – é o complemento da insolação relativa, verifica-se que, em termos médios anuais, o céu fica encoberto 52% do período diurno na região Norte, 49% na região Sul, 41% no Sudeste e no Centro-Oeste, e apenas 34% no Nordeste (TUBELIS e NASCIMENTO, 1984).

A energia absorvida pela superfície terrestre em ondas curtas é reirradiada por meio de ondas longas, promovendo o aquecimento do ar atmosférico. A parte absorvida é usada no aquecimento da superfície do planeta (solo e água). Dessa forma, a atmosfera (ou o ar) não é aquecida diretamente pelos raios solares, que passam por ela, mas, sim, pelo calor irradiado da Terra, ou seja, o aquecimento da atmosfera ocorre de forma indireta.

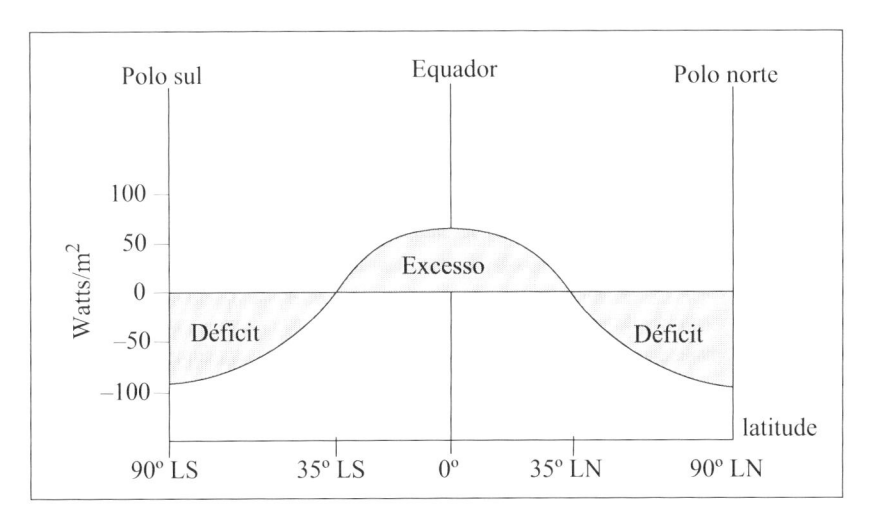

Adaptado de: Ayoade (2003).

Figura 3.3 Balanço energético da Terra

3.2 TEMPERATURA

Por definição, calor "é uma forma de energia que pode ser transferida de um sistema para outro, sem transporte de massa e sem execução de trabalho mecânico" (VIANELLO e ALVES, 1991, p. 92).

De acordo com Ayoade (2003, p. 50), a temperatura pode ser definida em termos do movimento de moléculas – quanto mais rápido esse movimento, mais elevada a temperatura. Pode ser definida também tomando-se por base o grau de calor que um corpo possui: "A temperatura é a condição que determina o fluxo de calor que passa de uma substância para outra". O calor desloca-se de um corpo com maior temperatura para outro com menor temperatura. A temperatura de um corpo é determinada pelo balanço entre a radiação que chega (ondas curtas) e a que sai (ondas longas) e pela sua transformação em calor latente e sensível. De acordo com Vianello e Alves (1991, p. 93), "Calor sensível é o calor que se detecta, estando associado à mudança de temperatura. Já o calor latente é o calor que deve ser absorvido por uma substância para que ela mude seu estado físico".

Na área da meteorologia, têm-se três modalidades principais de temperatura: do ar, da água e do solo. Esse importante elemento do clima sofre influência de diversos fatores, mas principalmente da altitude, da latitude e dos efeitos da maritimidade e da continentalidade.

Em geral, a temperatura diminui em razão do aumento da latitude, ou seja, a temperatura diminui à medida que se afasta do Equador em direção aos polos. Essa modificação na temperatura decorre basicamente de dois fatores. O primeiro está ligado à forma como se dá a incidência dos raios solares sobre a superfície terrestre: "perpendicular" na faixa equatorial e de forma mais oblíqua em direção aos polos. Destaca-se ainda, como citado por Sadourny (1994), que a temperatura é mínima nos polos, não só porque os raios solares incidem com grande obliquidade mas também em razão da grande capacidade de reflexão (albedo) da neve que cobre a superfície dessas regiões. Menor absorção implica menor aquecimento do ar atmosférico.

Deve-se levar em consideração ainda – e este é o segundo fator – que a atmosfera tem uma espessura menor sobre o Equador e maior sobre os polos, o que favorece incidência maior e mais intensa na faixa tropical e, em especial, na faixa equatorial.

Por outro lado, há a influência do fator altimétrico agindo sobre os valores térmicos. De modo geral, na troposfera, a temperatura diminui na medida em que a altitude aumenta. Em média, a temperatura do ar diminui aproximadamente 0,6 °C a cada 100 metros de altitude, gradiente que pode variar de 1 °C para cada 105 metros quando o ar está ligeiramente úmido até 1 °C para cada 200 metros quando o ar está saturado. Isso ocorre porque a atmosfera é aquecida de forma indireta, como dissemos, pelo calor irradiado pela superfície, assim, as regiões mais aquecidas são aquelas em contato mais direto com a fonte de irradiação (a superfície terrestre e as águas).

Uma vez que o aquecimento da atmosfera parte da superfície terrestre, esse processo ocorre de baixo para cima. Como observam Tubelis e Nascimento (1984, p. 74):

> *a temperatura máxima do ar em contato com o solo ocorre simultaneamente com a temperatura máxima da superfície do solo; à medida que se afasta do solo, a temperatura máxima se atrasa continuamente indo ocorrer a dois metros de altura, cerca de duas horas depois.*

Além disso, sabe-se que o ar é mais rarefeito nas regiões mais elevadas, dessa forma, quanto menos ar, menor a quantidade de calor contida nele, ou seja, menor a temperatura.

Com isso, temos a seguinte conclusão (Figura 3.4): a hora em que há maior ganho energético do sol é justamente a hora do dia em que ele está mais próximo da superfície, ou seja, meio-dia (12 horas), quando está a pino no horizonte (fazendo zênite). Analisando os primeiros dois metros de superfície como área de maior atividade biológica, tem-se que o horário de maior temperatura é por volta de 14 horas. Por outro lado, sabendo-se que depois do pôr do sol a superfície perde sua fonte de energia e que, com isso, o ar começa a perder temperatura culminando nos instantes anteriores ao primeiro raio solar do outro dia, a superfície atinge sua temperatura mínima, variando o horário de acordo com a época do ano e a latitude.

A influência dos fatores continentalidade e maritimidade sobre a temperatura do ar se dá em virtude, basicamente, da diferença de calor específico entre a terra e as superfícies hídricas.

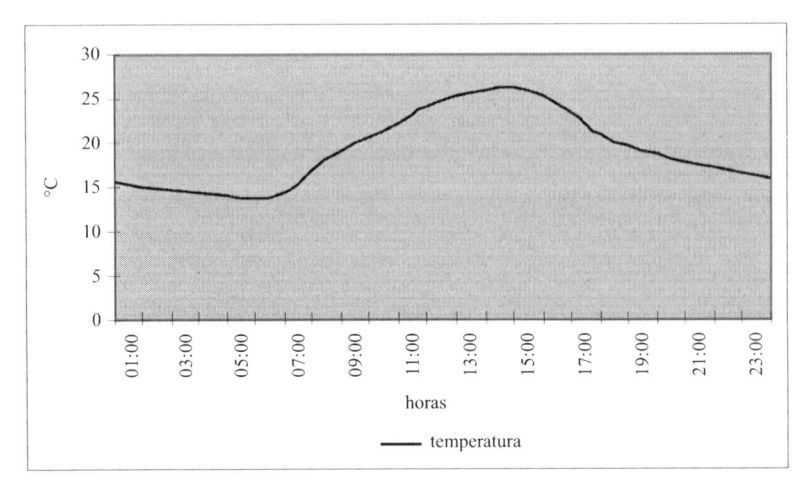

[Gráfico: Variação da temperatura ao longo do dia, eixo y de 0 a 30 °C, eixo x de 01:00 a 23:00]

Fonte: Banco de dados do Laboratório de Climatologia e Análise Ambiental – Universidade Federal de Juiz de Fora (UFJF).

Figura 3.4 Variação diária da temperatura do ar em Juiz de Fora (MG) (1973-2005)

As regiões próximas aos grandes corpos hídricos apresentam temperaturas mais regulares em razão do efeito amenizador das brisas e das correntes marítimas e, principalmente, da propriedade que tem a água de manter o calor absorvido por mais tempo e misturá-lo a maiores profundidades que o solo. De acordo com Troppmair (2004), no continente, a partir de determinada profundidade (aproximadamente 1,5 m), a temperatura mantém-se constante, ou seja, o solo tem uma capacidade menor de transportar calor. Além disso, o calor específico da superfície terrestre (solo, rocha, vegetação) é bastante diferente do da água. Segundo Retallack (1977, p. 24), "O calor específico de uma substância é a quantidade de calor necessário para elevar em um grau centígrado a temperatura de sua unidade de massa".

Ayoade (2003, p. 53) afirma que o calor específico da água do mar é de aproximadamente 0,94, ao passo que o do granito é 0,2. O autor observa que "no geral, a água absorve cinco vezes mais calor afim de aumentar a sua temperatura em quantidade igual ao aumento do solo".

Em suma, as regiões próximas aos grandes corpos hídricos têm um gradiente térmico menor que o de regiões distantes desses corpos. Como a água ganha calor mais lentamente, perde-o lentamente também, assim, mesmo com o pôr do sol, o ar atmosférico, apesar de parar de receber calor da superfície terrestre, continua recebendo-o das superfícies hídricas.

Equador térmico

O equador térmico não acompanha a linha do equador geográfico. De acordo com Varejão-Silva (2006), a distância entre o equador térmico e o geográfico normalmente é maior sobre os continentes em comparação com os oceanos. Sobre os continentes, a oscilação do equador térmico em torno do geográfico amplia-se consideravelmente e, dependendo da região e da época do ano, chega a ultrapassar os trópicos. Sobre os oceanos, há áreas em que o equador térmico permanece, durante o ano todo, ao norte do equador geográfico, graças à influência das correntes marítimas. A posição média do equador térmico pode ser observada na Figura 3.5.

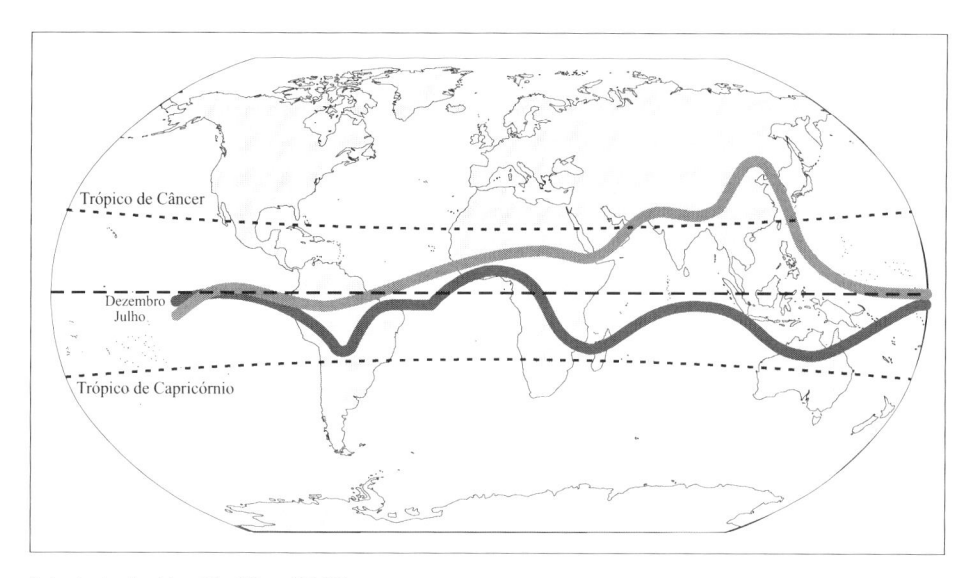

Adaptado de: Varejão-Silva (2006).

Figura 3.5   Posição média do equador térmico durante o ano

3.3   UMIDADE DO AR

Segundo Ayoade (2003), embora o vapor de água represente somente 2% da massa total da atmosfera e 4% de seu volume, é o componente atmosférico mais importante na determinação do tempo e do clima. A quantidade de vapor de água presente na atmosfera varia de lugar para lugar e no transcurso do tempo em determinada localidade. Ela pode variar de quase zero, em áreas quentes e áridas, até um máximo de 3%, nas latitudes médias, e 4%, nos trópicos úmidos.

Umidade do ar é o termo utilizado para representar a quantidade de vapor de água presente na atmosfera. A umidade do ar resulta da evaporação da água das superfícies terrestres e hídricas e da evapotranspiração de animais e vegetais, portanto, depende do calor e, logicamente, necessita de água para ser evaporada. Um deserto, por exemplo, tem calor suficiente para promover o processo de evaporação, mas não dispõe de água para ser evaporada, então, a umidade do ar permanece baixa.

Uma forma de expressar a concentração de vapor de água no ar é pela umidade absoluta, que é a massa do vapor de água existente na unidade de volume de ar, expressa em g/m^3.

Diz-se que o ar está saturado quando apresenta a concentração máxima de vapor de água que pode conter. Como observam Tubelis e Nascimento (1984, p. 95):

> *Geralmente, o ar encontra-se com uma concentração de vapor de água menor que a de saturação. A relação porcentual entre a concentração de vapor de água existente no ar e a concentração de saturação (concentração máxima), na pressão e temperatura em que o ar se encontra, é definida como Umidade Relativa do Ar.*

A concentração máxima de vapor de água ou saturação aumenta com a elevação da temperatura, ou seja, com maior temperatura, logo, com maior grau de calor, o ar se torna mais quente e se expande, podendo, assim, conter mais vapor de água. Dessa forma, quanto maior a temperatura, maior a capacidade do ar de reter o vapor de água.

O ar também pode chegar à saturação se a temperatura diminuir, mesmo sem ocorrer aumento da quantidade de vapor de água. A umidade relativa pode variar, ainda que o conteúdo de vapor de água permaneça constante. Isso ocorre quando a temperatura da amostra de ar muda. Por essa razão, a umidade relativa alcança seus valores máximos durante a madrugada (Figura 3.6), quando ocorre a temperatura mínima do ar. Nesse caso, o ar pode atingir a saturação. Durante o dia, a temperatura aumenta e isso implica diminuição

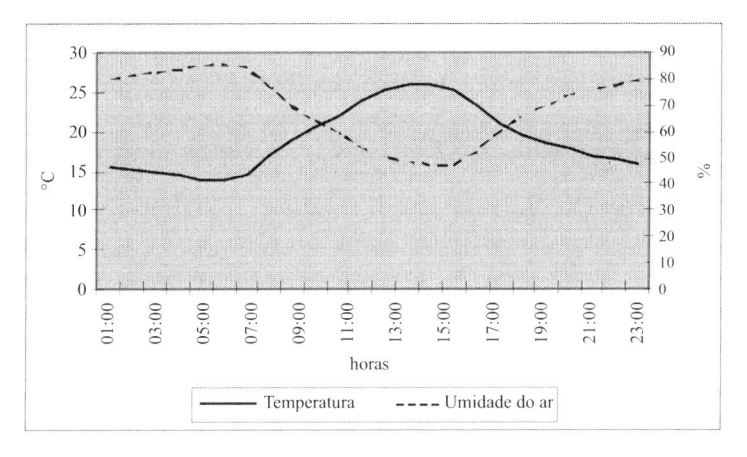

Fonte: Banco de Dados do Laboratório de Climatologia e Análise Ambiental – Universidade Federal de Juiz de Fora.

Figura 3.6   Cursos diários da temperatura e da umidade relativa do ar em Juiz de Fora (MG) (1973-2005)

da umidade relativa, pois o ar se dilata e pode conter mais vapor de água. Pode-se dizer, então, que a umidade relativa é inversamente proporcional à temperatura.

Assim, as várias formas de se produzir a saturação do ar ambiente podem ser resumidas em: "1 – pelo decréscimo da temperatura, reduzindo assim a capacidade do ar atmosférico para conter vapor de água; 2 – aumentando a quantidade de vapor de água presente no ar; 3 – reduzindo a temperatura e, paralelamente, aumentando a quantidade de vapor" (VIANELLO e ALVES, 1991, p. 71).

Se o ar esfriar a uma pressão constante, sem aumento ou diminuição do vapor de água, a temperatura na qual ocorre a saturação é chamada temperatura do ponto de orvalho (SOARES e BATISTA, 2004). De acordo com Vianello e Alves (1991), a temperatura do ponto de orvalho é definida como a temperatura na qual a saturação ocorreria se o ar fosse resfriado à pressão constante e sem adição ou remoção de vapor de água. Em outras palavras, é a temperatura na qual a quantidade de vapor de água presente na atmosfera estaria em sua máxima concentração. Em condições normais, a temperatura do ponto de orvalho é uma temperatura crítica entre o estado de vapor e a condensação d'água na atmosfera, ou seja, acima da temperatura do ponto de orvalho, a água mantém-se na forma de vapor e, abaixo, passa gradativamente à fase líquida.

Como já dissemos, a temperatura diminui com o aumento da altitude. Sabe-se que, quanto menor a temperatura, menor o volume de vapor de água presente no ar. Assim, pode-se concluir que, quanto maior a altitude, menor a temperatura e menor o volume de vapor de água presente no ar (umidade absoluta), ainda que assim esteja mais próximo da saturação (maior umidade relativa).

Verifica-se também que a umidade relativa média anual apresenta uma estreita correlação com o total anual de precipitação (Tabela 3.4), pois a precipitação é o processo de alimentação das fontes naturais de vapor de água.

Tabela 3.4 Relação entre umidade relativa do ar e precipitação em alguns estados brasileiros

Estados	Umidade relativa (%)	Precipitação (mm/ano)
Ceará	70	971
Bahia	72	1.203
Mato Grosso	75	1.404
Minas Gerais	76	1.421
Rio Grande do Sul	77	1.555
Amazonas	87	2.705

Adaptado de: Tubelis e Nascimento (1984).

O teor de água desempenha um papel muito importante no balanço térmico da atmosfera, principalmente na manutenção da temperatura nas camadas mais baixas. Como absorve parte do calor reirradiado da superfície terrestre, sua presença na atmosfera evita perdas mais substanciais de calor. A cobertura das nuvens, por exemplo, "impede a propagação do calor que a Terra irradia, mantendo as temperaturas suaves durante a noite" (SADOURNY, 1994, p. 19). Esse fato é especialmente importante nas áreas desérticas, nas quais a perda de energia é máxima. Segundo Sadourny (1994, p. 60), "nos desertos, onde a evaporação é quase nula, toda energia solar recebida durante o dia serve para aquecer a superfície, que restitui quase imediatamente este calor às camadas inferiores da atmosfera por simples condução térmica, ativada pela turbulência". Durante a noite, a ausência de nuvens e a secura do ar fazem a superfície terrestre resfriar rapidamente, isso faz com que a "variação entre as temperaturas do dia e da noite seja muito elevada (a amplitude do ciclo diurno pode atingir cerca de 30 graus)".

Fenômeno semelhante ocorre mesmo em latitudes tropicais – naturalmente mais úmidas – por ocasião do inverno. Com a menor quantidade de energia recebida durante esse período, a atmosfera apresenta-se com menor quantidade de vapor de água, o que torna comum as noites de céu limpo. Contudo, a ausência de nebulosidade acaba favorecendo, como no caso dos desertos, a perda maior e mais rápida do calor irradiado pela superfície, arrefecendo as noites e tornando mais destacadas as amplitudes térmicas diárias.

Em certa medida, a menor quantidade de vapor também é responsável pelas baixas temperaturas em altitude. Como nas áreas mais elevadas ocorre menor concentração de vapor (ar mais rarefeito), que é um dos responsáveis pela diminuição das perdas de radiação da superfície, menos calor fica disponível nessa atmosfera. Isso acaba se tornando um ciclo: local mais elevado = temperatura menor = ar mais frio, que retém menos vapor de água = menos vapor, mais perda de calor.

3.4 PRESSÃO ATMOSFÉRICA

Como já destacamos, a Terra está completamente envolvida por uma grande camada de ar, a atmosfera. O ar, como todos os corpos, tem peso. Assim, qualquer ponto na superfície está sujeito a uma pressão correspondente ao peso da coluna de ar que lhe fica sobreposta. Essa pressão, chamada pressão atmosférica, representa um papel muito importante no clima, pois suas variações estão intimamente relacionadas aos diferentes estados do tempo. Em outras palavras, de acordo com Soares e Batista (2004), o ar atmosférico tem peso, que se manifesta sob a forma de pressão exercida pela atmosfera em todas as direções, especialmente sobre a superfície terrestre.

A pressão, em qualquer ponto da superfície, se deve ao peso do ar sobre esse lugar. Para as áreas em que há menor pressão, utiliza-se a denominação baixa pressão (BP), para áreas nas quais há maior pressão atmosférica, utiliza-se a denominação alta pressão (AP).

A pressão atmosférica altera-se em virtude da temperatura, da latitude e da altitude (AYOADE, 2003).

A temperatura faz variar a pressão atmosférica porque o calor dilata o ar, tornando-o mais leve e determinando, por consequência, menor pressão do ar sobre a superfície (baixa pressão). Isso significa que, para uma mesma condição de altitude entre dois pontos quaisquer, a pressão sofre variação, desde que a temperatura entre esses dois pontos seja diferente. Assim, a faixa equatorial, por ser uma zona de altas temperaturas, determina a existência de áreas de BP; nos polos, locais bem mais frios, com o ar mais denso e pesado, ocorrem áreas de AP. Daí, pode-se concluir que, geralmente, a pressão atmosférica aumenta do Equador em direção aos polos, ou seja, ela aumenta com o aumento da latitude.

A pressão atmosférica também sofre variações em razão da altitude, pois, quanto mais elevado for o local, menor será a camada de ar a pesar sobre ele (além de o ar ser mais rarefeito em altitude) e, logicamente, menor será o peso exercido pelo ar sobre a superfície terrestre (Figura 3.7). Assim, pode-se dizer que a pressão atmosférica diminui com a altitude em decorrência da diminuição da densidade do ar, da aceleração da gravidade e da temperatura do ar (TUBELIS e NASCIMENTO, 1984).

Contudo, deve-se ressaltar que, de acordo com Retallack (1977, p. 39), o grau de diminuição da pressão conforme a altitude não é constante. Próximo ao nível do mar, por exemplo, a pressão diminui 1 mb, aproximadamente, quando se sobe 8,5 m. A 5.500 metros de altitude, é necessário subir 15 m

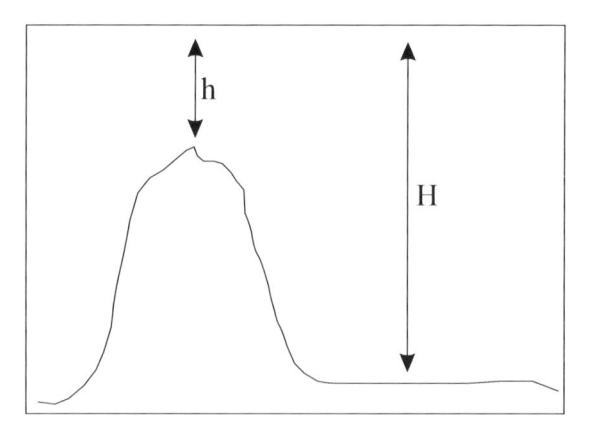

Figura 3.7   Diminuição da altura da camada de ar com a altitude

para obter a mesma queda de pressão; em altitudes maiores é necessário um desnível ainda maior para que o barômetro acuse a mesma diminuição. "Estes valores são apenas aproximados, já que a temperatura afeta a queda de pressão com a altitude". O fato pode ser observado na Figura 3.8.

A influência da temperatura sobre a pressão atmosférica também pode ser notada quando se compara a variação anual da pressão atmosférica com o desenvolvimento das temperaturas no decorrer das estações do ano (Figura 3.9).

As áreas de baixa pressão (BP) são denominadas ciclones ou áreas ciclonais e são receptoras de ventos. As áreas de alta pressão (AP) são denominadas anticiclones ou áreas anticiclonais e são áreas dispersoras de ventos. No hemisfério sul, em uma região de baixa pressão, o ar apresenta um movimento para o interior do núcleo, no sentido horário (Figura 3.10B). Em uma região de alta pressão, o ar se move para fora do núcleo, no sentido anti-horário (Figura 3.10A). O oposto ocorre no hemisfério norte.

Isso ocorre em virtude dos mecanismos de convergência e divergência do ar, que se correlacionam com as variações de temperatura e, consequentemente, de pressão. As regiões nas quais o ar faz o movimento ascendente são denominadas zonas de baixa pressão; já as regiões nas quais o ar faz o movimento descendente são denominadas zonas de alta pressão (Figura 3.11).

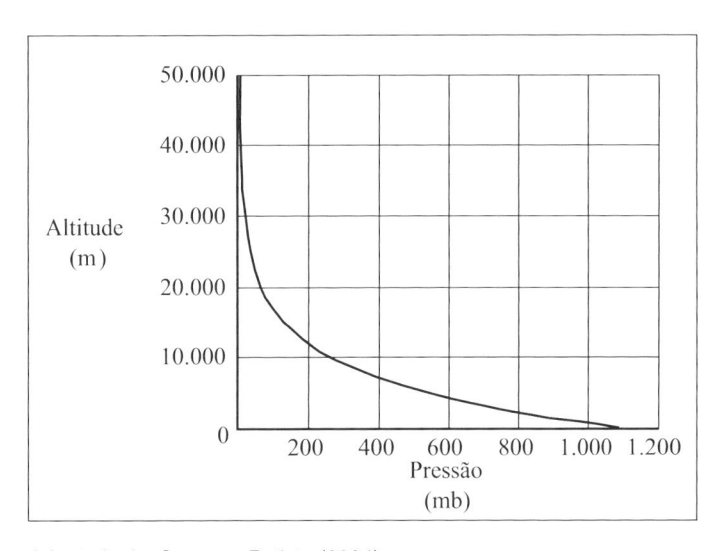

Adaptado de: Soares e Batista (2004).

Figura 3.8 Variação da pressão atmosférica conforme a altitude

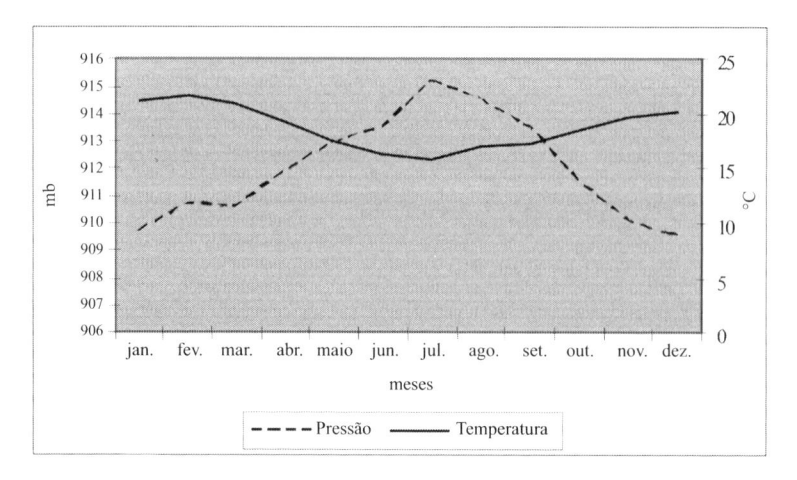

Fonte: Banco de Dados do Laboratório de Climatologia e Análise Ambiental – Universidade Federal de Juiz de Fora (UFJF).

Figura 3.9 Variação anual da pressão atmosférica e temperatura em Juiz de Fora (MG) (1973-2005)

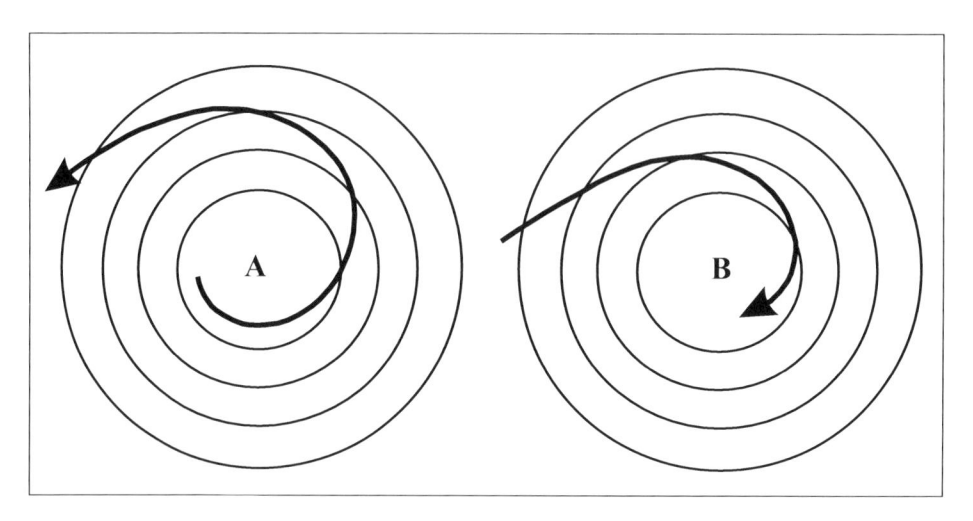

Adaptado de: Soares e Batista (2004).

Figura 3.10 Direção resultante do vento em uma célula de alta (A) e baixa pressão (B) no hemisfério Sul

Em outras palavras, pode-se dizer que os ventos sopram porque o ar é comprimido para fora por massas de ar frio descendentes e sugado para baixo de massas de ar quente em elevação, ou seja, os ventos sopram, no nível

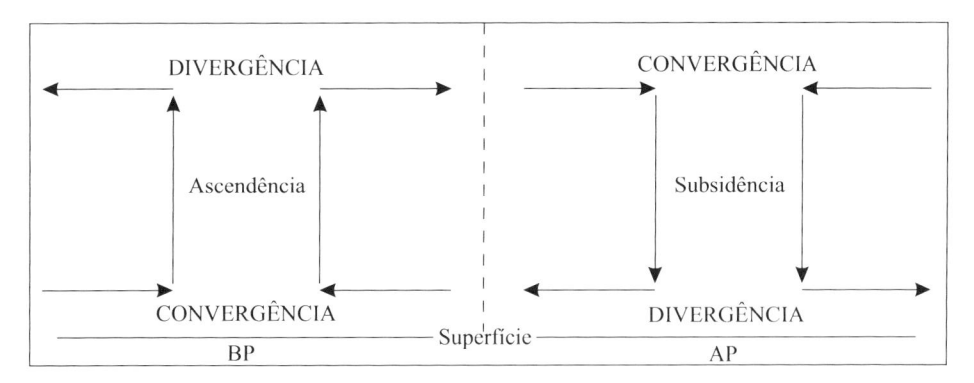

```
┌─────────────────────────────────────┬─────────────────────────────────────┐
│ ◄──── DIVERGÊNCIA ────►             │        CONVERGÊNCIA ────►           │
│         ▲       ▲                   │            ▼       ▼                │
│         │       │                   │            │       │                │
│      Ascendência                    │         Subsidência                 │
│         │       │                   │            │       │                │
│         │       ▼                   │            ▼       │                │
│ ◄──── CONVERGÊNCIA ────►            │        DIVERGÊNCIA ────►            │
│            BP            ─── Superfície ───          AP                   │
└─────────────────────────────────────┴─────────────────────────────────────┘
```

Adaptado de: Ayoade (2003).

Figura 3.11 Relação entre padrões divergentes, movimentos verticais e pressão

do solo, de lugares frios para lugares quentes. Por outro lado, em altitude, há uma corrente de ar que segue o caminho oposto, formando uma célula de circulação.

3.5 VENTO

O vento é o movimento do ar em relação à superfície terrestre, movimento esse que se processa tanto no sentido horizontal como no sentido vertical (AYOADE, 2003).

Segundo Tubelis e Nascimento (1984, p. 145), "O aquecimento diferencial de locais próximos ou distantes da superfície terrestre gera diferenças de pressão atmosférica". Dessa forma, o vento é geração de gradientes de pressão atmosférica, ou seja, é gerado em virtude da existência de pressões diferentes, mas sofre influências modificadoras do movimento de rotação da Terra, da força centrífuga ao seu movimento e do atrito com a superfície terrestre. Assim, para estabelecer o equilíbrio das diferentes pressões, o vento desloca-se, como já dissemos, das áreas de alta pressão para as áreas de baixa pressão, mantendo, geralmente, características próprias da atmosfera de que procede (frio, quente, úmido, seco etc.).

Com maior temperatura, ou seja, com maior grau de calor, o ar é aquecido, se expande, fica mais leve e sobe (ascende), dando lugar a outro ar (vento), em geral, de características mais frias, que vem para ocupar o espaço então criado.

Assim, nota-se que o ar quente viaja pelas camadas superiores da troposfera, ao passo que o ar mais frio (mais denso e mais pesado) se desloca pelas partes mais baixas.

Em geral, o vento é mais forte e veloz nas partes mais altas, pois a velocidade próxima do solo é diminuída pela fricção ou pelo atrito do próprio vento com os obstáculos da superfície (LEINZ e AMARAL, 1989). De acordo com Soares e Batista (2004), se a superfície estiver coberta de vegetação, o perfil do vento só se estabelece de determinada altura acima do solo, ou seja, a velocidade do vento se anula na altura da vegetação, como podemos observar na Figura 3.12.

Para Soares e Batista (2004), a velocidade do vento é uma grandeza vetorial com base na qual se medem, normalmente, parâmetros da sua componente horizontal. Os parâmetros medidos são velocidade, direção e força do vento.

Ainda de acordo com os autores, a direção do vento é o ponto cardeal de onde o vento vem. No Brasil, são adotadas oito direções fundamentais: Norte (N), Nordeste (NE), Sul (S), Sudeste (SE), Oeste (W), Noroeste (NW), Leste (E) e calmaria para a ausência de qualquer movimento.

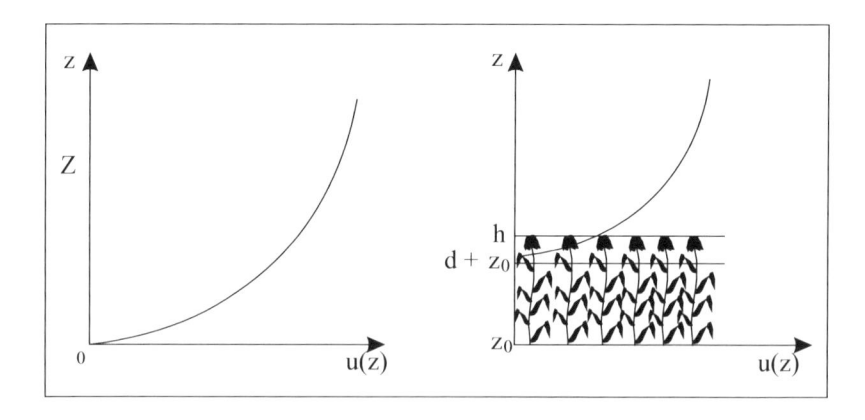

Adaptado de: Soares e Batista (2004).

Figura 3.12 Perfil da velocidade do vento (u_z) sobre uma superfície não vegetada (esquerda) e sobre uma superfície coberta com vegetação com altura *h* (direita)

A força do vento é a força exercida pela massa de ar em decorrência da velocidade do vento sobre um obstáculo perpendicular à sua direção.

3.5.1 Brisas

As brisas terrestres e marítimas são ventos locais que ocorrem principalmente nas costas tropicais. São causadas pela diferença de pressão existente entre o continente e o mar, e essa, por sua vez, tem origem nas diferenças térmicas (calor específico) entre a superfície terrestre e a superfície hídrica.

Durante o dia, a terra se aquece mais rapidamente que o mar e, assim, o ar sobre o continente se aquece mais rapidamente, se expande, torna-se mais leve e determina uma área de baixa pressão, receptora de ventos. Nesse período, o continente funciona como um centro de baixa pressão e os ventos sopram do mar (ou de grandes lagos) para a terra, fenômeno denominado brisa marítima ou lacustre.

À noite, ocorre o contrário: a terra se resfria rapidamente, ao passo que o mar (ou um grande lago) permanece mais tempo aquecido. Observa-se, então, uma inversão dos centros de pressão, o oceano funciona como área de baixa pressão receptora de ventos, e o vento, agora mais fraco, sopra da terra para o mar, fenômeno denominado brisa terrestre.

3.5.2 Ventos de vale e de montanha

Em parte, os ventos de vale e de montanha também são de origem térmica. Durante o dia, quando a radiação do sol é intensa, algumas vertentes montanhosas mais expostas são aquecidas mais rapidamente que os fundos dos vales. Assim, forma-se uma área de baixa pressão receptora de ventos nas partes mais elevadas, com isso, os ventos deslocam-se vertente acima. Esses ventos, denominados ventos de vale ou anabáticos, "são muitas vezes acompanhados pela formação de nuvens cúmulos sobre as montanhas ou perto delas" (AYOADE, 2003, p. 95).

Com o decorrer das horas do dia, ocorre o inverso: as áreas mais elevadas esfriam-se, perdem calor muito rapidamente em virtude da diminuição da radiação. Assim, forma-se no vale uma área mais aquecida, de baixa pressão. O ar que se desloca vertente abaixo, em direção às depressões e aos vales, são ventos frios, conhecidos como ventos de montanha ou catabáticos.

3.5.3 Alísios

Os alísios são ventos constantes que provêm das regiões subtropicais, áreas de alta pressão e dispersoras de ventos, para a faixa equatorial, área quente, de baixa pressão e receptora de ventos.

De acordo com Sadourny (1994), as temperaturas, mais elevadas na faixa equatorial, formam uma constante área de baixa pressão, bem como provocam ascensão das massas de ar que se tornam mais leves. Nas áreas extratropicais, por volta de 30° de latitude (*horse latitud*), de pressões mais altas que a região equatorial, formam-se centros dispersores de vento. Para substituir as massas de ar da região equatorial que ascenderam em virtude das temperaturas elevadas, para lá convergem massas de ar menos quentes (tépidos), os ventos alísios, também denominados *passat*, originados nas regiões temperadas (Figura 3.13). Os alísios vêm das regiões subtropicais (do norte e do sul) para a região equatorial (zona de convergência), viajando pelas camadas mais baixas da troposfera. Como viajam pelas camadas inferiores, são fortemente "travados" pela fricção com a superfície, por isso a velocidade dos alísios normalmente não ultrapassa 5 m/s.

Após perderem sua característica inicial (tépido) e provocarem chuvas na região equatorial, esses ventos se aquecem, ficam mais leves e ascendem, voltando para as regiões de origem. Agora circulando pelas partes mais altas da troposfera, esses ventos são denominados contra-alísios. São ventos permanentes em virtude da formação constante de ciclones no Equador e de anticiclones nas regiões subtropicais.

Em razão do movimento de rotação da Terra, os ventos alísios, no hemisfério norte, sopram de nordeste para sudoeste (alísios de nordeste); já no

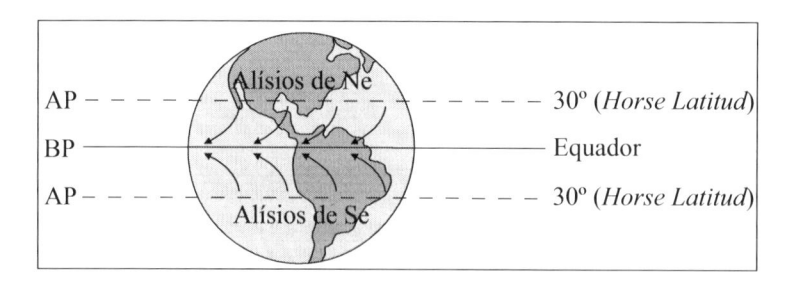

Adaptado de: Soares e Batista (2004).

Figura 3.13 Esquema geral dos ventos alísios

hemisfério sul, sopram de sudeste para noroeste (alísios de sudeste), e não de norte para sul e de sul para norte, respectivamente, como deveria ser se a Terra estivesse imóvel. Isso se deve à força ou ao efeito de Coriolis, que "atua à direita do vetor velocidade no Hemisfério Norte e atua à esquerda no Hemisfério Sul" (VIANELLO e ALVES, 1991, p. 216). A ação dessa força aplica-se a qualquer corpo móvel em um meio giratório. Observa-se na Figura 3.14A que o "desvio" aparente na trajetória dos ventos ocorre à direita e/ou à esquerda em relação ao observador. No mesmo sentido, na Figura 3.14B (à direita ou à esquerda do observador), os contra-alísios, nos dois hemisférios, sofrem um desvio na sua trajetória.

A velocidade do vento pode ser estimada, empiricamente, por meio da escala de Beaufort, que associa a velocidade com observações visuais do efeito do vento (Tabela 3.5).

Tabela 3.5 Escala de Beaufort para estimativa da velocidade do vento

Vel. (km/h)	Escala	Termo	Efeitos
≤ 2	0	Calmaria	A fumaça sobe verticalmente; as folhas das árvores não se movem.
2 a 5	1	Muito fraco	A direção do vento é mostrada pela inclinação da fumaça; os pequenos galhos se movem lentamente; as gramíneas altas se inclinam suavemente.
6 a 12	2	Fraco	Árvores isoladas de até 5 m se inclinam suavemente; sente-se o vento contra o rosto; pequenos galhos se movem.
13 a 20	3	Suave	Árvores de até 5 m se inclinam; ramos maiores são sacudidos; as copas das árvores em bosques densos se movem.
21 a 29	4	Moderado	Árvores isoladas de até 5 m se inclinam violentamente; árvores em bosques densos se inclinam; poeira se levanta.
30 a 39	5	Moderadamente forte	Pequenos ramos se quebram; resistência ao andar contra o vento.
40 a 60	6	Forte	Árvores são danificadas; dificuldade ao se andar contra o vento; pode haver danos às construções.

Adaptado de: Soares e Batista (2004).

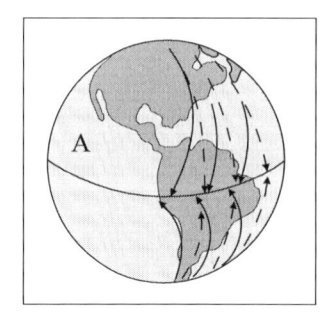

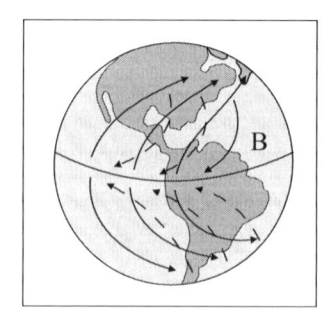

Adaptado de: Argentiére (1960) e Vianello e Alves (1991).

Figura 3.14   Efeito da força de Coriolis sobre os ventos alísios (A) e contra-alísios (B)

3.6 NEBULOSIDADE

De acordo com Suguio e Suzuki (2003), entre 4,5 bilhões e 3 bilhões de anos atrás, a Terra ainda estava muito quente, o que impedia os gases suspensos no ar de se transformarem em líquido. Conforme foi esfriando, entre 3 bilhões e 2 bilhões de anos atrás, as primeiras nuvens apareceram. Além de água, continham metano, amônia, hidrogênio, hélio e gás carbônico, eram carregadas. Bem mais leves, as nuvens atuais são compostas de gotículas de água e impurezas encontradas no ar.

Uma nuvem pode ser definida como "um conjunto visível de partículas de água líquida e/ou de gelo, em suspensão na atmosfera" (TUBELIS e NASCIMENTO, 1984, p. 174). O vapor de água presente no ar atmosférico pode passar (ou voltar) para a fase líquida pelo processo de condensação, que dá origem às nuvens. A condensação do vapor de água no interior de uma massa de ar inicia-se quando a massa atinge a saturação, processo, como já ressaltamos, que pode ocorrer principalmente em virtude do resfriamento (redução da temperatura) ou da adição de vapor de água.

Ainda de acordo com os autores, a saturação por resfriamento ocorre em razão da diminuição da capacidade de retenção de vapor de água da massa de ar por conta da diminuição da temperatura. A saturação ocorre quando o teor de vapor de água existente no ar torna-se igual à sua capacidade de retenção. A saturação de uma massa de ar pode ainda ser atingida pela adição de vapor de água, causando a elevação do seu teor até sua capacidade máxima de retenção, na temperatura em que a massa de ar se encontra.

O principal processo de formação de nuvens é o resfriamento por expansão adiabática (SOARES e BATISTA, 2004), que ocorre quando uma massa de ar se eleva na atmosfera. Na medida em que a massa se eleva, ela se expande, em decorrência da diminuição da pressão atmosférica com a altura, e resfria-se na medida em que se eleva. Como consequência, o resfriamento provoca diminuição da capacidade de retenção de vapor de água, então, ocorre a saturação e a condensação sobre os núcleos de condensação, constituídos por impurezas sólidas que servem de superfícies de contato. A lei adiabática estabelece a "relação entre a temperatura e a pressão de uma parcela de gás que se expande independentemente do calor externo" (SADOURNY, 1994, p. 129), ou seja, não há troca de calor com o ar atmosférico no entorno.

O nascimento de uma nuvem pode ser resumido assim: em dias quentes, o sol aquece o solo com maior intensidade em alguns lugares. As bolhas de ar quente que se formam nos locais de maior incidência sobem impulsionadas pelo ar mais denso e mais frio em volta delas. Quando encontram uma pressão atmosférica mais baixa, as bolhas se expandem e resfriam – uma nuvem se forma quando o ar sobe e esfria tanto que o vapor de água que o ar contém se condensa em gotículas.

De acordo com Tubelis e Nascimento (1984), tendo atingido o nível de condensação, a nuvem formada é constituída de gotículas de água que pelas suas pequenas dimensões, de 2 mícrons a 20 mícrons, permanecem em suspensão na atmosfera. Cada gotícula fica sujeita à força gravitacional, ao empuxo e à ação das correntes ascendentes de ar. Enquanto predominam as forças ascendentes sobre a força gravitacional, as gotículas se elevam na atmosfera. Quando a componente gravitacional predomina, as gotículas descendem na atmosfera, dando origem à precipitação. A predominância da gravidade ocorre quando as gotículas crescem até uma dimensão suficiente para sobrepujar as correntes ascendentes. Como citado por Forsdyke (1969, p. 58) "milhares de gotículas invisíveis são necessárias para formar uma só gota de chuva".

De acordo com Tubelis e Nascimento (1984), também ocorre o processo inverso ao da expansão adiabática. Ao descer na atmosfera, o ar sofre uma compressão adiabática em decorrência do aumento da pressão. O processo provocado pelo aumento da temperatura da massa de ar, com consequente aumento da capacidade de retenção de vapor, diminui a umidade relativa do ar. Sob a ação desses mecanismos, uma nuvem pode dissolver-se.

Dessa forma, é possível concluir que a dissipação das nuvens ocorre quando cessa o processo que lhe deu origem, ou seja, quando ocorre o reaquecimento do ar após as precipitações ou pela "mistura" (encontro) com uma massa de ar mais seco.

Às vezes, a identificação dos diversos tipos de nuvens impõe grande dificuldade, seja pelas formas de transição, seja pela estimativa visual da altura das nuvens. Assim, para uma melhor identificação pode-se classificá-las segundo dois critérios: altitude e aparência (SOARES e BATISTA, 2004).

De acordo com a altitude, as nuvens são classificadas em quatro grupos: baixas, médias, altas e de desenvolvimento vertical, como observado na Figura 3.15.

A maior parte das nuvens está na troposfera, ou seja, entre a superfície terrestre e a tropopausa (limite superior da troposfera, variável conforme a latitude). De acordo com o *Atlas internacional de nuvens* (1956, p. 9):

> As observações têm demonstrado que as nuvens estão geralmente situadas a alturas compreendidas entre o nível do mar e 18 km nas regiões Tropicais, 13 km nas regiões Temperadas e 8 km nas regiões Polares. De um modo convencional, a parte da atmosfera em que as nuvens se apresentam habitualmente foi dividida verticalmente em três camadas, chamadas Camada Superior (Ch), Camada Média (Cm) e Camada Inferior (Ci). Cada camada será definida pelo conjunto dos níveis em que as nuvens de certo gênero apresentam-se mais frequentemente.

Podemos observar essas indicações na Tabela 3.6.

Tabela 3.6 Variação da altura das nuvens de acordo com a latitude

Camada	Região		
	Tropical	Temperada	Polar
Superior	6 km a 18 km	5 km a 13 km	3 km a 8 km
Média	2 km a 8 km	2 km a 7 km	2 km a 4 km
Inferior	< 2 km	< 2 km	< 2 km

Adaptado de: Soares e Batista (2004).

Principais elementos do clima 53

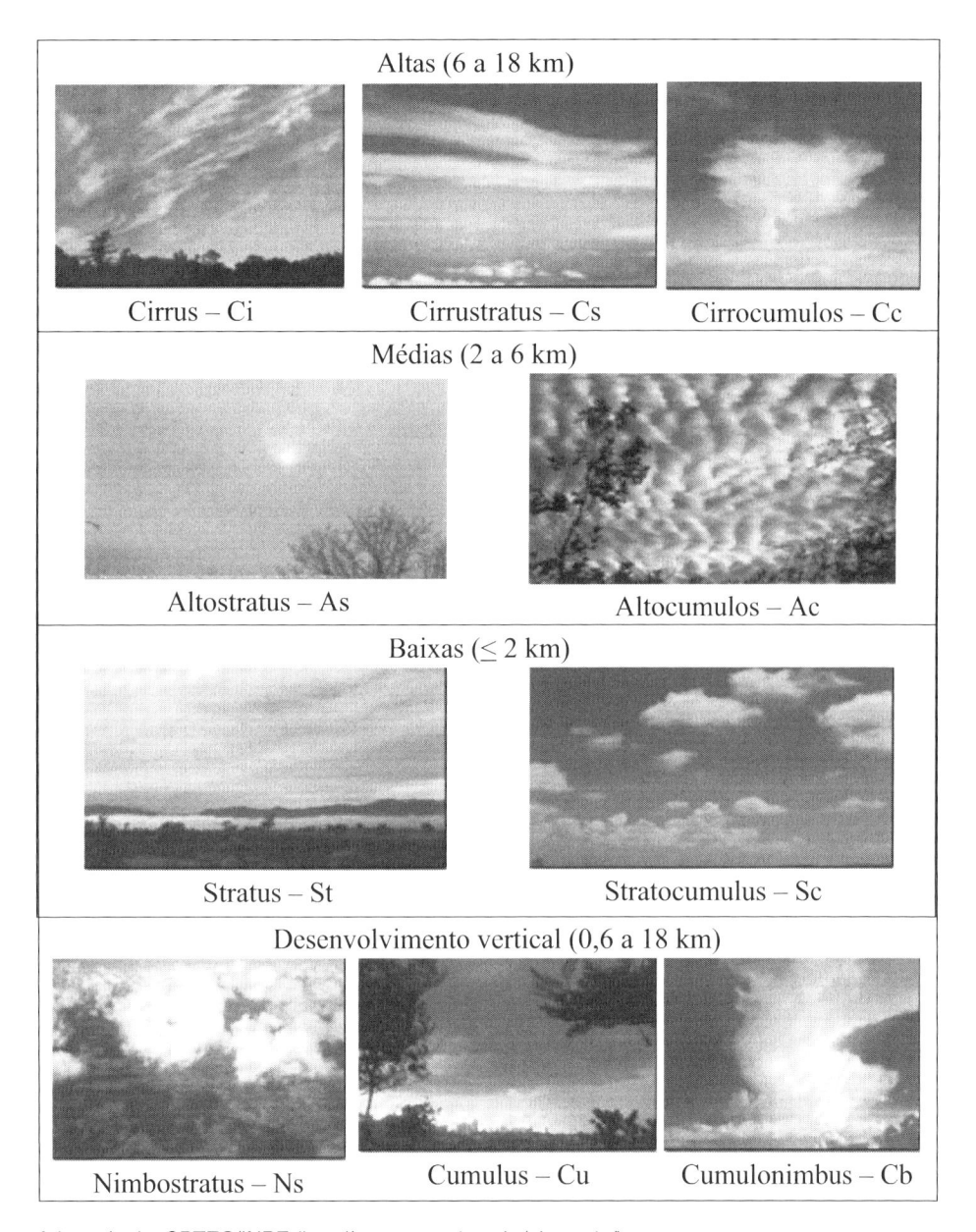

Altas (6 a 18 km)		
Cirrus – Ci	Cirrustratus – Cs	Cirrocumulos – Cc
Médias (2 a 6 km)		
Altostratus – As		Altocumulos – Ac
Baixas (≤ 2 km)		
Stratus – St		Stratocumulus – Sc
Desenvolvimento vertical (0,6 a 18 km)		
Nimbostratus – Ns	Cumulus – Cu	Cumulonimbus – Cb

Adaptado de: CPTEC/INPE (http://www.cptec.inpe.br/glossario/).

Figura 3.15 Tipos ou gêneros de nuvens segundo a classificação da Organização Meteorológica Mundial (OMM)

Em uma observação meteorológica, a nebulosidade, "definida como a fração do céu que se apresenta coberta por nuvens no momento da observação" (TUBELIS e NASCIMENTO, 1984, p. 179), é dada em décimos (1/10 a 10/10), como observado na Tabela 3.7. Essas frações decimais são, posteriormente, transformadas, para mensagem sinóptica, em oitavos (oktas), com o auxílio de uma tabela de conversão de 1/8 a 8/8 (neste último caso, com o céu totalmente encoberto por nuvens).

Tabela 3.7 Tipos de céu conforme a cobertura de nuvens

Denominações	Partes do céu cobertas
Céu limpo	de 0 a 2/10
Céu nublado	de 3/10 a 7/10
Céu encoberto	de 8/10 a 10/10

Fonte: Machado (2000a, p. 36).

Concluindo, pode-se notar como a nebulosidade relaciona-se com a radiação solar, com a insolação e, indiretamente, com a temperatura do ar e com o aquecimento da atmosfera. A cobertura de nuvens pode refletir, difundir e até absorver a radiação solar. Como já dissemos dos 100% da energia do sol que entram na atmosfera, 40% incidem sobre as nuvens, desse valor, absorvem cerca de 1% (pequena absorção) e refletem cerca de 25%, que se esvaem para o espaço exterior. A reflexão dos raios solares depende da cor, espessura, estrutura e constituição das nuvens.

3.7 PRECIPITAÇÃO

A água é, sem dúvida, um dos principais, se não o mais importante, elemento natural da manutenção da vida no planeta.

De acordo com Soares e Batista (2004), a precipitação é o resultado de um estado avançado de condensação. Ela ocorre quando a força gravitacional supera a força que mantém a umidade suspensa então, a umidade atinge o solo sob a forma líquida (chuva ou chuvisco/garoa) ou sólida (granizo, saraiva e neve).

Inicialmente, é necessário destacar o ciclo hidrológico (Figura 3.16) que, de forma geral, tem origem na evaporação das águas com posterior forma-

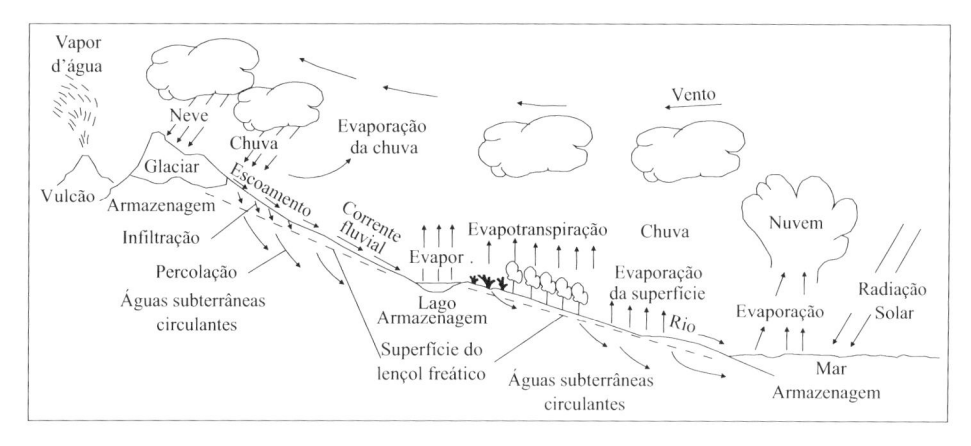

Adaptado de: Salgado-Lauboriau (1994).

Figura 3.16 Ciclo hidrológico

ção de nuvens (condensação) e, finalmente, com precipitação, quando o ciclo reinicia.

3.7.1 O ciclo hidrológico

O ciclo hidrológico, ou ciclo da água, está intimamente ligado ao ciclo energético da Terra, ou seja, à distribuição da energia proveniente do Sol. Essa energia é responsável pela passagem da água pelos três estados físicos da matéria (sólido, líquido e gasoso), além de promover a circulação dessa água pelo globo. De maneira resumida pode-se conceituar as seguintes etapas do ciclo:

I – Evaporação: a evaporação ou vaporização é a passagem da água do estado líquido para o de vapor. Aqui se inclui a evapotranspiração, ou seja, a evaporação, por transpiração, da água presente nos seres vivos (animais e vegetais). Para haver evaporação, como dissemos, dois agentes são fundamentais: água para ser evaporada e temperatura (calor) para promover a passagem da água do estado líquido para o gasoso.

II – Condensação: a condensação é o processo pelo qual o vapor de água presente no ar atmosférico é novamente transformado em água líquida. O início do processo de condensação é visualizado pela formação de uma nuvem no céu. A condensação do vapor de água no interior de uma massa de ar tem início quando a massa atinge a saturação. A saturação acarreta diminuição da capacidade de retenção de vapor de água.

A condensação resulta, normalmente, do resfriamento do ar úmido, ou seja, do ar que contém vapor de água. Assim, quanto menor for a temperatura, menor será a quantidade de água necessária para saturar o ar. A condensação pode resultar também do aumento do vapor de água ou, ainda, da mistura (ou encontro) com outra massa de ar de temperatura menor.

Como já observamos, a nuvem é formada por microgotículas de água e/ou microcristais de gelo. Para que ocorra a precipitação, o crescimento das gotas de água ocorre, basicamente, por colisão e coalescência. "O crescimento gelo com gelo é chamado de *agregação*, gelo com água é chamado *acreção* e água com água, *coalescência*" (ATKINSON e GADD, 1990, p. 89).

A agregação, quando cristais de gelo colidem e se colam uns aos outros, é particularmente eficiente em baixas temperaturas; é o principal processo explicativo para a neve e as chuvas extratropicais. A acreção, "crescimento de uma partícula gelada (ou seja, cristal de gelo ou floco de neve) pela colisão com uma gota líquida sobrefundida que congela devido ao contato" (ATKINSON e GADD, 1990, p. 151), é o processo fundamental por que se formam os grãos de saraiva: um embrião de gelo que capta gotículas de água que gelam ao se chocarem com ele. A coalescência, processo em que "gotas maiores, caindo pelas gotinhas que se formam mais lentamente, colidem com elas e, por assim dizer, capturam-nas, para formar gotas ainda maiores" (FORSDYKE, 1969, p. 59), funciona nas regiões tropicais para a precipitação das nuvens onde não há gelo.

O ar está cheio de partículas minúsculas em suspensão – óxidos de enxofre, nitrogênio ou fósforo e outros produtos gerados em centros urbanos e industriais (SOARES e BATISTA, 2004). Por vezes, são milhares dessas partículas e algumas delas favorecem a condensação e estimulam a formação de gotas d'água à sua volta. São os núcleos de condensação, que por terem uma atração especial pela água, são denominados núcleos higroscópios. As partículas de sal provenientes do mar pertencem a essa categoria e podem provocar a condensação antes que a umidade relativa do ar alcance 100%.

> *A indução artificial de chuva é uma prática que visa acelerar o processo de desenvolvimento de nuvens com a finalidade de se conseguir chuva. Na prática da indução artificial de chuvas são usados iodeto de prata e cloreto de sódio como núcleos de condensação* (TUBELIS e NASCIMENTO, 1984, p. 212).

III – Precipitação: a precipitação, como já observamos, é o processo pelo qual a água condensada na atmosfera atinge a superfície terrestre na forma líquida (chuva ou chuvisco) ou sólida (granizo, saraiva ou neve).

Chuva – é a precipitação de partículas de água líquida na forma de gotas com diâmetro mínimo de 0,5 mm e velocidade de queda de 3 m/s (SOARES e BATISTA, 2004).

De acordo com Tubelis e Nascimento (1984), a chuva inicia-se quando o nível de condensação é atingido e se prolonga até o nível em que a temperatura do ar torna-se igual a –12 °C. Nesse estágio, a nuvem é caracterizada por vapor de água e gotículas de água líquida, e se resfria na ascensão segundo o gradiente adiabático úmido que se estabelece. A precipitação que se forma, de nuvens até esse estágio, é sempre pluvial. As gotículas da nuvem, entre as temperaturas de 0 °C e –12 °C não se solidificam e, por essa razão, são denominadas gotículas de água super-resfriadas, ou seja, a água é resfriada a uma temperatura inferior a seu ponto de congelamento (0 °C à pressão normal) e permanece, todavia, no estado líquido, em virtude, basicamente, das condições atmosféricas diferenciadas em altitude, em que se destaca, principalmente, a menor pressão atmosférica.

Chuvisco – precipitação de gotas de água muito pequenas, com diâmetros inferiores a 0,5 mm, que se dispersam uniformemente, parecem flutuar no ar acompanhando o movimento da brisa. O chuvisco cai de nuvens Stratus (SOARES e BATISTA, 2004). Convém ressaltar que o chuvisco é a precipitação líquida inferior a 1 mm/hora (RETALLACK, 1977).

Granizo – precipitação de grãos redondos ou cônicos de gelo (SOARES e BATISTA, 2004). Quando a solidificação é muito rápida, ou seja, quando ocorre a sublimação (passagem do estado gasoso diretamente para o estado sólido) ou quando se produz em um meio contendo pequenas gotas super-resfriadas, como resultado de um resfriamento muito rápido a temperaturas entre –12 °C e –40 °C, o gelo se forma em massas amorfas ou apresenta pequenos traços de cristalização, precipitando em forma de granizo.

Saraiva – precipitação de pedras de gelo mais ou menos ovais, com diâmetros entre 0 mm e 50 mm ou mais (SOARES e BATISTA, 2004), que caem ora separadas umas das outras, ora aglomeradas em blocos irregulares. "Os grânulos de saraiva ocorrem quando se formam gotas de chuva em Cumulonimbos, porque podem ser arrastadas para cima e ultrapassar o nível de congelação por várias vezes. Adquirem assim camadas sucessivas de gelo até que o peso adquirido as faça finalmente cair" (ATKINSNON e GADD, 1990, p. 89).

Outra forma de saraiva forma-se quando a temperatura da nuvem de que provém está acima de 0 °C, ao passo que as camadas inferiores de ar se acham ainda abaixo do ponto de congelamento. Como resultado desse processo, o pingo da chuva congela-se na queda, alcançando o solo na forma de saraiva.

Neve – se a condensação (sublimação) se dá a temperaturas muito baixas (em torno ou abaixo de –40 °C) e de forma lenta e progressiva, o vapor de água também passa diretamente para o estado sólido, então, o gelo toma formas cristalinas mais ou menos regulares, simples ou complexas, e constituem a neve. Observa-se que a precipitação de neve demanda, mesmo na superfície, temperaturas bastante baixas (0 °C ou menos), por isso esse tipo de precipitação é mais comum em áreas de altas latitudes e altas montanhas. Caso contrário, "se a temperatura entre o nível das nuvens e o solo estiver suficientemente elevada, a neve derreterá na sua queda e será transformada em chuva" (FORSDYKE, 1969, p. 66). Como citado por Atkinson e Gadd (1990, p. 89) "a formação da neve é diferente da formação da chuva. As gotículas de água juntam-se e congelam sobre cristais de gelo microscópicos que, assim, aumentam de tamanho. Estes cristais formam então agregados característicos que caem no solo em forma de flocos de neve".

As chuvas podem ser classificadas em três tipos principais, de acordo com sua gênese: chuvas convectivas ou de convecção, frontais ou ciclônicas e orográficas ou de relevo.

I – Chuvas convectivas: as nuvens de convecção (grandes cúmulos ou cúmulos-nimbos) são formadas com a ascensão de uma massa de ar úmido em regiões quentes; são comuns em áreas quentes e úmidas. Com o aumento da concentração de vapor de água ou com o resfriamento da massa de ar (seja por causa da altitude, seja pela presença de ventos mais frios), ocorre a saturação do ar, resultando em chuvas pesadas e intensas, embora de duração mais curta. Nas regiões equatoriais, onde há baixa pressão e a evaporação é constante e intensa em razão das elevadas temperaturas, ocorrem, comumente, chuvas de convecção, também provocadas pela ação dos ventos alísios oriundos das áreas de alta pressão das latitudes dos 30° na região tropical. Essas chuvas são comuns no verão. Depois de atingida a temperatura máxima do dia e posterior decréscimo no final da tarde ou início da noite, "despenca" um forte aguaceiro, em geral, de curta duração e acompanhado de raios, relâmpagos e trovões.

II – Chuvas frontais: esse tipo de chuva, também chamada de ciclônica, está associada à instabilidade causada pelo encontro de duas massas de ar com características térmicas diferentes (uma massa de ar quente e outra de ar frio). É uma precipitação moderadamente intensa, contínua, que afeta áreas bastante extensas. São comuns nas áreas de médias latitudes, onde ocorre, normalmente (principalmente no período do inverno), o encontro de massas de ar com características opostas. Com o lento resfriamento do ar, ocorre a saturação e posterior condensação do vapor de água, como resultado, acontecem as chuvas frontais.

III – Chuvas orográficas: as chuvas orográficas (orogênicas ou de relevo) ocorrem em razão da ascensão forçada de ventos úmidos ante um obstáculo do relevo. O ar, obrigado a se elevar para transpor o obstáculo, resfria-se (com a altitude) e pode ficar saturado. As vertentes do obstáculo voltadas para o vento ficam cobertas de nuvens das quais cai a chuva. Do outro lado do obstáculo, o ar descendente é seco e, em geral, frio, com suas características iniciais modificadas.

Não só a quantidade de chuva é importante mas também sua distribuição. Em geral, "verifica-se que a quantidade de chuva que cai, diminui do Equador para os Polos, da costa para o interior e da base para o alto da montanha" (MARTINS, 1970, p. 54).

De acordo com Ayoade (2003), em muitas partes dos trópicos, a precipitação ocorre principalmente durante o verão e abrange metade do ano, sendo a outra estação (normalmente o inverno) relativamente seca. Pelo fato de a temperatura e outros elementos climáticos serem muito uniformes, a distribuição sazonal da precipitação pluvial constitui a base para a maioria das classificações ou subdivisões dos climas tropicais.

A distribuição sazonal da precipitação também é elemento importante do tempo atmosférico e do clima nas latitudes médias e altas. Ao passo que nos trópicos a precipitação pluvial é efetiva para o crescimento da planta, qualquer que seja a época do ano em que ocorra, nas latitudes médias, somente a precipitação que cai durante a estação isenta de congelamento pode ser efetiva. A precipitação no inverno ocorre principalmente na forma de neve, que não pode ser utilizada pelas plantas até que derreta. Além disso, nessa época, as temperaturas costumam ser muito baixas para que haja o crescimento da vegetação.

A precipitação tende a ser mais sazonal em sua incidência nos trópicos, em comparação com as áreas extratropicais. A marcha sazonal da precipitação nas latitudes baixas é controlada principalmente pela migração norte-sul do cinturão de ventos que, junto com suas zonas associadas de convergência e divergência, segue o curso do Sol. Da mesma forma, o padrão de distribuição da precipitação sazonal é mais zonal nas latitudes baixas do que nas latitudes médias. Nessas últimas áreas, os continentes e os oceanos exercem considerável influência sobre o padrão de distribuição da precipitação. Por fim, as áreas oceânicas não somente recebem mais precipitação durante o ano do que as áreas continentais, como também a precipitação é menos sazonal em sua incidência. A Figura 3.17 mostra o padrão geral das variações na precipitação sobre o globo. Nesse diagrama, a ênfase está na migração norte-sul das zonas de convergência e de divergência. As variações sazonais na precipitação, que surgem de fatores não sazonais, como a distribuição continental e hídrica, a disposição das terras altas e das variações longitudinais na circulação atmosférica, não são consideradas (AYOADE, 2003).

Em geral, podem-se reconhecer, ainda de acordo com o autor, os seguintes regimes principais de precipitação pluvial, ou seja, padrões de precipitação pluvial sazonal:

1. precipitação pluvial equatorial – abundante, ocorre durante todo o ano e é amplamente convectiva quanto à origem;
2. precipitação pluvial de savana – amplamente convectiva e ocorre durante o verão;
3. precipitação pluvial de deserto tropical – baixa em todas as estações;
4. precipitação pluvial mediterrânea – é principalmente ciclônica (ou seja, frontal) e ocorre no inverno. O verão é seco;
5. precipitação do oeste europeu – abundante, com mais chuvas no inverno do que no verão. A precipitação é ciclônica quanto à origem;
6. precipitação pluvial continental – a chuva cai principalmente no verão;
7. precipitação pluvial costeira de leste – é elevada e provém de ventos marítimos em baixas latitudes; nas latitudes médias, a precipitação é derivada de massa de ar úmida e moderadamente quente que se dirige para o interior no verão e de tormentas ciclônicas no inverno;

Principais elementos do clima 61

8. precipitação pluvial polar – é baixa, com precipitação máxima no verão, quando há mais umidade no ar e a influência ciclônica pode alcançar a área circunvizinha aos polos.

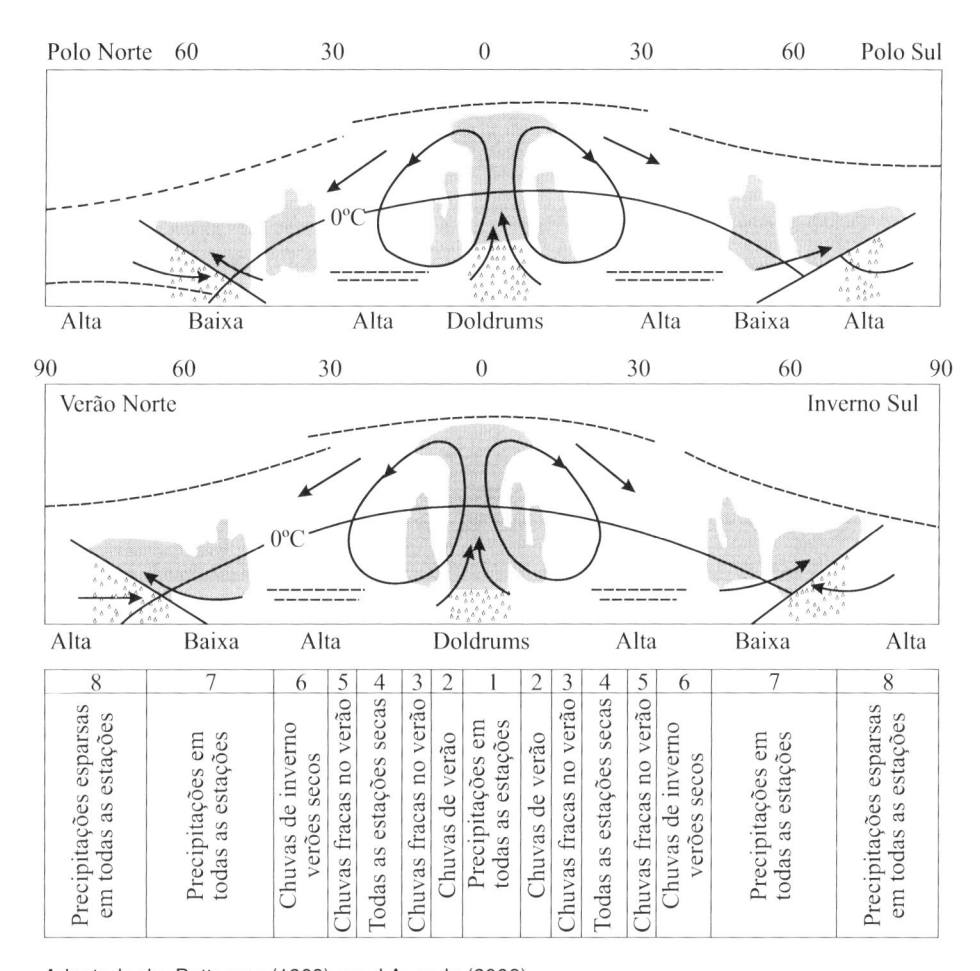

8	7	6	5	4	3	2	1	2	3	4	5	6	7	8
Precipitações esparsas em todas as estações	Precipitações em todas as estações	Chuvas de inverno verões secos	Chuvas fracas no verão	Todas as estações secas	Chuvas fracas no verão	Chuvas de verão	Precipitações em todas as estações	Chuvas de verão	Chuvas fracas no verão	Todas as estações secas	Chuvas fracas no verão	Chuvas de inverno verões secos	Precipitações em todas as estações	Precipitações esparsas em todas as estações

Adaptado de: Pettersen (1969) apud Ayoade (2003).

Figura 3.17 Padrões da variação sazonal da precipitação na superfície do globo

capítulo 4

Principais meteoros

Segundo Machado (2000a), meteoros são os fenômenos visíveis na atmosfera. Os meteoros astronômicos, originados de corpos que procedem do espaço e penetram na atmosfera, fazem as pessoas pensarem nas estrelas cadentes. Todavia, os meteoros não astronômicos são os mais frequentes. Por essa razão, os meteorologistas dão à palavra meteoro uma definição particular para evitar confusão com o significado astronômico (RETALLACK, 1977).

Assim, em meteorologia, ciência que se ocupa de estudar os meteoros, esses corpos são fenômenos ou eventos que se manifestam na atmosfera terrestre.

Para os meteorologistas, meteoro é um fenômeno, além das nuvens, observado na atmosfera ou na superfície da Terra. Esse fenômeno pode consistir-se em uma precipitação, uma suspensão ou um depósito de partículas líquidas ou sólidas, constituindo-se também uma manifestação de natureza ótica ou elétrica.

Os meteoros apresentam características diversas. Todavia, considerando a natureza de suas partículas constituintes ou os processos físicos que intervêm em sua formação, é possível classificá-los em quatro grupos principais. A Organização Meteorológica Mundial (OMM) define esses grupos de meteoros da seguinte maneira:

- Hidrometeoro: meteoro que consiste em um conjunto de partículas de água líquida ou sólida, em queda ou em suspensão na atmosfera, levantadas da superfície pelo vento ou, ainda, depositadas sobre os objetos no solo ou na atmosfera livre;
- Litometeoro: conjunto de partículas que, em sua maioria, são sólidas e não aquosas. Essas partículas estão mais ou menos em suspensão na atmosfera ou são levantadas do solo pelo vento;
- Fotometeoro: fenômeno luminoso produzido pela reflexão, refração ou interferência da luz solar ou lunar;
- Eletrometeoro: manifestação visível ou audível de eletricidade atmosférica.

A maioria dos meteoros pode ser avaliada quanto a sua intensidade (fraco, forte ou moderado), seu período (inicio e término do fenômeno), seu caráter (contínuo, intermitente, em pancadas ou em combinações) e sua direção. A seguir, trataremos dos principais meteoros que ocorrem na atmosfera terrestre.

4.1 HIDROMETEOROS

Chuva: precipitação de partículas de água líquida, na forma de gotas de diâmetro superior a 0,5 mm. A chuva apresenta-se como tal quando ocorre no mínimo com um volume superior a 1 mm/hora.

Garoa ou chuvisco: precipitação bastante uniforme, constituída exclusivamente de finas gotas d'água de diâmetro inferior a 0,5 mm e muito unidas. Diferencia-se da chuva por ser uma precipitação líquida de volume inferior a 1 mm/hora.

Neve: precipitação de cristais de gelo, na maioria das vezes ramificados; em outras, estrelados. É resultado da sublimação do vapor de água (passagem de vapor para sólido), mediante baixas temperaturas, cuja redução, como vimos anteriormente, se dá de forma lenta e progressiva (típica de áreas de grandes altitudes e/ou latitudes).

Granizo: precipitação de grãos redondos ou cônicos de gelo.

Saraiva: precipitação de glóbulos ou pedaços de gelo, cujo diâmetro atinge de 5 mm a 50 mm, às vezes mais.

Nevoeiro: suspensão na atmosfera de pequenas gotas d'água, reduzindo a visibilidade horizontal na superfície da Terra a menos de 1 km. Um mesmo conjunto de partículas em suspensão pode ser considerado um nevoeiro por um observador instalado na montanha e uma nuvem por um observador instalado na planície.

Quando suficientemente iluminadas, as gotículas são visíveis a olho nu e parecem se deslocar de maneira desordenada. No nevoeiro, o ar dá a impressão de ser úmido e pegajoso. Esse hidrometeoro forma um céu esbranquiçado que encobre a paisagem. Entretanto, quando contém partículas de poeira ou de fumaça pode adquirir coloração amarelada. De acordo com Tubelis e Nascimento (1984, p. 183):

> *Os nevoeiros constituídos de partículas pequenas, menores que 60 mícrons, não conseguem molhar os objetos*

> *em contato com ele. As partículas, pela sua pequena dimensão, contornam os objetos sem se chocar com sua superfície. Os nevoeiros de partículas maiores que 60 mícrons, promovem o molhamento dos objetos, porque suas partículas não conseguem contorná-los e chocam-se com sua superfície. Nevoeiros deste tipo são muitas vezes denominados de Neblina pelo molhamento que causam.*

Da mesma maneira que as nuvens, os nevoeiros se formam quando a massa de ar se torna saturada de vapor de água. Sob condição de nevoeiro, a umidade relativa do ar é de 100% e a temperatura do ponto de orvalho, ou seja, a temperatura de condensação ou temperatura úmida (temperatura do termômetro de bulbo úmido) é igual à temperatura do ar (termômetro de bulbo seco).

Como explica Atkinson e Gadd (1990, p. 72):

> *[...] o vapor de água também se condensa sobre núcleos extremamente pequenos, no próprio ar, por exemplo, partículas de fumo (fumaça industrial), sal, aerossóis de sulfato e dióxido de enxofre, para formar gotículas minúsculas de água suficientemente pequenas para permanecerem suspensas no ar em vez de caírem para o solo. Assim se formam as nuvens que vemos ou, se contactarem o solo, a neblina ou nevoeiro.*

Segundo Tubelis e Nascimento (1984, p. 188), a "ocorrência combinada do nevoeiro com elevadas concentrações de fumaça dá origem ao fenômeno conhecido como SMOG, que ocorre em grandes centros urbanos e industriais, mormente no outono e no inverno".

Normalmente, a atmosfera terrestre contém impurezas (litometeoros) ou está carregada de umidade na forma de vapor ou de precipitação (hidrometeoros). Os meteoros reduzem o grau de transparência da atmosfera em um valor proporcional à intensidade com que se apresentam. O grau de transparência da atmosfera é o que determina a visibilidade, ou seja,

> *frequentemente torna-se difícil distinguir objetos a grandes distâncias durante o dia, bem como luzes distantes durante à noite, por conta da presença, no ar, de pequenas partículas que podem incluir hidrometeoros (nevoeiro, névoa úmida, chuva, neve etc.) ou Litometeoros (névoa seca, poeira, fumaça, areia, óleos, partículas de sal etc.)* (RETALLACK, 1977, p. 103).

Névoa úmida: suspensão de microscópicas gotículas de água ou de partículas higroscópicas úmidas na atmosfera, reduzindo a visibilidade horizontal na superfície da Terra.

Nos códigos internacionais empregados para as mensagens de observação, o termo névoa úmida é usado quando o hidrometeoro névoa não reduz a visibilidade horizontal na superfície a menos de 1 km, diferenciando-se do nevoeiro. Em oposição à névoa seca, utiliza-se como elemento diferenciador a umidade relativa do ar: na névoa úmida, umidade relativa superior a 80% e na névoa seca, porcentual inferior a esse, ou seja, em condições de névoa úmida, a umidade relativa do ar está entre 80% e 100% e a visibilidade horizontal é superior a 1.000 m.

Escuma: conjunto de gotículas de água levantadas pelo vento de uma vasta superfície líquida (lago, mar etc.), geralmente das cristas das ondas, e levadas à pequena distância na atmosfera.

Orvalho: quanto mais frio o ar, menor quantidade de vapor presente. O arrefecimento do ar conduz à saturação, e o vapor de água condensa-se em gotículas. Essas gotículas podem ser depositadas na superfície do globo quer na forma de orvalho, quer na forma de geada – dependendo da temperatura – como sucede frequentemente depois do arrefecimento noturno (ATKINSON e GADD, 1990).

O orvalho é, por definição, "o depósito de gotas d'água sobre objetos que se encontram no solo ou próximo do solo, oriundas da condensação do vapor de água contido no ar ambiente" (Ministério da Agricultura, 1969, p. 79). Sua formação ocorre quando:

a) a superfície dos objetos se resfria abaixo do ponto de orvalho (temperatura de condensação) do ar ambiente. Tal resfriamento se deve à radiação noturna e o orvalho se deposita principalmente sobre os objetos no solo ou próximos do solo;

b) o ar quente e úmido entra em contato com uma superfície mais fria, cuja temperatura é inferior a do ponto de orvalho do ar.

Resumindo, "o Orvalho é a condensação do vapor de água atmosférico sobre uma superfície sólida. Essa condensação inicia-se quando a temperatura da superfície torna-se, ou permanece igual ou inferior à temperatura do Ponto de Orvalho do ar adjacente" (TUBELIS e NASCIMENTO, 1984, p. 188).

Como bem explica Argentiére (1960), durante as noites claras, os objetos expostos ao ar ficam recobertos por gotículas d'água; durante a manhã, eles estão molhados como se tivessem apanhado chuva, conquanto a noite tenha sido tranquila: é o fenômeno do orvalho ou rocio. Essas gotículas de água formam-se sobre a superfície quando o ar úmido adjacente torna-se saturado, ou seja, quando sua temperatura cai abaixo do ponto de orvalho. Em geral, isso ocorre quando a temperatura da superfície diminui sob o efeito da radiação noturna.

O orvalho e a geada só se formam em tempo calmo: céu claro, solo seco.

Quando um corpo é mal condutor de calor, o resfriamento por radiação é superficial e, por conseguinte, mais intenso do que para um bom condutor. Por essa razão, o orvalho é particularmente abundante sobre as ervas. É difícil dar uma ideia exata da quantidade de água que esses hidrometeoros podem produzir. Nas regiões tropicais, a deposição de orvalho atinge a ordem de 3 mm em uma só noite, o que, na verdade, constitui uma precipitação.

Geada: depósito de gelo, de aspecto cristalino, com formato de escama, pena ou leque. A geada é o orvalho gelado e forma-se quando a temperatura diminui o suficiente (inferior a 0 °C) para provocar a condensação (sublimação) da umidade atmosférica sobre os objetos na forma sólida ou congelar, aquela que já tiver sido depositada.

> *A ocorrência de gelo sobre a superfície em condição de geada depende do teor de umidade do ar. Se ocorrer a igualdade entre a temperatura da superfície e à temperatura do Ponto de Orvalho do ar, a uma temperatura superior a 0 °C, ocorre, inicialmente, a formação de orvalho, o qual se congela quando a temperatura da superfície cai a 0 °C. Como consequência, toda a superfície fica coberta por uma camada de gelo. Se aquela*

igualdade se der a uma temperatura inferior a 0 °C, o vapor de água sublima-se sobre a superfície, cobrindo-a com uma camada de cristais de gelo (TUBELIS e NASCIMENTO, 1984, p. 192).

De forma resumida, Argentiére (1960, p. 183) caracteriza a geada como "um depósito de cristais de gelo que nasce de maneira análoga ao orvalho, por temperatura inferior a 0 °C".

Quando a geada provém do congelamento das gotas d'água de um nevoeiro, recebe a denominação de escarcha.

4.2 LITOMETEOROS

O litometeoro é um meteoro que consiste em um conjunto de partículas, na maioria, sólidas e não aquosas. Essas partículas estão mais ou menos em suspensão na atmosfera ou são elevadas do solo pelo vento. As partículas que formam os litometeoros têm as mais variadas origens: fumaça de cidades industriais, queimadas, organismos microscópicos vivos, poeira de terras secas e desertos, partículas de sal marinho, cinzas vulcânicas etc. Os litometeoros podem percorrer grandes distâncias com os ventos em altitude.

Névoa seca: suspensão na atmosfera de partículas secas, extremamente pequenas, invisíveis a olho nu e suficientemente numerosas para dar ao ar um aspecto opalescente.

Névoa seca é o nome genérico dado aos litometeoros quando a visibilidade horizontal é de 1.000 m ou mais. Esse fenômeno produz um véu uniforme sobre a paisagem, modificando as cores: adquire tonalidade azul-chumbo quando vista sobre um fundo escuro (montanhas, por exemplo), mas torna-se amarela ou alaranjada quando vista sobre um fundo claro (sol, nuvens etc.).

A névoa seca difere-se da névoa úmida, para efeito de observação, pela menor porcentagem de umidade relativa do ar. Normalmente, precede à formação da névoa úmida, quando se reduz a umidade relativa. Por definição, quando a umidade relativa ultrapassa 80%, a névoa seca torna-se névoa úmida. Da mesma forma, quando a umidade relativa cai a menos de 80%, a névoa úmida torna-se névoa seca. No Brasil, a névoa seca origina-se, principalmente, da mistura de fumaça de queimadas com poeira levantada pelo vento nos dias sem chuva no interior do país.

Quando a atmosfera apresenta-se carregada com partículas sólidas minerais de pequena dimensão e com umidade relativa abaixo de 80%, ocorre redução da visibilidade por névoa seca – a visibilidade é maior que 1.000 m e o sol toma uma aparência avermelhada. Quando as partículas são de maior tamanho e a visibilidade é reduzida para menos de 1.000 m, ocorre a poeira, então, o sol adquire aparência amarelada.

4.3 FOTOMETEOROS

Fotometeoro é um fenômeno luminoso decorrente da reflexão, da refração ou de interferências da luz solar ou lunar.

Arco-íris: arco circular de luz colorida que mostra as cores do espectro visível, desde o violeta, no interior, até o vermelho, no exterior. O centro do círculo é um ponto oposto ao Sol (no céu, considerado uma esfera que cerca a Terra). Assim, o centro nunca se encontra acima do horizonte, e o arco-íris nunca é maior que um semicírculo; quanto mais alto o sol estiver no céu, menor é o arco-íris. Obviamente, o sol deve estar brilhante com a chuva caindo ao mesmo tempo. Dessa forma, o arco-íris só é visto em tempo de chuviscos. Certos reflexos adicionais produzem, por vezes, um arco secundário mais difuso que o principal, fora deste e com as cores em uma ordem invertida (Figura 4.1). Por vezes, o arco-íris é visto ao luar, embora seja muito vago e as cores não possam ser diferenciadas (FORSDYKE, 1969).

Assim, o arco-íris é

> *um grupo de arcos concêntricos cujas cores vão do violeta ao vermelho, produzidos pela luz solar ou lunar sobre um écran (tela) de gotas d'água na atmosfera (gotas de chuva, gotículas de garoa ou de nevoeiro). No arco-íris principal, o violeta está no interior (com um raio de 40°) e o vermelho no exterior (com um raio de 42°); no arco-íris secundário, muito menos luminoso que o principal, o vermelho está no interior (com um ralo de 50°)* (MINISTÉRIO DA AGRICULTURA, 1969, p. 87).

Figura 4.1   Arco-íris principal e secundário

Em suma, o arco-íris é um fenômeno luminoso em forma de arco de círculo, às vezes visível no céu durante ou após precipitação. Visível na parte oposta ao sol, o arco-íris apresenta as cores do espectro e resulta da dispersão da luz solar por refração e reflexão em gotículas d'água que se formam quando uma nuvem se desfaz em chuva. As sete cores convencionais do arco-íris são: vermelho, alaranjado, amarelo, verde, azul, anil e roxo (violeta).

Foi Descartes que deu, em 1636, a primeira explicação para arco-íris, um fenômeno resultante da refração e da reflexão total dos raios solares pelas gotas de chuva. O fenômeno pode ser explicado em poucas palavras. O raio solar penetra entre as gotas e aí se refrata, ao mesmo tempo se decompõe em luz simples. Os raios refletidos no interior da gota e reenviados para o outro hemisfério saem, depois de uma segunda refração, decompostos em suas cores primitivas. Elas dão ao olho do espectador a impressão de irisação. Um cálculo muito complexo explica a forma em arco do conjunto de impressões luminosas recebidas pelo olho do observador, bem como outras particularidades do fenômeno. Quanto ao arco exterior, é produzido pelos raios que sofrem duas reflexões no interior da gota de chuva; o cruzamento, da saída do raio penetrante com o raio que sai, explica a inversão das cores que se manifestam no arco exterior. A experiência e a teoria demonstram que o arco-íris interior pode ser observado somente quando a altura do sol acima do horizonte ultrapassa 42 graus de ângulo; o arco exterior não pode ser observado senão quando a altura do astro é de no mínimo 53,4 graus (ARGENTIÉRE, 1960).

Halo: fenômeno ótico na forma de anéis, arcos, colunas ou focos luminosos produzidos pela refração ou pela reflexão da luz solar (Figura 4.2) ou lunar (Figura 4.3) por cristais de gelo em suspensão na atmosfera (nuvens cirriformes).

Figura 4.2   Halo solar

Figura 4.3   Halo lunar

Coroa: uma ou mais séries (raramente mais de três) de anéis coloridos centralizados sobre o sol ou sobre a lua e de raio relativamente fraco.

Irisação: são cores que aparecem nas nuvens, algumas vezes misturadas, outras, em forma de faixas, sensivelmente paralelas aos bordos das nuvens. Predominam as cores verde e rosa, muitas vezes, em tom pastel. As linhas de separação entre as cores não formam círculos com o sol no centro, mas, sim, faixas que acompanham os contornos da nuvem (Figura 4.4).

Glória: uma ou mais séries de anéis coloridos vistos pelo observador ao redor da sua própria sombra projetada, sobre uma nuvem constituída de numerosas gotículas de água ou sobre um nevoeiro ou, ainda, mais raramente, sobre o orvalho. Observadores aéreos veem uma glória ao redor da sombra projetada de sua aeronave.

Figura 4.4 Irisação

4.4 ELETROMETEOROS

O eletrometeoro é uma manifestação visível ou audível de eletricidade atmosférica.

Aurora polar: fenômeno óptico observado no céu em regiões próximas a zonas polares. Em latitudes do hemisfério norte, é conhecida como aurora boreal, nome dado por Galileu Galilei em referência a Aurora, deusa romana do amanhecer, e ao filho dela, Bóreas, representante do vento norte. Em latitudes do hemisfério sul, é conhecida como aurora austral, nome dado por James Cook, uma referência direta ao fato de estar ao sul.

Os ventos solares são atraídos por depressões no campo eletromagnético terrestre situado sobre os polos magnéticos. Esses ventos, atravessando a atmosfera, atingem a mesosfera, onde, ao bombardear os gases que a compõem, promovem efeitos ópticos luminosos (Figura 4.5).

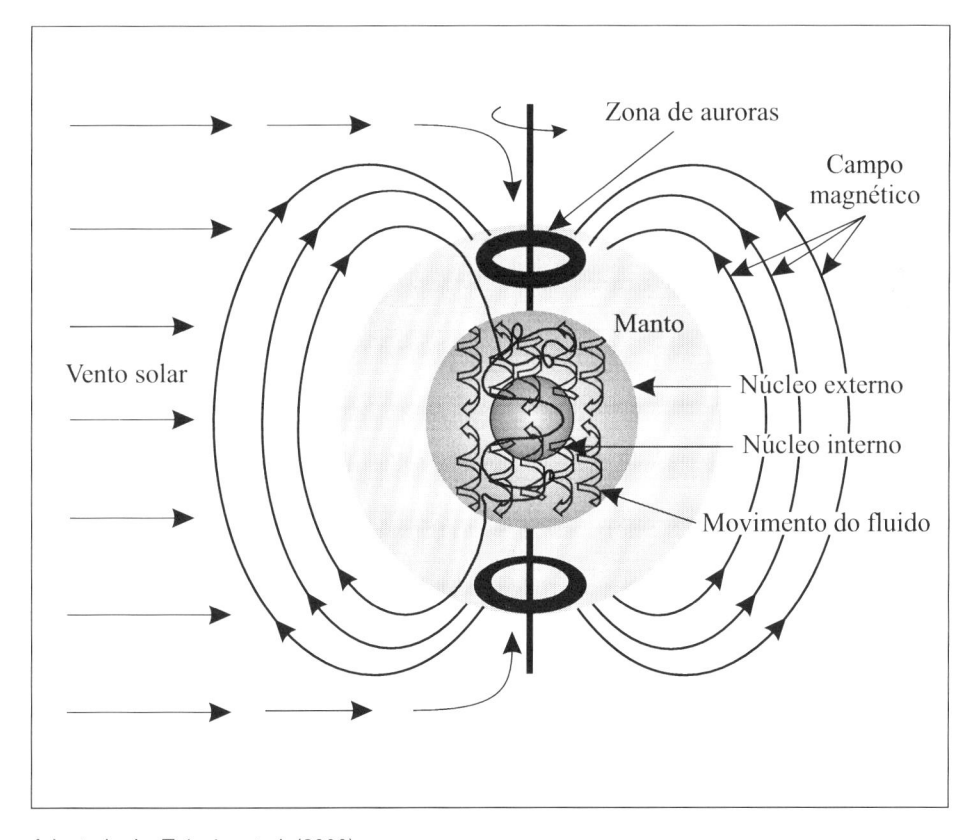

Adaptado de: Teixeira et al. (2000).

Figura 4.5   Formação das auroras

Relâmpago: por definição, relâmpago é "a manifestação luminosa que acompanha uma descarga brusca de eletricidade atmosférica" (MINISTÉRIO DA AGRICULTURA, 1969, p. 89).

Nas condições turbulentas dentro da nuvem, as gotas de chuva são desintegradas: as gotas menores são levadas para o cimo da nuvem, as maiores permanecem nos níveis inferiores. As gotas podem gelar, liberando pequenas espículas de gelo que são levadas para o cimo da nuvem. Esses processos conduzem à separação de cargas elétricas. Quando a separação do ar se desfaz, o resultado é um relâmpago, que pode ocorrer dentro da nuvem ou pode se dirigir da nuvem à terra (FORSDYKE, 1969).

Uma analogia pode dar ideia da intensidade da corrente elétrica liberada por um relâmpago. Para acender uma lâmpada é necessária uma corrente em torno de um ampere. Os fusíveis usados no quadro de eletricidade das casas suportam, geralmente, 30 amperes ou 60 amperes. A descarga elétrica de um relâmpago pode atingir alguns milhares de amperes, suficientes para acender milhares de lâmpadas ao mesmo tempo ou iluminar uma pequena cidade.

A duração média de um relâmpago é de meio segundo. Durante esse tempo, cerca de um trilhão de bilhão (o número 1 seguido de 20 zeros) de elétrons (partículas atômicas de carga negativa) são transferidos entre a base da nuvem e o solo. Isso equivale à potência de 100 milhões de lâmpadas comuns acesas. Uma nuvem cúmulo-nimbo típica produz, em média, três relâmpagos por minuto.

Na maioria dos casos, a descarga é formada por uma corrente negativa de centenas de amperes que vai em direção ao solo (*stepped leader*) e por uma positiva, no sentido contrário, com milhares de amperes (*return stroke*). Os relâmpagos que os olhos humanos enxergam são a luminosidade produzida pelo último tipo de corrente.

No interior da nuvem, as correntes de ar violentas atiram-se para cima e para baixo, dilacerando as gotículas de água e os cristais de gelo, fazendo-os colidir novamente. Essas colisões carregam as partículas da nuvem com uma carga de eletricidade estática. O relâmpago é a liberação súbita da carga que se forma em milhões de partículas no interior da nuvem de trovoada.

De acordo com Forsdyke (1969, p. 69), "O cimo de uma nuvem de trovoada acumula cargas positivas e a sua base contém cargas negativas. Pressões elétricas de milhões de volts formam-se então".

Vale destacar que, muitas vezes, o relâmpago vai até o solo, positivamente carregado.

Os relâmpagos são atraídos por pontas agudas que se elevam na direção das nuvens. Os edifícios mais altos devem ser protegidos por para-raios, hastes ligadas a placas de metal que conduzem as descargas elétricas com segurança para a terra. As árvores altas que estão isoladas atraem os relâmpagos, por essa razão, é perigoso abrigar-se debaixo delas durante um temporal (FORSDYKE, 1969, p. 69).

Foi o brilhante estadista e inventor norte-americano Benjamim Franklin (1706-1790) quem descobriu a verdadeira natureza do relâmpago. Sabendo que era possível criar uma faísca de eletricidade estática esfregando vidro em enxofre, ele se perguntou se o mesmo processo não acontecia com os relâmpagos. Para testar sua ideia, soltou uma pipa no ar durante uma tempestade. Na linha da pipa, amarrou uma chave de metal com uma linha de seda. A eletricidade estática das nuvens percorreu o fio molhado, a linha de seda e chegou à chave. Depois, quando Franklin pôs a mão na chave, sentiu um pequeno choque elétrico e viu faíscas – exatamente como aquelas criadas pelos geradores de eletricidade estática. Ele provou seu ponto de vista, mas correu sério risco. Alguns meses mais tarde, em 1752, Franklin inventou o para-raios, uma vareta de ferro colocada no alto de edifícios e ligada ao chão por um fio elétrico, que protege as construções, descarregando os relâmpagos.

Pode-se dizer que a vida elétrica de um relâmpago se divide em sete etapas:

1. No início da descida para o solo, a faísca é chamada "líder escalonado";
2. O "líder escalonado" continua a descer e, no caminho, vai se ramificando;
3. Ao se aproximar do solo, outra faísca, chamada "descarga conectante", sai da terra;
4. As duas faíscas se encontram. É a "descarga de retorno", o que, de fato, enxergamos;
5. A "descarga de retorno", então, começa a subida em direção às nuvens;
6. Quando chega lá, a faísca atinge o máximo de sua luminosidade;
7. A "descarga de retorno" termina e a faísca com pouca eletricidade não é mais vista.

Trovão: ao passar através do ar, o relâmpago dá origem, momentaneamente, a um grande calor. A expansão e a contração súbita do ar estabelecem ondas sonoras, os trovões. O som de partes diferentes do relâmpago (não é ouvido todo ao mesmo tempo, e isso gera ecos) cria a repercussão típica da trovoada. O trovão é "o ruído seco ou rolamento surdo que acompanha o relâmpago" (MINISTÉRIO DA AGRICULTURA, 1969, p. 89).

Assim, pode-se concluir que o raio é a descarga elétrica aérea, representada pelo trovão (som, estrondo) e pelo relâmpago (luz, luminosidade visível).

capítulo 5

Principais fatores do clima

5.1 LATITUDE

Como observamos anteriormente, existe uma correlação entre a variação da latitude e a modificação geral dos valores da temperatura e da pressão atmosférica (e, consequentemente, do processo de formação dos ventos). Essa variação também está relacionada à radiação solar, uma vez que sua perpendicularidade somente se dá na zona intertropical, incidindo tanto mais obliquamente quanto maior for a proximidade dos polos. Como resultado, os climas têm seus valores térmicos na razão inversa da latitude. Quanto à precipitação, há um máximo principal no Equador (Figura 5.1) e dois secundários na altura das latitudes médias, ambos coincidindo com áreas de baixa pressão; dois mínimos nas latitudes em torno dos 30° e nos polos norte e sul, correspondendo às zonas de alta pressão.

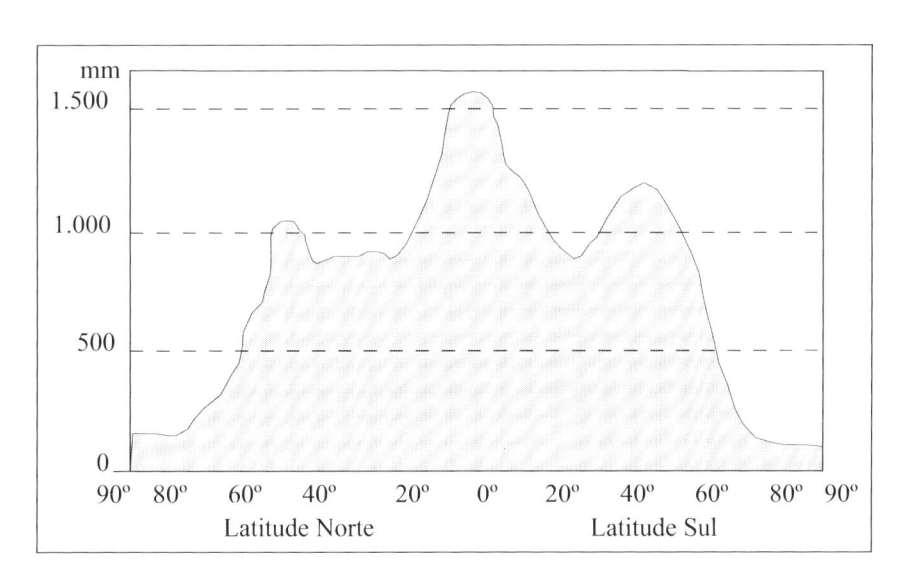

Adaptado de: Ross (1995).

Figura 5.1 Distribuição das precipitações de acordo com a latitude

Por meio da Figura 5.2, pode-se observar a variação de alguns elementos do clima de acordo com a latitude.

5.2 ALTITUDE

Da mesma forma, existe uma relação entre a variação altimétrica e os elementos climáticos, como temperatura e pressão, o que pode ser observado na Figura 5.3.

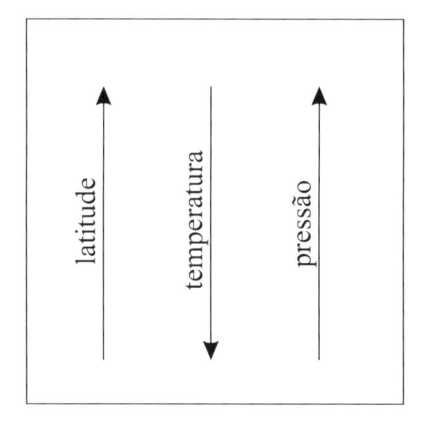

Figura 5.2 Esquema representativo da variação de alguns elementos climáticos conforme a latitude

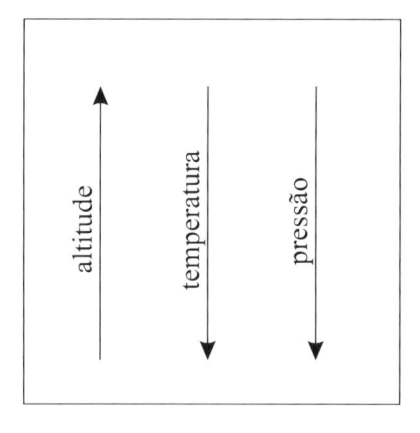

Figura 5.3 Esquema da variação de elementos climáticos conforme a altitude

Embora no território brasileiro predominem as baixas altitudes, em algumas áreas a altitude determina diferenciações sensíveis nas temperaturas. A região brasileira que mais sofre influência da altitude é a Sudeste, por apresentar o conjunto de terras mais elevadas do país. Diz-se que a altitude corrige a latitude, afirmação correta apenas no que tange à temperatura, visto que as características climáticas das regiões elevadas são completamente diferentes das regiões de alta latitude.

Pode-se verificar, ainda, uma importante correlação motivada pelas grandes altitudes. Como a altitude modifica os valores de temperatura e esta é um forte determinante da localização e distribuição de espécies vegetais (TROPPMAIR, 2004), a variação altimétrica da vegetação, em linhas gerais, se dá quase da mesma forma que a variação latitudinal.

A Figura 5.4 representa a variação altimétrica e latitudinal das espécies vegetais. Observe que a distribuição altimétrica é, em geral, a mesma encontrada quando se observa a variação latitudinal das espécies vegetais, considerando a distribuição uniforme entre continentes e oceanos.

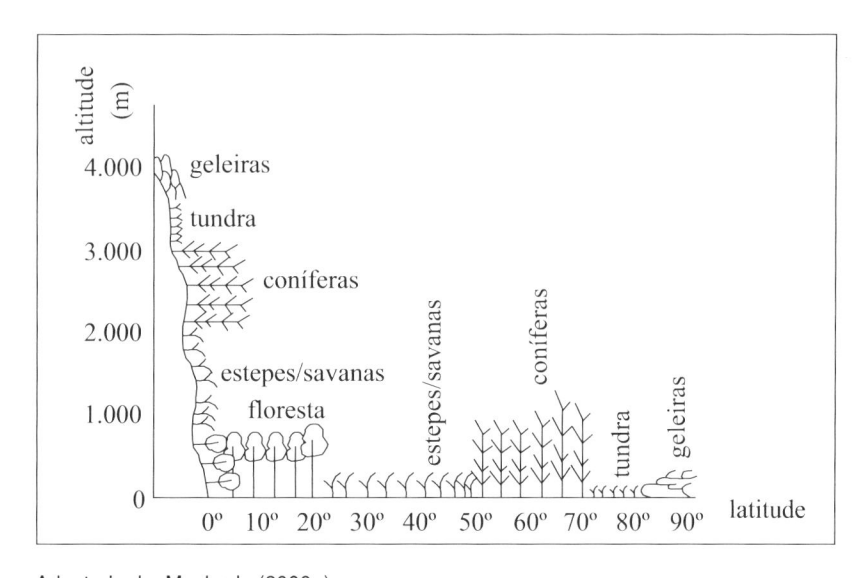

Adaptado de: Machado (2000a).

Figura 5.4 Esquema da distribuição vegetacional conforme a altitude e a latitude

5.3 CONTINENTALIDADE E MARITIMIDADE

Merece destaque a diferença de calor específico entre a superfície terrestre e as massas de água. O continente se aquece e se esfria mais rapidamente que as superfícies aquáticas, as quais possuem a propriedade de "misturar" o calor recebido a maiores profundidades, ao contrário do solo, de forma geral, muito mais opaco. Isso gera, direta e/ou indiretamente, inversões dos centros de alta e baixa pressão, alterando, consequentemente, a direção dos ventos, o que pode ser observado no caso das brisas marítimas e terrestres. Como poeticamente citado por Bloom (1996, p. 24):

> *esses fenômenos podem ser ilustrados pelo alívio que se sente quando após atravessar com os pés descalços uma calçada ou uma praia arenosa extremamente quente pela brilhante luz solar, chega-se a uma poça d'água ou ao oceano. Sob o mesmo banho de radiação solar, a água parece deliciosamente mais fria que a rocha ou a areia. Como alívio temporário para os pés dolorosamente quentes, pode-se afundá-los uns poucos centímetros para dentro da areia. A areia, mesmo à ligeira profundidade, é mais fria que a camada superficial, a qual absorve quase toda energia.*

Assim, o efeito da maritimidade atenua as diferenças térmicas, homogeneizando as temperaturas costeiras. Já o efeito da continentalidade é inverso, ou seja, nas áreas interioranas, mais afastadas da costa, as amplitudes térmicas diárias, sazonais e anuais tendem a ser maiores.

Como destacado por Molion (1988, p. 42), "a Terra é formada por cerca de 70% de oceanos e 30% de continentes, sendo que o hemisfério norte possui 60% de oceanos e 40% de continentes e o hemisfério sul 80% e 20% respectivamente". Essa repartição desigual entre terras e mares nos dois hemisférios caracteriza o hemisfério norte (maior efeito da continentalidade) como área de invernos mais longos e rígidos e verões mais curtos e quentes em comparação ao hemisfério sul (maior influência da maritimidade).

5.4 VEGETAÇÃO

Nas palavras de Sadourny (1994, p. 61), "entre o clima e a vegetação existe uma estreita Simbiose". O clima exerce influência marcante e decisiva na vida vegetal, sobretudo por meio de seus elementos: umidade, precipitação, temperatura, radiação solar, insolação e ventos.

Miller (1982) destaca que o clima é o principal determinante do tipo de vegetação. A presença de matas, bosques ou campos, por exemplo, é determinada pela quantidade de chuvas. No entanto, a vegetação age poderosamente sobre o clima. A densa vegetação das áreas intertropicais, com sua intensa evapotranspiração, aumenta a umidade do ar, o que facilita a produção de chuvas. As matas influem na temperatura, especialmente nas máximas, que são mais moderadas em virtude da sombra que proporcionam, do calor que absorvem e da evaporação da água que transpiram.

Vários estudos poderiam ser citados para melhor ilustrar a estreita relação entre vegetação e clima. Nas áreas de grande densidade de vegetação, "a transpiração das folhas chega a representar 50% do volume de água transferido dos solos para a atmosfera" (BRANCO, 1993, p. 63). Na Amazônia, como ilustrado por Ross (1995, p. 69), "56% das chuvas locais e regionais dependem da floresta". A evapotranspiração devolve para a atmosfera cerca de 1.400 toneladas de água por hectare de floresta. De acordo com o último autor, é isso que possibilita novas chuvas.

A presença de vegetação aumenta a quantidade de húmus, o que, segundo Lepsch (2002), aumenta a umidade do solo. Isso pode ser explicado pelo fato de que o húmus derivado da decomposição das folhas funciona como material aglutinante, gelatinoso, produzindo a agregação das pequenas partículas de argila de modo a formar grumos ou grãos maiores de terra, com mais espaço entre eles, de modo a facilitar a penetração da água.

5.5 SOLOS

De acordo com Miller (1982), a formação geológica e a resultante natureza do solo também figuram entre os fatores que determinam o clima. As superfícies de cores escuras absorvem os raios solares mais que as claras e permanecem, em geral, mais quentes durante o dia, aquecendo o ar sobre elas. Os terrenos secos, como de areia, têm calor específico baixo e variam rapidamente de temperatura, ao contrário dos úmidos, como os argilosos, que retêm a umidade e tendem a conservar o calor e o frio.

Nota-se, assim, que "a radiação que chega à superfície da Terra sofre diversas influências. Pode ser refletida em sua totalidade ou quase inteiramente absorvida. Essas influências dependem em muito da natureza da superfície que recebe radiação" (RETALLACK, 1977, p. 24).

Bloom (1988) afirma que o solo reflete porcentagem maior de energia incidente que a água. Ao passo que a superfície do mar pode refletir somente 2% da radiação que chega, o chão nu pode refletir entre 7 e 20%. As terras cultivadas ou os campos de grama refletem, normalmente, de 20 a 25% da luz solar, as florestas, somente de 3 a 10%.

5.6 DISPOSIÇÃO DO RELEVO

Os acidentes do relevo desempenham um importante papel nos climas e nos tipos de tempo. A orientação das linhas do relevo contribui eficazmente para determinar, por exemplo, a direção dos ventos. Além disso, a altitude, como já observamos, é um importante fator que influencia as temperaturas, a pressão atmosférica e as precipitações.

A influência das elevações do relevo dependerá, em muito, de sua disposição e orientação geral, norte/sul (como os Andes) ou leste/oeste (como o Himalaia). Tubelis e Nascimento (1984, p. 51) chamam a atenção a esse respeito ao correlacionar disposição do relevo, radiação solar e vegetação:

> *[...] superfícies com orientações e inclinações diferentes recebem quantidades diferentes de radiação solar global em comparação com uma superfície horizontal, em uma mesma localidade e época do ano. A importância desse fato é que a produção de matéria vegetal é condicionada pela disponibilidade de energia solar.*

Ross (1995, p. 100) destaca que os maciços montanhosos apresentam uma variedade de microclimas graças a diferentes exposições das vertentes à incidência dos raios solares e aos ventos dominantes. De acordo com o autor, "as características paisagísticas refletem esses contrastes". As vertentes que recebem os ventos úmidos (barlavento) são chuvosas e recobertas por florestas exuberantes, "ao contrário das que se encontram em situação inversa (vertentes a sotavento) são mais secas e apresentam cobertura vegetal menos exuberante". A mata atlântica, que recobre a Serra do Mar, é um bom exemplo de floresta de encosta a barlavento.

No nordeste do estado de São Paulo ocorrem chuvas provocadas pela frequente presença de ar polar (chuvas frontais). No entanto, o relevo, representado por elevadas encostas voltadas para o Atlântico (Serra do Mar), também ocasiona intensas chuvas orográficas. Por isso, nessa região, está o lugar de maior pluviosidade do Brasil: Itapanhaú, com 4.514 mm/ano. Corroborando essa constatação, Ross (1995, p. 107) afirma que, de fato, "as médias pluviométricas mais elevadas aparecem no trecho paulista da Serra do Mar, onde se assinala a isoieta de 4.000 mm/ano na região entre Bertioga e Taiaçupeba".

Hugget (1995) destaca que, no hemisfério sul, encostas orientadas para o norte recebem maior insolação que as voltadas para o sul, estas, por sua vez, recebem maiores precipitações em razão dos ventos carregados de umidade vindos do mar (SW, S e SE). Oliveira et al. (1995), em estudos conduzidos no maciço da Tijuca (Rio de Janeiro), encontraram diferenças significativas para as duas vertentes no que diz respeito a parâmetros como temperatura, precipitação e umidade. Segundo esses autores, as encostas voltadas para o sul possuem serapilheira em média 41,9% mais úmida que as voltadas para o norte. Além disso, afirmam que a perda de umidade se dá muito mais rápido nas encostas voltadas para o norte, pois as voltadas para o sul retêm a umidade 1,6 vez mais que a norte. Consequentemente, a umidade do solo se comporta da mesma maneira apenas variando de acordo com o tipo de cobertura vegetal a que está associada.

A variação de umidade reflete os diferentes índices de temperatura desses dois tipos de encosta, já que as encostas voltadas para o norte são significativamente mais quentes por causa da maior incidência de calor que as voltadas para o sul, com 98% de ocorrência de temperaturas máximas naquelas encostas. As temperaturas mínimas também ocorrem, na maioria, nas encostas do lado norte (86%), o que deve ser atribuído à maior umidade relativa nas encostas do sul em razão do maior período de deposição de orvalho que atua como efeito "tampão", reduzindo as temperaturas extremas (OLIVEIRA et al., 1995).

5.7 INTERVENÇÃO ANTRÓPICA

O impacto do homem no clima se faz sentir pelas várias atividades que ele desempenha. Isso pode ter influência local, regional e até global sobre as condições climáticas, ou seja, ocorrem influências sobre o microclima, sobre o mesoclima ou sobre o clima.

O homem pode influenciar o clima deliberadamente ou inadvertidamente, mas, sem dúvida, um dos maiores impactos antrópicos sobre o clima são as cidades. O impacto tem sido tão grande nessas áreas que o clima urbano é totalmente distinto, em suas características, do clima das áreas rurais circundantes.

De acordo com Mota (1981), o processo de urbanização pode causar alterações sensíveis no ciclo da água, como aumento da precipitação; diminuição da evapotranspiração, como consequência da redução da vegetação; aumento do escoamento superficial; diminuição da infiltração da água por causa da impermeabilização do solo; mudanças no nível freático, podendo ocorrer sua redução ou seu esgotamento; maior erosão do solo e consequente assoreamento dos corpos hídricos; aumento da ocorrência de enchentes; poluição das águas superficiais e subterrâneas.

A velocidade dos ventos é menor nas cidades em virtude das barreiras (edificações). As calmarias também são mais frequentes nas áreas urbanas (TORRES, 2003). Em razão dos "corredores urbanos" formados por ruas e avenidas, se a velocidade dos ventos em toda área for muito baixa, nas cidades, ela poderá ser maior.

Nas cidades, observa-se maior precipitação pluvial que nos campos e áreas periféricas, pois as atividades humanas no meio urbano produzem maior número de núcleos de condensação (poluentes). Soma-se a isso, o fato de as temperaturas serem mais altas nas cidades:

> *as temperaturas mais elevadas nos centros das cidades desempenham as funções de um centro de baixa pressão que atrai o ar circundante. Este ar, pelo processo de convecção alcança grande altitude, atinge o ponto de orvalho (temperatura de saturação e condensação) e provoca precipitação* (TROPPMAIR, 2004, p. 139)

Corroborando esse posicionamento, Torres (2003, p. 53) diz que:

> as alterações ambientais causadas por processos antrópicos tendem a produzir modificações em alguns elementos climáticos, originando fenômenos como o da "Ilha de Calor", responsáveis por temperaturas mais elevadas na área central da cidade, além de pluviosidades quantitativamente maiores nas áreas urbanizadas.

Ainda de acordo com Torres (2003), durante estudo realizado no período de maio de 1990 a março de 1991, foram instalados na cidade de Juiz de Fora seis postos pluviométricos: um no centro da cidade e os outros cinco em diferentes pontos da área rural do município. Os resultados (Tabela 5.1) comprovaram, além do maior índice pluviométrico registrado na área central, um número maior de dias de chuva também no centro urbano.

Tabela 5.1 Total de dias de chuva e total pluviométrico – maio de 1990 a março de 1991

Postos pluviométricos	nº de dias de chuva	Total pluviométrico
Torreões	88	1.584,6
Valadares	87	1.299,0
Juiz de Fora (centro)	159	1.960,1
Caeté	74	1.956,4
Dias Tavares	118	1.499,0
Filgueiras	54	914,8

Fonte: Torres (2003, p. 54).

A visibilidade nas cidades, em geral, é menor que no campo. De modo geral, há nas cidades mais partículas de pó em suspensão na atmosfera, resultando em mais neblina e nevoeiros (TORRES, 2003).

O desmatamento e/ou a retirada da vegetação urbana também pode provocar várias alterações climáticas, pois a vegetação é responsável pela regularidade das temperaturas, da umidade e da evaporação, contribuindo, ainda, para uma maior ventilação.

Na Tabela 5.2, é possível observar modificações de alguns elementos climáticos, motivadas, essencialmente, pela intervenção do elemento humano, notadamente nas áreas urbanas. Os dados apresentados são resultantes da comparação entre as medidas de alguns elementos realizadas em áreas urbanas e outras realizadas em áreas rurais.

Tabela 5.2 Mudanças médias em características climáticas causadas pela urbanização

Características climáticas	Alterações
Radiação	
Global	15% a 20% menor
Ultravioleta (inverno)	30% menor
Ultravioleta (verão)	5% menor
Duração de exposição ao sol	5% a 15% menor
Temperatura	
Média anual	0,5 °C a 1,0 °C maior
Média das mínimas no inverno	1,0 °C a 2,0 °C maior
Contaminantes	
Núcleos de condensação	10 vezes maior
Misturas gasosas	5 a 25 vezes maior
Velocidade do vento	
Média anual	20% a 30% menor
Rajadas extremas	10% a 20% menor
Calmarias	5% a 20% maior
Precipitação	
Total	5% a 10% maior
Dias com menos de 5 mm	10% maior
Nebulosidade	
Cobertura	5% a 10% maior
Nevoeiro (inverno)	100% maior
Nevoeiro (verão)	30% maior
Umidade Relativa	
Inverno	2% menor
Verão	8% menor

Adaptado de: Mota (1981); Ayoade (2003).

5.8 CORRENTES MARÍTIMAS

De acordo com Miller (1982, p. 69), "muitos aspectos dos climas marítimos e continentais que não podem ser explicados adequadamente pelos contrastes entre terra e mar, geralmente se devem às correntes oceânicas".

Assim como os ventos, as correntes marítimas influenciam na temperatura do ar, pois podem transportar ou transmitir "calor" ou "frio" de uma área para outra, dependendo de suas características e das características térmicas das áreas nas quais exercem influência. Áreas costeiras banhadas por correntes frias, por exemplo, têm temperaturas mais baixas que outras situadas na mesma latitude, mas que não são afetadas por tais correntes.

Em linhas gerais, no globo, tem-se um vasto movimento de leste para oeste na zona equatorial compensado por um movimento no sentido inverso na zona temperada, completando a circulação com um movimento em direção ao polo nas bordas orientais dos continentes e outro em direção ao Equador, ao longo das costas ocidentais dos continentes (Figura 5.5). O resultado, nas baixas latitudes, é o aquecimento das costas orientais dos continentes e o resfriamento das costas ocidentais (MILLER, 1982).

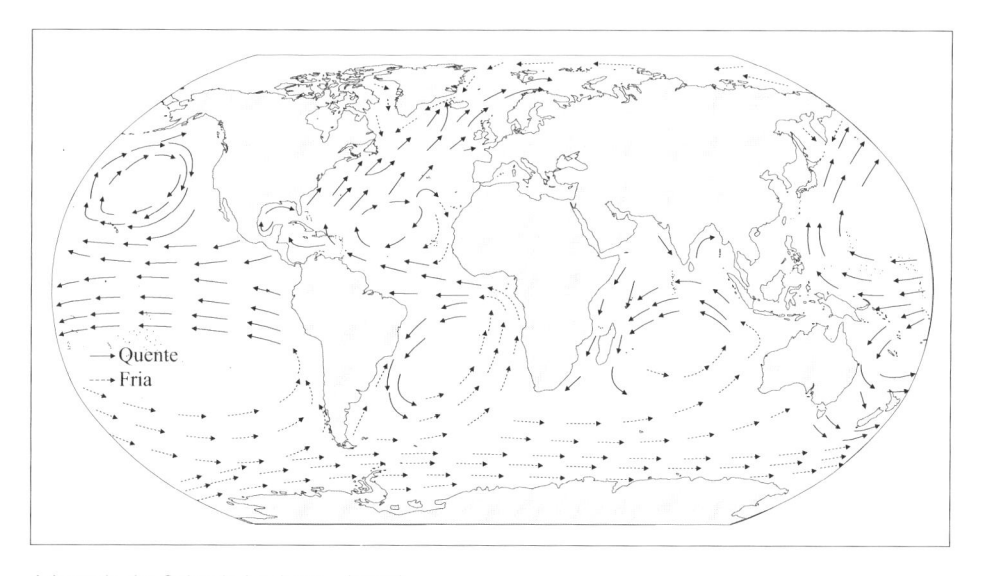

Adaptado de: Salgado-Lauboriau (1994).

Figura 5.5   Principais correntes marítimas atuais de superfície

As causas principais das correntes marítimas, de acordo com Leinz e Amaral (1970), são agrupadas em duas categorias: as intrínsecas à água do mar e as extrínsecas. As causas intrínsecas são representadas pela temperatura e salinidade, fatores que alteram a densidade da água, tornando-a mais pesada ou mais leve. Por outro lado, a flutuação da própria salinidade é consequência de causas extrínsecas, como o vento e a chuva. De acordo com Strahler (1982), nas áreas subtropicais de alta pressão, a maior evaporação da água promove um aumento relativo da salinidade tornando a água mais densa. Já nas áreas de baixa pressão, como a equatorial, a maior precipitação promove um aumento relativo da quantidade de água em relação à de sal, tornando a água menos densa, produzindo o movimento superficial da água (Figura 5.6). "A salinidade da água do oceano guarda estreita relação com o quociente entre a evaporação e a chuva e varia de uma maneira sistemática com a latitude" (STRAHLER, 1982, p. 182).

Quanto às causas extrínsecas, consideram-se os ventos, as diferenças de pressão e a força das marés. Há ainda a considerar dois tipos de forças que modificam a direção das correntes: a força de Coriolis, análoga ao vento, e a força exercida pelo atrito da água contra si mesma ou contra as partes sólidas.

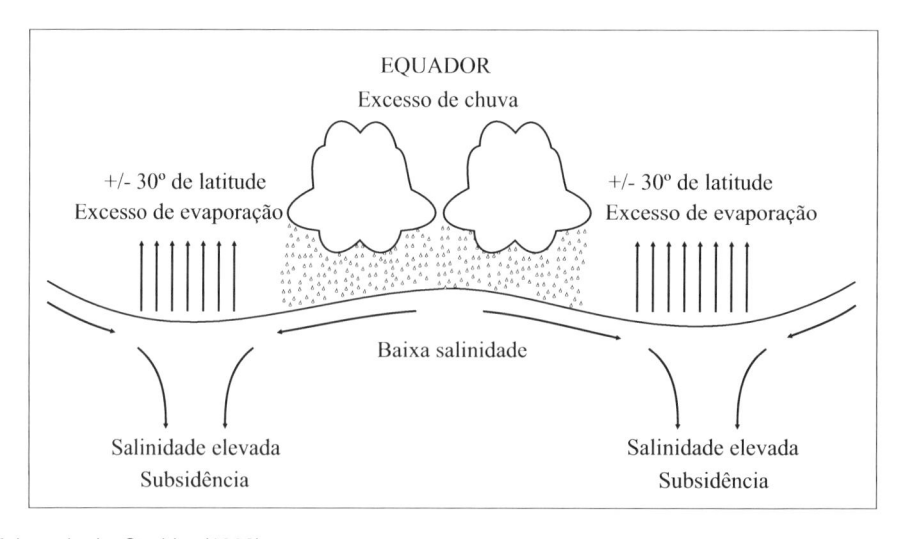

Adaptado de: Strahler (1982).

Figura 5.6 Esquema representativo da combinação dos processos extrínsecos na salinidade da água

As correntes marinhas são "imensos volumes d'água que se acham em circulação, sendo que a conhecida *Gulfstream* movimenta em certos trechos muito mais água que todos os rios do mundo reunidos" (LEINZ e AMARAL, 1970, p. 225). Ainda de acordo com os autores, a velocidade das correntes são pequenas, cerca de 5 cm/s, contudo, quando se trata da citada *Gulfstream*, sua velocidade atinge 5 km/h. Essa corrente é responsável pelo transporte de água quente a altas latitudes, amenizando o clima do norte europeu ocidental.

Segundo Ross (1995), as correntes quentes, que estimulam a evaporação e a condensação, produzem climas chuvosos, ao passo que as frias estabilizam o ar e são responsáveis por áreas mais secas. As diferenças na quantidade de água no sistema promovem diferenças também na vegetação: a maior quantidade de água favorece o aparecimento de áreas com maior biodiversidade; por outro lado, quanto menor a quantidade de água, menor a biodiversidade. Como exemplo, podemos citar o enclave fitogeográfico das caatingas de Macaé-Cabo Frio (RJ) (AB'SABER, 2003), área de ressurgência da corrente das Malvinas (Falkland), corrente fria que ajuda na manutenção da referida área de caatinga rodeada pela Mata Atlântica.

De acordo com Gonçalves e Barbosa (1989, p. 49), as principais correntes que atuam sobre o clima brasileiro são as correntes quentes da Guiana e do Brasil originadas da corrente da Guiné e a corrente fria das Malvinas (ou corrente das Falkland). Esta corrente, advinda dos mares do sul, encontra a corrente do Brasil. Forma-se, então, a corrente de Benguela, que vai até o golfo da Guiné onde se transforma na corrente da Guiné. "Aí, recomeça o ciclo destas correntes" (Figura 5.7).

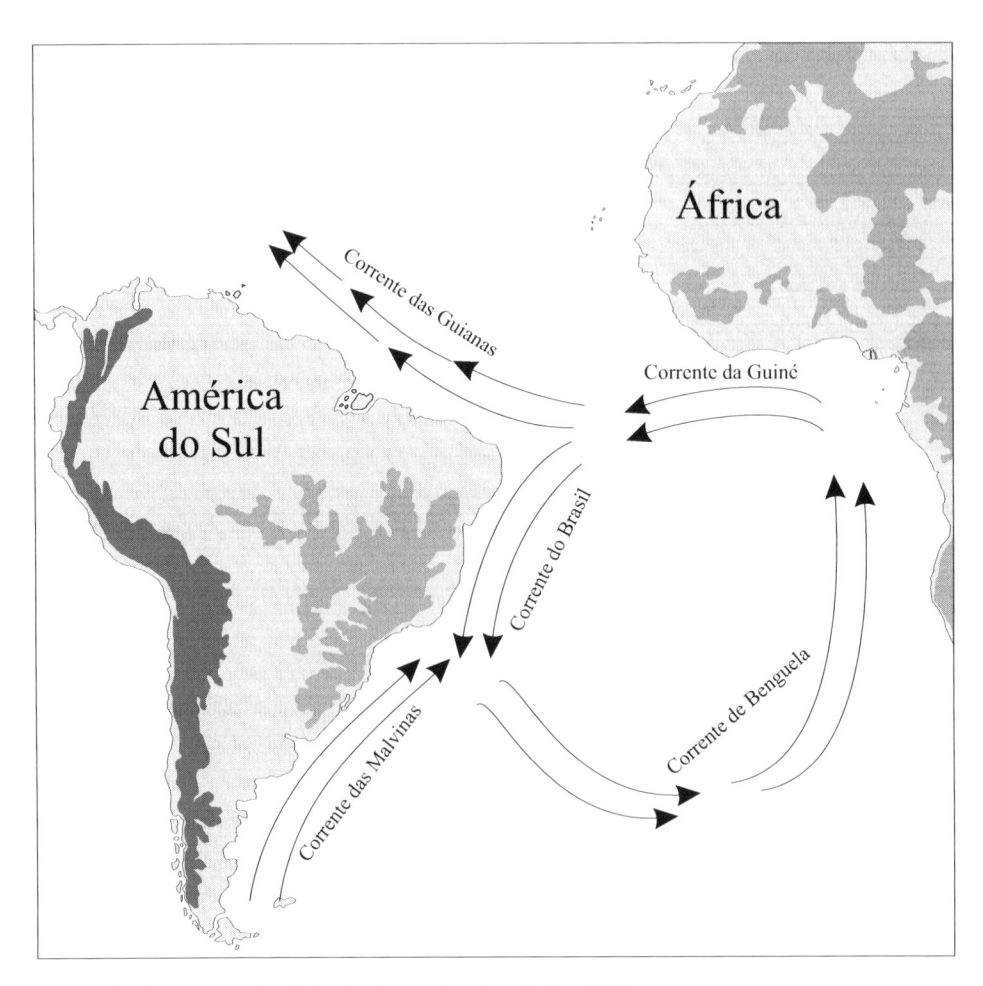

Adaptado de: Instituto Brasileiro de Geografia e Estatística (2006).

Figura 5.7 Correntes marinhas com atuação direta no Brasil

capítulo 6

Circulação de ar na atmosfera

De acordo com Forsdyke (1969), as diferenças climáticas são causadas pelas quantidades diferentes de radiação solar recebidas em áreas distintas da superfície terrestre. Contudo, se a radiação solar fosse o único fator em questão, todos os lugares na Terra de mesma latitude teriam a mesma temperatura média.

As diferenças no balanço da radiação solar, ou seja, a incidência diferenciada dos raios solares na superfície da Terra (que varia de acordo com as latitudes), associadas à heterogeneidade da superfície terrestre (formas e disposição do relevo, repartição diferenciada entre as superfícies continentais e oceânicas, bem como as diferenças de calor específico da terra e das águas), aliadas ao próprio movimento de rotação da terra, geram diferenças de pressão que mantêm a atmosfera em constante movimento. Esse movimento do ar (vento) tende a eliminar ou equilibrar as diferenças de pressão. Em seus deslocamentos, as massas de ar interagem entre si e/ou com a superfície do planeta, gerando alterações nas condições meteorológicas locais. A maior frequência dessas condições meteorológicas específicas é que vai determinar o clima local.

Como resumido por Molion (1988, p. 43), "a circulação geral da atmosfera é a forma como as massas de ar se deslocam ou escoam sobre o planeta, provocando ventos com direções distintas nas regiões tropicais, temperadas e polares". Assim, tem-se que, de certa forma, a alquimia planetária começa na atmosfera, pois no seu interior ocorrem os fenômenos meteorológicos que, por sua vez, configuram o clima geral do planeta.

Com isso, nota-se que a circulação atmosférica é realmente muito complexa em virtude dos vários fatores envolvidos. Essas complexidades e os problemas gerados por dados de observação inadequados da atmosfera, tanto horizontal como verticalmente, têm impedido o desenvolvimento de um modelo satisfatório de circulação atmosférica. Vários modelos conceituais da circulação foram apresentados em diferentes épocas, por diferentes pesquisadores, mas a compreensão da atmosfera ainda é incompleta. De acordo com Ayoade (2003), o desenvolvimento de modelos matemáticos da circulação atmosférica tem sido impulsionado pela computação e pela tecnologia espacial. Atualmente, graças aos satélites meteorológicos, é possível obter informações de áreas inóspitas e inacessíveis. Conforme observa o autor, "modelos experimentais e matemáticos melhoram bastante o nosso conhecimento da circulação geral da atmosfera" (AYOADE, 2003, p. 80).

Como já destacamos, o balanço médio da radiação anual do globo (Figura 3.3) mostra que a região intertropical apresenta valor positivo crescente na medida em que se aproxima do Equador. O balanço é negativo nas regiões temperadas, e os menores valores ocorrem nas calotas polares. Como consequência, a massa de ar no Equador sofre aquecimento, diminuição de densidade e se eleva na atmosfera (ascendência). Por outro lado, massas de ar nas calotas polares sofrem resfriamento, aumento de densidade e descendem na atmosfera (subsidência).

A condição de aquecimento de massas de ar no Equador cria uma região de baixa pressão (BP), ao passo que a constante condição de resfriamento do ar nos polos gera uma região de alta pressão (AP).

Se a Terra não tivesse movimento de rotação e apresentasse uma superfície homogênea, teoricamente, teríamos um gradiente contínuo de pressão dirigido dos polos para o Equador, junto da superfície do solo. Nessa circunstância, seriam formadas células de circulação, constituídas de massas frias que se dirigiriam dos polos para o Equador, viajariam pelas partes mais baixas da troposfera; as massas de ar quente iriam do Equador para os polos, pelas partes superiores da troposfera. O vento de superfície seria, então, de sul no hemisfério sul e de norte no hemisfério norte, já que, nesse caso, não se levou em consideração o movimento de rotação da Terra nem o desvio causado pela força de Coriolis (também conhecida como força defletora).

Entretanto, o globo terrestre não está parado, ele gira de oeste para leste (rotação), fazendo toda massa de ar em deslocamento sofrer um desvio na sua trajetória por efeito da força de Coriolis. Em suma, desde que o ar seja obrigado a se mover pela força do gradiente de pressão, ele é imediatamente afetado pela força defletora, que se deve ao movimento de rotação da Terra.

Por causa do movimento de rotação, há um desvio aparente dos objetos que se movem, incluindo o ar: para a direita de sua trajetória de movimentação no hemisfério norte e para a esquerda de sua trajetória de movimentação no hemisfério sul se visto por qualquer observador sobre a superfície da Terra. Assim, há um desvio em relação ao observador.

A força de Coriolis deve-se, como ressaltamos, ao movimento de rotação da Terra.

> *A Terra executa o seu movimento de Rotação, girando de oeste para leste, com velocidade angular constante de 2π radianos por dia. Embora a velocidade angular de todos os pontos sobre a superfície terrestre seja constante, a velocidade linear desses pontos diminui do Equador para os polos* (TUBELIS e NASCIMENTO, 1984, p. 174).

Isso significa que a velocidade de rotação da Terra não é igual em todos os pontos. Um ponto localizado no Equador gira a uma velocidade de aproximadamente 1.600 km/h. Nos polos, a velocidade é zero.

Ainda de acordo com os autores citados, a variação da velocidade linear da superfície faz todos os corpos, que se movem em relação a ela, sofrerem continuamente modificações na direção de seu movimento sem alteração de sua velocidade. É como se o movimento recebesse continuamente a ação de uma força perpendicular à direção do movimento.

A força de Coriolis, representada por "D", tem a seguinte expressão matemática:

$$D = 2.M \times V \times \Omega \times \operatorname{sen}\Phi$$

onde M (massa de ar); V (velocidade do vento); Ω (velocidade angular da Terra) e Φ (latitude do lugar).

De acordo com a equação anterior, tem-se que a força de Coriolis é máxima nos polos e mínima no Equador. Contudo, a atuação dessa força nos centros de altas e baixas pressões é contrária nos dois hemisférios.

Os ciclones, ou depressões, são áreas de baixa pressão em torno das quais o vento sopra no sentido contrário ao dos ponteiros do relógio, no hemisfério norte, e no sentido do movimento dos ponteiros do relógio no hemisfério sul. Os anticiclones são áreas de alta pressão em torno das quais o vento sopra no sentido horário, no hemisfério norte, e em sentido contrário no hemisfério sul.

Assim sendo, devemos considerar os principais aspectos da circulação geral do ar na atmosfera, que serão descritos a seguir. A Figura 6.1 apresenta os padrões dos sistemas de pressão dos ventos globais próximos à superfície terrestre. Os efeitos do aquecimento diferencial das superfícies terrestres e aquáticas são negligenciados, mas o efeito produzido pela força de Coriolis é levado em consideração, de modo que os ventos mostrados são desviados em relação à sua trajetória inicial.

Pode-se observar na Figura 6.1 que há zonas de baixa pressão (BP) em torno do Equador e em torno das latitudes de 60°, nos dois hemisférios.

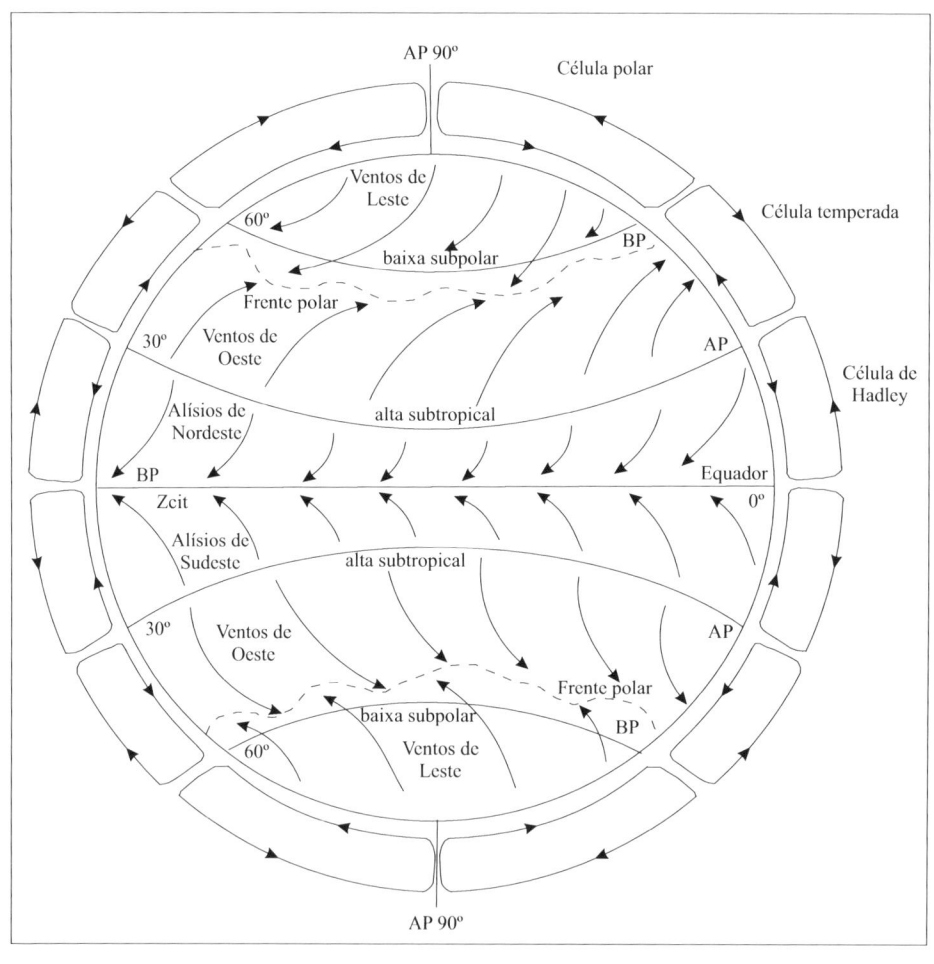

Adaptado de: Forsdyke (1969); Retallack (1977); Strahler (1982); Tubelis e Nascimento (1984) e Ayoade (2003).

Figura 6.1   Zonas de pressão e ventos em um globo em rotação, mas com superfície homogênea

As zonas de alta pressão (AP) ocorrem em torno dos polos e em torno das latitudes de 30° nos dois hemisférios.

A zona de baixa pressão em torno do Equador, também chamada zona de convergência intertropical (Zcit), tem origem essencialmente térmica, ou seja, é causada pelo forte aquecimento solar nessa área.

As zonas de altas pressões polares também têm origem térmica em virtude da incidência menor e mais oblíqua dos raios solares.

As zonas de baixas pressões subpolares, em torno das latitudes de 60°, em ambos os hemisférios, são essencialmente de origem dinâmica. De acordo com Ayoade (2003, p. 81), elas são causadas pelo movimento de rotação da Terra que provoca um turbilhão polar e, assim, a tendência para baixa pressão em torno dos polos. "Entretanto, por causa do frio intenso nos pólos, o efeito dinâmico é mascarado pelo efeito térmico."

As zonas de altas pressões subtropicais, próximas à latitude de 30°, em ambos os hemisférios, têm sido explicadas como decorrência dos efeitos do mecanismo de "mergulho" de correntes dirigidas para os polos, por resfriamento, ou como enuncia Forsdyke (1969, p. 117), "a acumulação de ar nessas latitudes produz uma faixa de alta pressão na superfície".

A massa de ar que se eleva no Equador desloca-se, na parte superior da atmosfera, em direção aos polos. Ao se deslocar em direção ao polo sul, por exemplo, deflete à esquerda, originando ventos de noroeste em altitude (contra-alísios). Na medida em que a massa de ar se desloca em direção ao polo sul, resfria-se (pelo aumento da latitude) e desce gradativamente na atmosfera, atingindo a superfície do solo (mecanismo de mergulho) na latitude aproximada de 30° sul. O fluxo descendente de ar na atmosfera gera uma região de alta pressão junto à superfície terrestre. Parte da massa de ar que descendeu na atmosfera, na região dos 30° sul, encaminha-se para o norte (Equador), a outra parte vai para o sul (polo sul). A massa de ar que se orienta para o Equador passa a sofrer deflexão para a esquerda por efeito da força de Coriolis. Constata-se que entre a latitude de 30° S e o Equador, os ventos predominantes de superfície são de sudeste, constituindo os alísios de sudeste. A circulação do ar, elevando-se no Equador, descendendo na latitude aproximada de 30° S e originando os ventos sudeste de superfície (alísios de sudeste) e noroeste em altitude (contra-alísios), constitui a célula tropical de circulação meridional ou célula de Hadley, uma homenagem ao cientista inglês George Hadley que, em 1735, lançou as bases para a identificação desse modelo de circulação. O mesmo raciocínio aplica-se para a mesma área no hemisfério norte (alísios de nordeste e contra-alísios de sudoeste).

A outra parte da massa de ar que descendeu na faixa dos 30° de latitude sul orienta-se para o sul (polo sul), defletindo para a esquerda pela ação da força de Coriolis (ventos de noroeste) e propiciando ventos de oeste em torno da latitude de 60° (sul) – área de baixa pressão de origem dinâmica. Essa massa de ar encontra as massas polares mais densas e eleva-se na atmosfera. O contato entre as massas de ar dá origem a uma descontinuidade, conhecida como frente polar. Parte da massa de ar que se eleva na frente polar (em torno dos 60° de latitude) adquire a orientação sul/norte (rumo à latitude de 30° sul), por influência da baixa pressão na alta atmosfera, criada pela descendência do ar nos 30° sul. Essa massa de ar, sofrendo a ação da força defletora, dá origem a ventos de sudeste em altitude. A circulação de massas de ar, elevando-se na frente polar e descendendo na latitude aproximada de 30°, interligada por ventos noroeste de superfície e sudeste em altitude, constitui a chamada célula temperada de circulação meridional.

Parte da massa de ar que foi elevada na frente polar é induzida a apresentar deslocamento norte/sul (rumo ao polo sul), em consequência da baixa pressão que se estabeleceu na alta atmosfera pela descendência de ar sobre o polo sul. Essa massa de ar dá origem a ventos de noroeste em altitude. A circulação constituída pela elevação do ar na frente polar, pelos ventos noroeste em altitude, pela descendência de ar no polo sul e pelos ventos de sudeste em superfície formam a célula polar de circulação meridional.

No hemisfério norte, ocorre circulação semelhante à descrita para o hemisfério sul, com padrões de deslocamentos do ar *opostos* em relação ao observador.

Em resposta a esses padrões de distribuição de pressão, há seis sistemas principais de ventos em superfície, três em cada hemisfério. No hemisfério norte, estão os ventos alísios de nordeste, os ventos dominantes de oeste e os ventos polares de leste; no hemisfério sul, ocorrem os ventos alísios de sudeste, os ventos dominantes de oeste e os ventos polares de leste.

O modelo de circulação geral da atmosfera, descrito anteriormente para a Terra em rotação e com superfície uniforme, permite explicar a existência das grandes zonas climáticas do globo terrestre. Contudo, a pronunciada diferença no balanço da radiação entre os continentes e os oceanos (e, ainda, vários outros fatores climáticos) modifica de maneira acentuada a circulação na atmosfera, em especial, junto à superfície terrestre. O padrão médio da circulação descrito anteriormente está submetido, ainda, a diversas variações importantes que ocorrem regularmente em ciclos sazonais e/ou diurnos, promovendo alterações nos centros de alta e de baixa pressão (como as brisas, as monções etc.). Dessa forma, a direção dos ventos descrita no modelo de circulação geral sofre modificações locais.

Observando a Figura 6.2, é possível extrair algumas conclusões importantes sobre a distribuição e localização das espécies (especialmente as vegetais), bem como sobre as correlações entre tais distribuições e localizações com a ocorrência das diversas áreas planetárias de altas e baixas pressões.

Com base no esquema apresentado nas Figuras 6.1 e 6.2 e levando-se em consideração os conhecimentos sobre a circulação de ar na atmosfera, podemos entender importantes situações climáticas (e fitogeográficas) do planeta.

Na região do Equador, ocorre a convergência dos ventos alísios dos dois hemisférios, de nordeste (Ne) e de sudeste (Se), criando a zona de convergência intertropical (ZCIT). Nessa região (de baixas pressões junto à superfície e receptora de ventos), os ventos são fracos, as calmarias são constantes e as correntes de ar ascendentes originam nuvens convectivas e precipitações frequentes. Segundo Nimer (1989, p. 17), é uma "zona de aguaceiros e trovoadas". A ZCIT forma uma faixa em torno do globo terrestre que corresponde à região chuvosa equatorial e dela se "aproveita" para o desenvolvimento de uma rica, variada e exuberante biodiversidade, principalmente, vegetacional.

Nas proximidades da latitude dos 30° (tanto no hemisfério norte quanto no hemisfério sul), não há nebulosidade e ocorre pouca precipitação. Essa

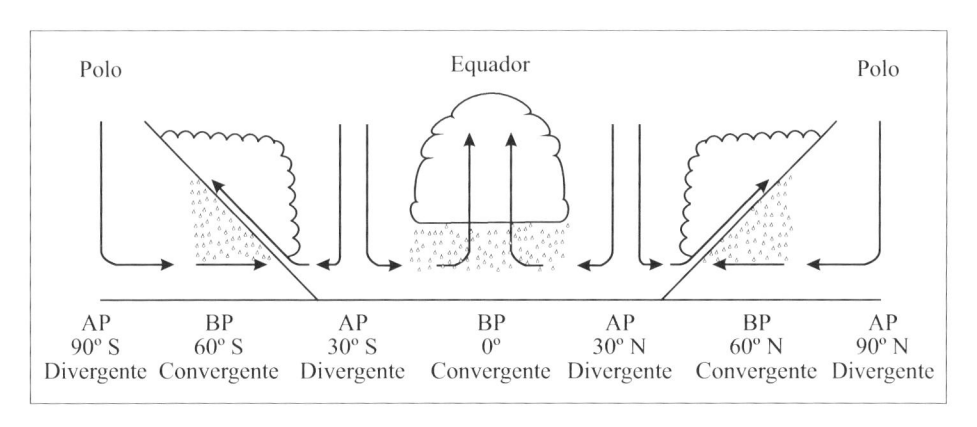

Adaptado de: Machado (2000b).

Figura 6.2 Zonas de altas e baixas pressões e sua relação com a precipitação

região define uma faixa em torno do globo terrestre que corresponde à região seca subtropical (áreas de altas pressões junto à superfície terrestre e dispersoras de ventos), caracteriza-se por pouca vegetação, com destaque para a ocorrência de áreas desérticas e semidesérticas.

Em torno das latitudes de 60°, o encontro das massas de ar de características opostas, vistas anteriormente (frente polar), cria uma zona de descontinuidade. Nessa área, ocorre um "relativo aumento" da nebulosidade e da precipitação (área de baixa pressão dinâmica próxima à superfície e receptora de ventos), o que define uma faixa em torno da Terra que corresponde à região úmida fria. A vegetação característica é a floresta de coníferas, que se estende entre, aproximadamente, 55° e 70° de latitude (norte). Conforme observa Troppmair (2004, p. 119):

> O *clima rude* [...] *é responsável pela seleção de espécies resistentes a estas condições; assim, predominam poucas, geralmente aciculiformes (adaptadas à precipitação de neve), formando florestas homogêneas. Esse tipo de paisagem domina uma larga faixa do Canadá e da Eurásia* [...] *de porte avantajado, constituem a principal fonte de madeira mole do globo – como Pinheiros, Taiga, Pinus, Coníferas.*

Na região polar, outra área de alta pressão próxima à superfície terrestre (caracterizada pela dispersão de ventos), de clima muito frio e precipitação muito reduzida (inferior a 100 mm/ano), predominam, ainda de acordo com o autor, quando muito, liquens, musgos e fungos, que constituem a vegetação de tundra, arbustos que atingem a altura máxima de um metro e têm "ciclo de vida ativo" muito curto durante o ano.

6.1 ZONA DE CONVERGÊNCIA INTERTROPICAL E ZONA DE CONVERGÊNCIA DO ATLÂNTICO SUL

A zona de convergência intertropical (ZCIT) forma-se na área de baixas latitudes (Figura 3.4). Nessa área, o encontro dos ventos alísios provenientes de sudeste com aqueles provenientes de nordeste cria a ascendência das massas de ar, que são normalmente úmidas. Essa zona, também chamada de Equador Meteorológico (EM), Descontinuidade Tropical (DI), Zona Intertropical de Convergência (ZIC) e Frente Intertropical (FIT), limita a circulação atmosférica entre o hemisfério norte e o hemisfério sul (MENDONÇA e DANNI-OLIVEIRA, 2007).

Ainda de acordo com os autores, os conceitos de descontinuidade tropical (DI) e de equador meteorológico (EM) trazem implícita uma perspectiva de divisão da atmosfera entre os dois hemisférios, ao passo que as noções de convergência (ZCIT e ZIC) vinculam-se mais à descrição da ascendência do ar e à decorrente formação da expressiva massa de nuvens que caracterizam a cintura equatorial do planeta. A ideia de frente intertropical (FIT) relaciona-se diretamente com o encontro das massas de ar em um plano inclinado – sub-horizontal – e com a mudança rápida do ponto de orvalho que aí ocorre.

A ZCIT acompanha o equador térmico (ET) em seus deslocamentos sazonais. O ET corresponde, como observamos, à isoterma de máxima temperatura do globo, que, sobre os oceanos, acerca-se da linha do equador, aprofundando-se sobre os continentes.

A ZCIT configura um divisor entre as circulações atmosféricas celulares que se localizam nas proximidades do equador, as células de Hadley do norte e do sul. Ela é móvel, uma vez que se desloca durante o ano sob a ação do movimento aparente do sol. Em março, apresenta-se mais ao sul; em setembro, mais ao norte, com uma diferença temporal de cerca de 50 dias. A sua disposição diária e sazonal está condicionada a vários fatores, entre os quais se destacam a continentalidade ou a maritimidade, o relevo e a vegetação.

Sobre a América do Sul, a ZCIT apresenta seus deslocamentos em uma área entre os 5° S, em março, e os 10° N em setembro. No oeste do oceano Índico, a ZCIT situa-se próximo de 15° a 18° S, em fevereiro, e de 18° a 20° N, em agosto. Na África Central, entre 0°, em janeiro, e 25° N, em agosto.

A zona de convergência do Atlântico Sul (ZCAS) apresenta características comuns à zona de convergência do Pacífico Sul (ZCPS), que se forma sobre o oceano Pacífico, e à zona frontal de Baiu, parte oceânica (Pacífico Oeste cruzando o Japão), e Meiyu parte continental (China). Elas são chamadas, de maneira geral, de zonas de convergência subtropical (ZCST) e estão associadas a processos pluviométricos convectivos das áreas sobre as quais se formam.

A ZCAS pode ser facilmente identificada em imagens de satélite por meio de uma alongada distribuição de nebulosidade de orientação NW/SE (Figura 6.3), tal qual a linha de instabilidade (IT), de Edmond Nimer. A ZCAS resulta da intensificação do calor e da umidade resultantes do encontro de massas de ar quentes e úmidas da Amazônia e do Atlântico Sul na porção central do Brasil. Em geral, uma ZCAS estende-se desde o sul da região amazônica até a porção central do Atlântico Sul (MENDONÇA e DANNI-OLIVEIRA, 2007).

Para os autores, as características comuns a essas três zonas de convergência são:

- Estendem-se para leste, nos subtrópicos, partindo de regiões tropicais específicas de intensa atividade convectiva;
- Formam-se ao longo de jatos subtropicais em altos níveis e a leste de cavados semiestacionários;
- São zonas de convergência em uma camada inferior úmida, espessa e baroclínica;

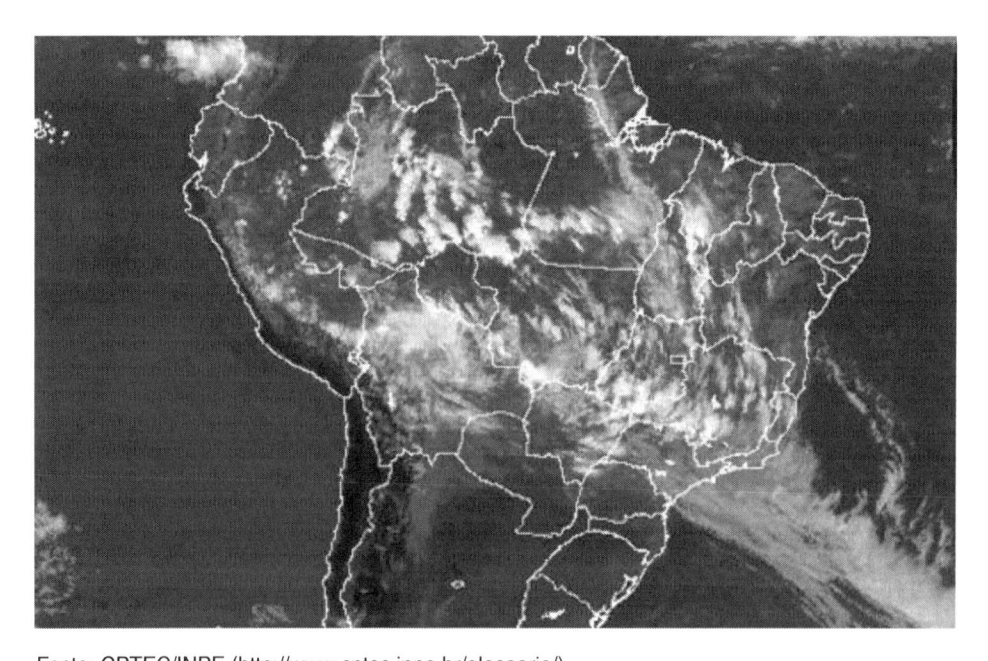

Fonte: CPTEC/INPE (http://www.cptec.inpe.br/glossario/).

Figura 6.3 Zona de convergência do Atlântico Sul (ZCAS)

- Localizam-se na fronteira de massas de ar tropicais úmidas, em regiões de forte gradiente de umidade em baixos níveis, com geração de instabilidade convectiva por processo de advecção diferencial.

6.2 CENTROS DE AÇÃO

Os centros de ação são extensas zonas de alta ou de baixa pressão atmosférica que dão origem aos movimentos da atmosfera, portanto, aos fluxos de ventos predominantes e aos diferentes tipos de tempo (Figura 6.4). O movimento do ar ocorre, geralmente, dos centros de ação positivos, de alta pressão (anticiclonais), para os negativos, de baixa pressão (ciclonais ou depressionários), como já observamos. Influenciados pela força de Coriolis, os movimentos do ar tendem a deslocar-se do centro de ação positivo (A) em direção ao centro de ação negativo (B), movendo-se para a esquerda ao sair do centro anticiclonal (MENDONÇA e DANNI-OLIVEIRA, 2007).

A dimensão horizontal dos centros de ação positivos e dos depressionários varia de algumas centenas a alguns milhares de quilômetros e, na dimensão vertical, podem estender-se de algumas centenas de metros a mais de 15 km.

Os centros de ação atmosférica são, de maneira geral, sazonalmente móveis, ou seja, apresentam deslocamentos ao longo do ano, sobretudo em virtude da variação da radiação dos dois hemisférios. Assim, quando é verão no hemisfério sul, os anticiclones e as massas de ar apresentam seus mais expressivos deslocamentos na direção sul, no inverno, acontece o oposto; e vice-versa para o hemisfério norte.

Os principais centros de ação positivos, que atuam na configuração climática do globo, dividem-se em dinâmicos, como os subtropicais, e térmicos, como os polares. Podem ocorrer três dinâmicos no hemisfério sul e dois no hemisfério norte.

Hemisfério sul:
- Anticiclone de Santa Helena, anticiclone semifixo do Atlântico ou anticiclone subtropical do Atlântico Sul, localizado sobre o oceano Atlântico;
- Anticiclone da ilha de Páscoa, anticiclone semifixo do Pacífico ou anticiclone subtropical do Pacífico Sul, localizado sobre o oceano Pacífico;
- Anticiclone de Mascarenhas, localizado sobre o oceano Índico.

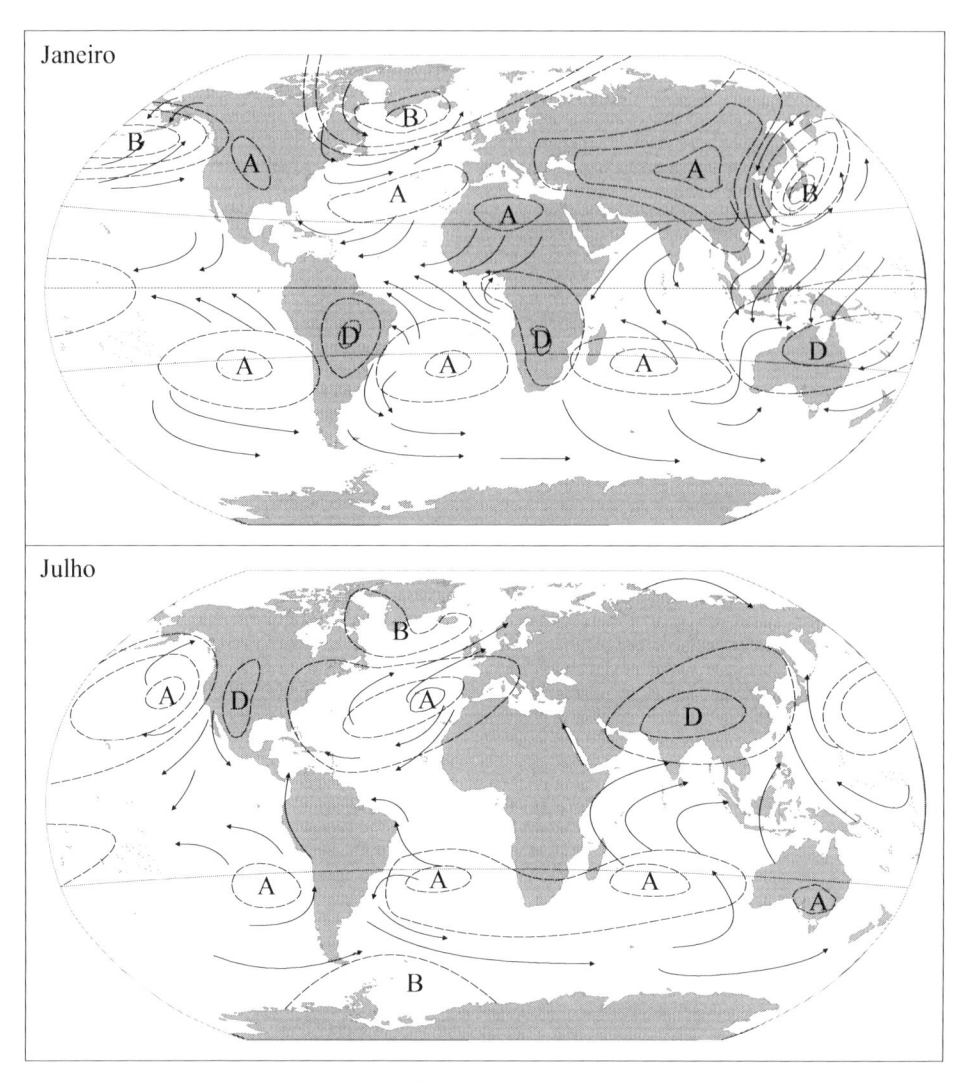

Adaptado de: Mendonça e Danni-Oliveira (2007).

Figura 6.4 Os grandes centros de ação do globo

Hemisfério norte:
- Anticiclone dos Açores, localizado sobre o oceano Atlântico;
- Anticiclone da Califórnia ou anticiclone do Havaí, localizado sobre o oceano Pacífico.

Os centros de ação negativos sobre a superfície da Terra são quatro, mas outras células depressionárias de gênese sazonal também podem se formar sobre os continentes superaquecidos das latitudes tropicais e temperadas. Além da zona equatorial, as três células depressionárias mais expressivas localizadas nas zonas de 50°/60° estão assim distribuídas: duas no hemisfério norte e uma no hemisfério sul.

Hemisfério sul:
- Depressão do mar de Weddel sobre o Atlântico.

Hemisfério norte:
- Depressão da Islândia sobre o Atlântico;
- Depressão das Aleutas sobre o Pacífico.

De acordo com Mendonça e Danni-Oliveira (2007), as depressões das latitudes médias são móveis e as do hemisfério sul, mais contínuas em virtude da maior extensão oceânica, têm principalmente origem dinâmica. Contudo, seus baixos valores barométricos podem ser reduzidos na base por efeito térmico quando passam acima das correntes marítimas quentes. Um exemplo dessa situação se dá quando a corrente do Golfo reforça a depressão da Islândia.

As baixas pressões térmicas sazonais formam-se no verão sobre os continentes quentes das latitudes tropicais e temperadas, e estão associadas a uma divergência em altitude e a uma convergência de superfície. A ZCIT é um dos melhores exemplos de depressão de origem termodinâmica (MENDONÇA e DANNI-OLIVEIRA, 2007).

6.2.1 Centros de ação da América do Sul

A dinâmica e a circulação atmosférica da América do Sul são controladas pela interação de sete centros de ação que conjugam suas participações ao longo do ano (Figura 6.5). Esses centros de ação são distribuídos em cinco centros positivos e dois negativos (MENDONÇA e DANNI-OLIVEIRA, 2007).

Centros de ação positivos:
1. *Anticiclone dos Açores* – Situa-se na faixa das altas pressões subtropicais do hemisfério norte sobre o oceano Atlântico (próximo aos 30° N), entre a África e a América Central. Sua influência sobre a circulação atmosférica da América do Sul se faz sentir; sobretudo, quando da ocorrência do solstício de verão do hemisfério sul, pois o

110   Introdução à climatologia

Doldrum

Anticiclone dos Açores

Depressão do Chaco

Anticiclone da ilha de Páscoa

Anticiclone de Santa Helena

Anticiclone migratório Polar

Anticiclone migratório Polar

Depressão do mar de Weddel

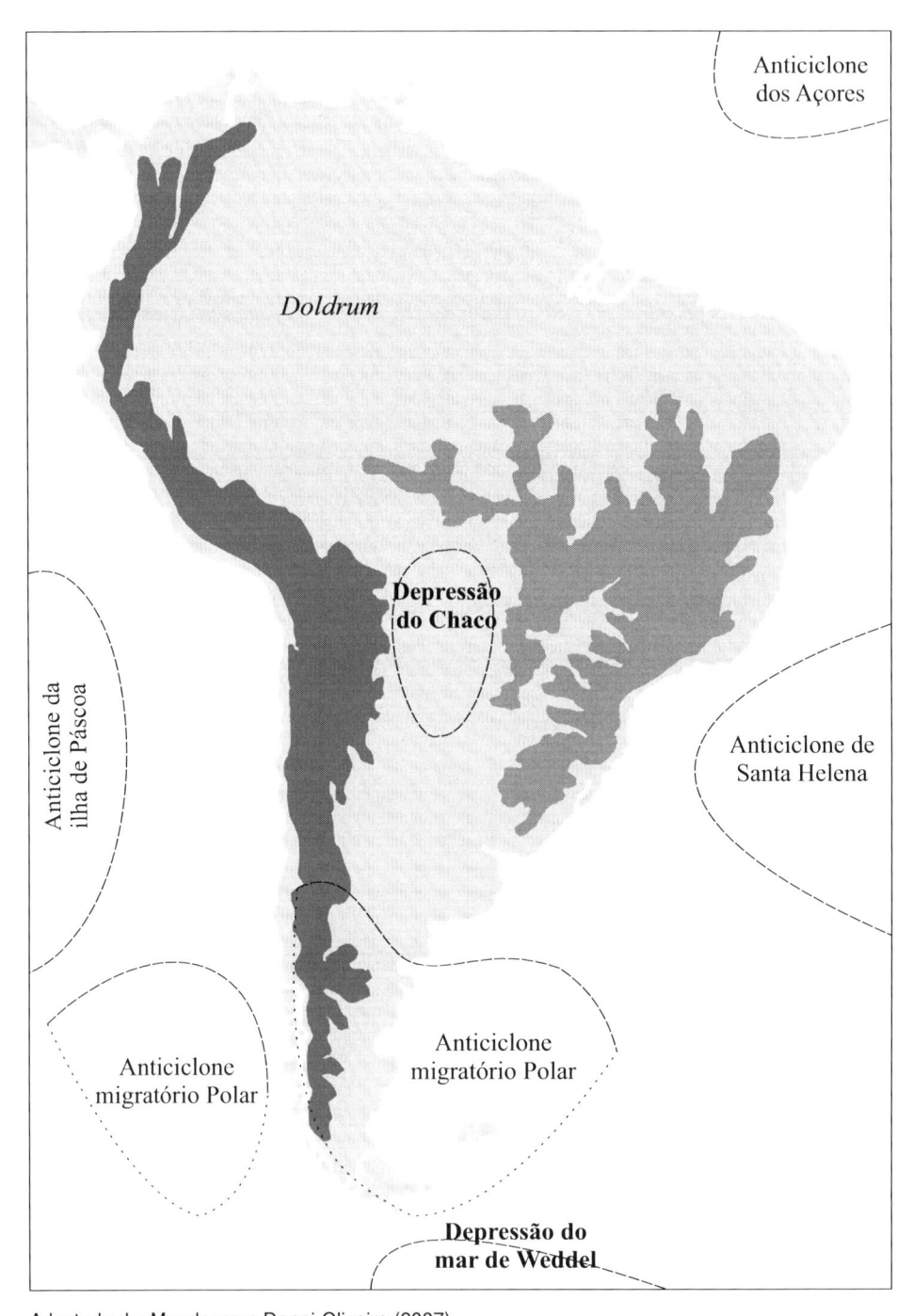

Adaptado de: Mendonça e Danni-Oliveira (2007).

Figura 6.5   Grandes centros de ação da América do Sul

avanço da frente polar do hemisfério norte em direção sul provoca o seu deslocamento nessa direção. Assim, interagindo com os ventos alísios de nordeste, sua ação será observada de forma mais direta na porção norte e nordeste do continente sul-americano.
2. *Doldrums* – Ao mesmo tempo que atua como uma área de baixas pressões em relação ao oceano Atlântico, que atrai, portanto, o ar úmido de nordeste dali proveniente (o que intensifica sobremaneira a umidade da região), a bacia amazônica atua também como um importante centro produtor e exportador de massas de ar. Mesmo sendo uma área onde as temperaturas são consideravelmente elevadas, garantindo a formação de centro de baixas pressões, as modestas cotas do relevo da bacia, associadas à divergência dos alísios no interior do continente, atestam-lhe características de uma região produtora e exportadora de massas de ar, sobretudo durante o verão austral, quando o centro de ação atinge latitudes bem mais altas. A denominação *doldrum* (do inglês, calmaria, apatia) diz respeito à predominância da circulação convectiva do ar na região da ZCIT, que historicamente marcou a navegação em caravelas na área, já que para esse tipo de transporte importava o deslocamento horizontal do ar em relação à superfície, e não o vertical.
3. *Anticiclone semifixo do Atlântico Sul* – Assim como o do Pacífico Sul, sua mobilidade é decorrente do deslocamento sazonal do centro de altas pressões, que ora se posiciona mais próximo da costa oeste dos continentes (no verão, quando é atraído pelo campo de baixas pressões que se forma sobre ele), ora se posiciona mais afastado (no inverno, quando o campo de pressões mais baixas posiciona-se sobre o oceano). Esses dois centros apresentam um deslocamento sazonal no sentido leste-oeste. Ambos são decorrentes do movimento subsidente do ar nas proximidades dos 30° S, ou seja, na faixa das altas pressões subtropicais. O anticiclone semifixo do Atlântico exerce considerável influência sobre todos os climas da porção central, nordeste, sudeste e sul do Brasil, com mais destaque no verão.
4. *Anticiclone semifixo do Pacífico* – Apresenta, conforme notamos, as mesmas características que o anticiclone semifixo do Atlântico, porém, diferencia-se deste principalmente quando se observa a pouco expressiva abrangência da região influenciada por ele sobre o

continente. Nesse caso, a pequena área de atuação desse centro é consequência direta da força de atrito do relevo (atuando como uma barreira) sobre a circulação do ar, representada pela cordilheira dos Andes, que impede a passagem do ar quente e úmido proveniente do anticiclone do Pacífico sobre o leste sul-americano.

5. *Anticiclone migratório polar* – Esse anticiclone forma-se no extremo sul da América do Sul, em latitudes subpolares, por causa do acúmulo do ar polar oriundo dos turbilhões polares sobre os oceanos. A condição de centro de alta pressão migratório deve-se ao fato de que esse campo de pressão atmosférica posiciona-se, no inverno, sobre latitudes mais baixas (chega próximo dos 30° S, na altura do norte da Argentina e do Uruguai) em razão da queda sazonal da radiação no hemisfério sul; no verão, recua para latitudes mais elevadas (próximo aos 60° S, ao sul da Terra do Fogo), impelido que é para o sul pela elevação do fluxo de energia do hemisfério sul nessa época do ano.

Centros de ação negativos:

1. *Depressão do Chaco* – A elevação sazonal das temperaturas do continente, mais expressivas que sobre o oceano, por ocasião do solstício de verão, acentua as condições favoráveis à formação de um centro de baixas pressões na latitude da faixa de altas pressões subtropicais no hemisfério sul. Assim, a depressão do Chaco se individualiza como um centro de baixas pressões de origem térmica. Nessas condições, a região atrai para o interior do continente o ar quente e úmido dos centros anticiclonais que o circundam, quais sejam, o anticiclone semifixo do Atlântico, nessa época do ano posicionado mais próximo ao continente, e o centro de ação da Amazônia, com maior deslocamento em direção ao sul. No inverno, a situação inverte-se, e a depressão do Chaco geralmente atrai o anticiclone migratório polar na direção norte, facilitando a propagação do ar polar até as baixas latitudes sul-americanas, principalmente em virtude das ondulações da frente polar atlântica, que aproveita a calha natural do relevo regional para deslocar-se.

2. *Depressão dos 60° de latitude sul* – Situa-se na faixa subpolar das baixas pressões do globo e localiza-se sobre os mares vizinhos à Península Antártica (mar de Weddel e mar de Ross), consideravelmente

distante do continente sul-americano, embora desempenhe um importante papel na dinâmica de sua atmosfera. Quando esses centros de baixas pressões subpolares são reforçados pela propagação de ciclones, exercem atração dos sistemas intertropicais em direção sul, pois o campo de pressões negativas é reforçado.

capítulo 7

As massas de ar

Uma massa de ar pode ser descrita como uma porção individualizada da atmosfera quanto às suas características ou qualidades. Abrange uma grande extensão horizontal e apresenta espessura bem desenvolvida, homogeneidade horizontal de suas propriedades físicas, principalmente temperatura e umidade, e pequena ou mesmo nenhuma variação dessas propriedades no sentido vertical. Segundo Hare (1963) apud Ayoade (2003, p. 99), "uma massa de ar pode ser definida, como um grande corpo de ar horizontal e homogêneo, deslocando-se como uma entidade reconhecível e tendo tanto origem tropical quanto polar".

Para que uma massa de ar adquira propriedades ou características uniformes é necessário que ela permaneça estacionária, durante algum tempo, sobre uma extensa região, cuja superfície tenha também características bastante uniformes ou homogêneas (como os oceanos, os polos ou os desertos). Quanto mais tempo a massa de ar permanecer sobre essa área antes de se deslocar, mais afetada ela será pelas características térmicas e/ou hídricas do local. Essa região é denominada região de origem, área fonte ou região nascente. As principais, mas não as únicas, regiões de origem de massas de ar (grandes berçários) são os grandes centros de alta pressão, como as regiões polares e subtropicais.

As massas de ar deslocam-se constantemente sobre o globo terrestre, pois a atmosfera está sempre em movimento (circulação geral). As massas de ar são muito importantes no estudo e na caracterização do tempo e do clima, uma vez que durante o deslocamento influenciam diretamente as áreas nas quais predominam. No entanto, na medida em que uma massa de ar se afasta de sua região de origem, suas propriedades iniciais modificam-se, principalmente temperatura e umidade. Assim, a massa é modificada pelas condições presentes nos locais que atravessa.

Dessa forma, se a massa de ar se desloca sobre uma superfície hídrica, sua umidade aumenta. Se o deslocamento ocorre sobre o continente, absorve menos umidade ou chega a perdê-la. O mesmo acontece quanto às suas propriedades térmicas: ao deslocar-se sobre uma superfície mais fria que ela própria, a massa de ar perde calor nos seus níveis mais baixos (resfriamento basal). Por outro lado, se a massa se desloca sobre uma superfície mais quente que ela, tende a modificar suas propriedades na base, pelo aquecimento (aquecimento basal).

Uma massa de ar é, assim, modificada pelas diferentes quantidades de radiação e/ou umidade que recebe e/ou perde.

Existem vários tipos de massa de ar. As massas são classificadas (ou denominadas) de acordo com sua região de origem, levando-se em consideração, essencialmente, a temperatura e a umidade. Se originada em uma área quente, é uma massa de ar quente; se originada em uma região fria, é uma massa de ar fria.

Em decorrência da circulação geral da atmosfera, as massas de ar podem ser originadas em diferentes áreas, de diferentes latitudes e, assim, recebem denominações distintas, baseadas na respectiva área de origem: polares (P), tropicais (T), equatoriais (E). Contudo, para uma mesma condição de latitude, as massas de ar podem se formar sobre continentes ou sobre oceanos. Nesse caso, são denominadas continental (c) ou marítima (m), respectivamente. Em geral, as massas de ar continentais são secas e as marítimas são úmidas, mas há uma exceção: a região de origem amazônica que, embora sendo uma área continental, a densa floresta, a grande evaporação, evapotranspiração e umidade do ar aliadas à rica bacia fluvial, dão origem a massas de ar quentes e úmidas.

7.1 O MECANISMO DAS FRENTES

As frentes podem ser definidas como regiões de transição ou "zonas limite" entre massas de ar de propriedades ou características diferentes. Assim, frente é uma zona de transição ou de contato, na qual as propriedades do ar passam gradativamente de uma massa para outra (mistura ou troca). Onde elas ocorrem, o ar é muito agitado e o tempo, instável.

Como citado por Tubelis e Nascimento (1984, p. 246),

> *no contato entre duas massas de ar de temperaturas diferentes forma-se uma superfície de descontinuidade, conhecida como superfície frontal. Essa descontinuidade é uma zona de transição, estreita e inclinada, na qual os elementos meteorológicos variam mais ou menos abruptamente. A linha ou zona de contato da superfície frontal com a superfície do solo, ou qualquer outro plano horizontal, é chamada de Frente.*

Essas descontinuidades frontais podem ser classificadas, tendo-se como fundamentos o seu deslocamento e as mudanças de temperatura que elas causam, em frente fria, frente quente e frente estacionária.

Como Tubelis e Nascimento (1984, p. 246) ressaltam: "Em todos os casos, a massa de ar de menor temperatura, e consequentemente, maior densidade, permanece em contato com a superfície do solo, fazendo com que a massa de ar de maior temperatura e menor densidade se eleve sobre a superfície frontal".

Por definição, e ainda segundo Tubelis e Nascimento (1984, p. 248), "uma frente fria é uma descontinuidade frontal na qual uma massa de ar de menor temperatura desloca, da superfície do solo, uma massa de ar de maior temperatura" (Figura 7.1).

Frente quente é uma descontinuidade frontal na qual uma massa de ar de menor temperatura é substituída, de junto do solo, por uma massa de ar de maior temperatura (Figura 7.1).

A frente estacionária é toda descontinuidade frontal que apresenta pequeno ou nenhum deslocamento horizontal. Às vezes, ocorre que o ar polar não tem força para avançar mais para o norte, nem o ar quente tem energia suficiente para empurrar a massa polar para o sul (no caso do hemisfério sul). Formam-se, dessa maneira, as chamadas frentes estacionárias, responsáveis por chuvas continuadas sobre a área em que se localizam. Quando isso acontece, podem ocorrer enchentes, que causam grandes prejuízos aos habitantes das regiões atingidas.

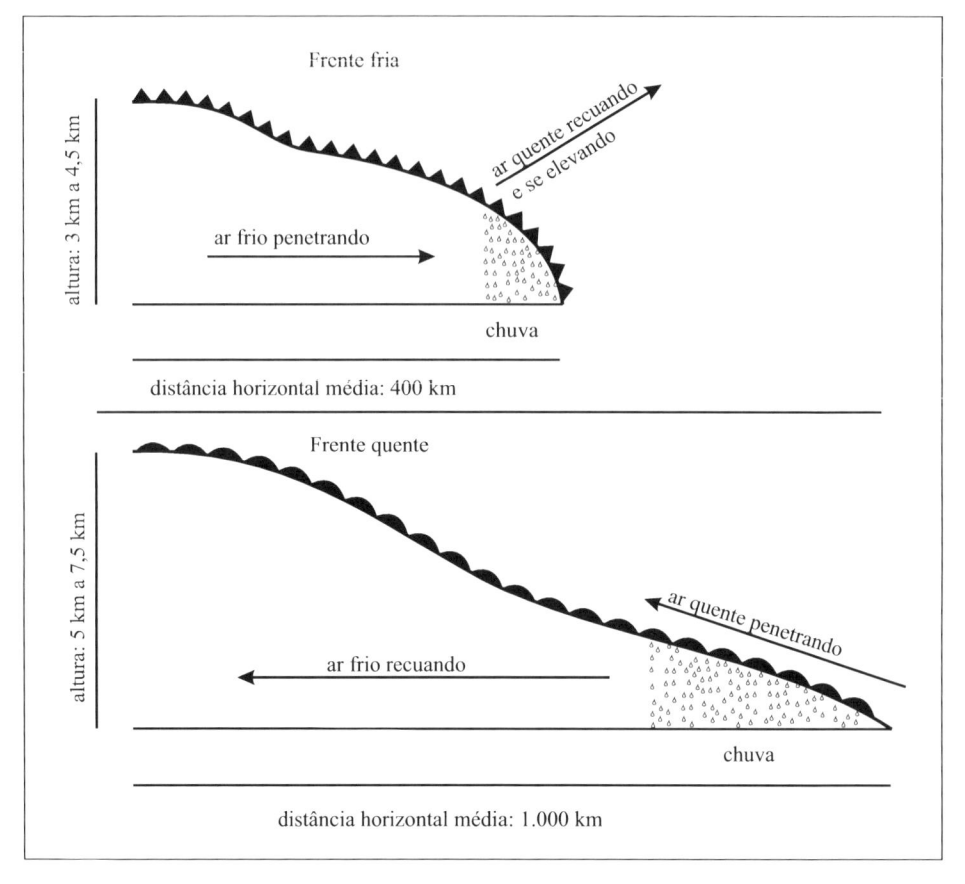

Adaptado de: Forsdyke (1969); Retallack (1977); Tubelis e Nascimento (1984) e Ayoade (2003).

Figura 7.1　Esquema de frente fria e frente quente

Cumpre lembrar, ainda, de acordo com Ayoade (2003, p. 106), que "a passagem de uma frente é caracterizada pela sequência de tempo" (Tabela 7.1), ou seja, ocorre uma sequência de tipos de tempo que acompanha a passagem de uma frente, fria ou quente, e que caracteriza o estado atmosférico do lugar durante a atuação de uma ou de outra, notadamente, quanto aos elementos pressão atmosférica, ventos, temperatura, umidade do ar, nebulosidade, visibilidade e ocorrência de fenômenos meteorológicos associados a elas, como chuva, nevoeiro etc.

Tabela 7.1 Sequência de tipos de tempo que acompanham a passagem de uma depressão

Elemento	Na vanguarda da frente	No domínio da frente	Na retaguarda da frente
Frente quente			
Pressão	Diminuição constante	Cessa a diminuição	Pequena variação
Vento	Recua e aumenta a velocidade	Muda a direção, muda a velocidade	Constante
Temperatura	Constante ou aumento gradual	Aumenta lentamente	Pequena variação
Umidade	Aumento gradual	Elevação rápida	Pequena variação
Nuvens	Ci, Cs, As, Ns em sucessão	Nimbus e stratus baixos	Stratus e stratocumulus
Precipitação	Chuva contínua	Quase cessa	Boas condições; chuvas ligeiras ou chuvisco
Visibilidade	Boa, exceto nas chuvas	Ruim, neblina e nuvens baixas causam má visibilidade	Frequentemente ruim, com nuvens baixas e neblina ou nevoeiro
Frente fria			
Pressão	Diminuição	Elevação rápida	Elevação lenta, mas contínua
Vento	Recua e aumenta a velocidade	Mudanças súbitas acompanhadas por rajadas	Com rajadas; posteriormente estável
Temperatura	Constante; algumas vezes há quedas ligeiras durante as chuvas	Queda acentuada	Mudanças pequenas
Umidade	Sem mudanças	Queda acentuada	Geralmente reduzida
Nuvens	Altocumulos e Stratocumulos seguidas por cumulonimbus	Cumulonimbus, com fractocumulus ou baixos nimbostratus	Ascensões rápidas, mas pode haver o desenvolvimento de cumulus ou cumulonimbus
Precipitação	Chuvas com possíveis trovoadas	Aguaceiros, geralmente acompanhados de granizo e trovoadas	Aguaceiros de curta duração
Visibilidade	Ruim, com possível presença de nevoeiros	Deterioração temporária; melhora rápida	Muito boa

Fonte: Ayoade (2003, p. 107)

7.2 AS MASSAS DE AR ATUANTES NO BRASIL

Dependendo da estação, pois os centros de altas e baixas pressões deslocam-se no decorrer do ano (móveis), o domínio geográfico médio das massas de ar que atuam na América do Sul e no Brasil se altera, pois essas massas avançam ou recuam sobre o território brasileiro. Esses avanços e/ou recuos caracterizam os tipos climáticos que predominam no país.

As massas de ar que atuam na América do Sul são as representadas na Figura 7.2. Essas massas, com excecão das de ar de origem Pacífica (mEp e mPp), atuam direta e/ou indiretamente sobre os tipos climáticos do Brasil.

Podemos caracterizar, de maneira breve, as diversas massas de ar que atuam no território brasileiro:

a) As massas de ar equatoriais (continental e oceânica) originam-se na faixa equatorial de pressões baixas; são instáveis, dotadas de elevadas temperaturas e umidade, associadas à pequena amplitude térmica anual. A forte convecção no interior da massa de ar provoca condensação do vapor de água, nebulosidade constante e chuvas abundantes.

   a.1) mEc: a massa de ar equatorial continental é causada, basicamente, pela baixa pressão da região amazônica, ou seja, forma-se sobre o continente aquecido, onde dominam as calmarias e os ventos fracos, sobretudo no verão. Nessa época, o continente é um centro quente para o qual convergem os ventos oceânicos (inclusive os alísios) tornando elevada a umidade relativa do ar e resultando como característica a formação de grandes Cumulonimbos e precipitações abundantes.

   a.2) mEa: ocorre tanto no hemisfério norte (mEan) quanto no hemisfério sul (mEas). Essas massas de ar são comumente tratadas de forma conjunta com as massas de ar tropicais, uma vez que todas são constituídas ou "alimentadas pelos Alísios boreais e austrais" (AZEVEDO, 1968, p. 422). São comuns aos dois hemisférios e formam-se sobre o oceano Atlântico; são massas de ar quentes e úmidas.

b) As massas tropicais marítimas estão associadas aos anticiclones do Atlântico e do Pacífico. A pouca umidade dessas massas de ar dá ori-

As massas de ar 123

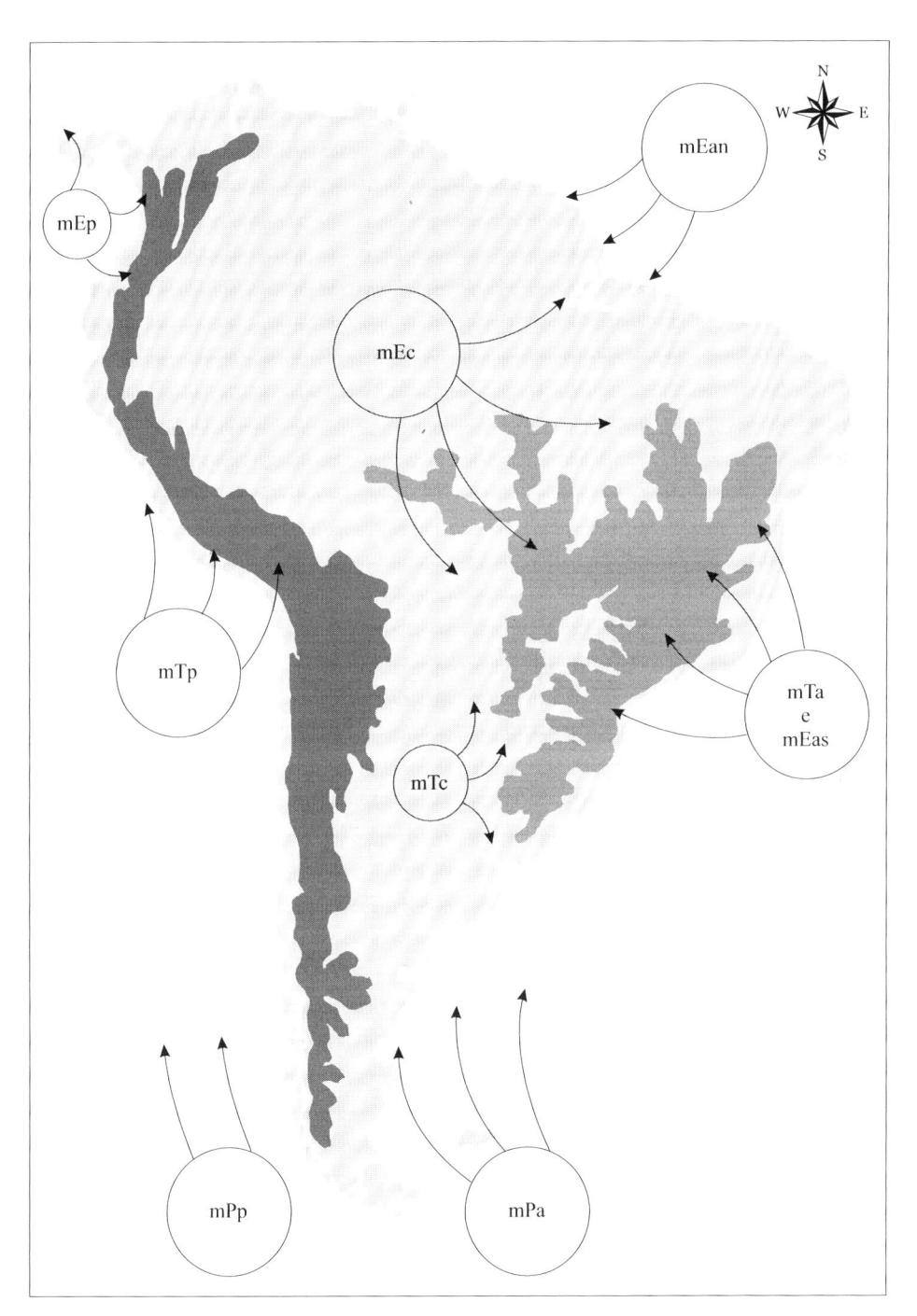

Adaptado de: Forsdyke (1969); Tubelis e Nascimento (1984) e Nimer (1989).

Figura 7.2 Centros dispersores das massas de ar que atuam na América do Sul

gem a chuvas leves, principalmente de origem orográfica, que ocorrem no litoral. Limitam-se ao sul com as massas polares, formando as frentes polares.

b.1) mTp: a massa de ar tropical marítima do Pacífico tem efeito direto sobre as condições climáticas do Brasil somente no verão. Nessa época, a massa de ar pode elevar-se orograficamente na face ocidental da cordilheira do Andes, desce pela sua face oriental como brisa de montanha (seca) e vai alimentar a depressão do Chaco.

b.2) mTa: a massa de ar tropical do Atlântico Sul ocorre o ano todo no Brasil (com mais destaque no inverno), atingindo o litoral brasileiro. Forma-se na região marítima quente do Atlântico Sul e recebe calor e umidade na superfície.

> *Como a camada de inversão da Massa de Ar Tropical Marítima do Atlântico é pouco espessa, 500 metros na parte oriental e 1.500 metros na parte ocidental, muito pouco vapor de água consegue ser acumulado na camada de inversão, durante o trajeto sobre o oceano. O vapor acumulado condensa-se, dando origem a nuvens de pequeno desenvolvimento vertical, que podem provocar precipitações leves por efeito orográfico. No interior do continente o tempo é claro, desprovido de nebulosidade, com forte insolação e grande amplitude térmica diária* (TUBELIS e NASCIMENTO, 1984, p. 235).

b.3) mTc: a massa de ar tropical continental adquire maior importância durante o verão, ou melhor, entre o fim da primavera e o início do outono. Sua região de origem é a estreita zona baixa, quente e árida a leste dos Andes e ao sul do trópico. Está associada à formação de uma depressão na região do Chaco, em consequência do intenso aquecimento da superfície do continente na estação quente do ano. O forte aquecimento dá origem a uma massa quente, muito seca e instável. Em razão do baixo teor de umidade do ar, não ocorre a formação de nuvens e precipitação. Como consequência, os dias são muito ensolarados, com intenso aquecimento diurno e intenso resfriamento noturno, condicionados pela baixa umidade do ar (maior amplitude térmica diária). Assim, origina-se próximo à área anticiclonal dispersora de ventos, dos 30° de latitude sul e caracteriza-se como uma massa de ar seca, uma vez que se forma em uma área tipicamente dispersora de ventos, onde o ar promove um movimento de subsidência (a exemplo dos contra-alísios).

c) Frente polar: as massas de ar que deixam o continente Antártico penetram por sobre os oceanos onde se "aquecem" e ganham umidade rapidamente. Com o desaparecimento da subsidência, elas se tornam instáveis e com tal estrutura invadem o continente sul-americano, entre os dois centros de ação, do Pacífico e do Atlântico, seguindo duas trajetórias diferentes condicionadas pelo relevo: a primeira, a oeste dos Andes (mPp) e a segunda, sob a forma de grandes anticiclones, a leste da cordilheira (mPa).

  c.1) mPa: a massa de ar polar atlântica está associada aos anticiclones que se formam na região subantártica (mar de Weddel), que no inverno está ocupada por gelo flutuante e banquisas (ou *ice field*, campo de gelo), "produzidas pelo próprio congelamento das águas do oceano" (GUERRA e GUERRA, 1997, p. 233). Inicialmente, essa massa possui ar frio, seco e estável. Na medida em que se desloca sobre o oceano – Atlântico (mPa) e/ou Pacífico (mPp) – ganha "calor" e umidade. Essa massa de ar propicia tempo frio e causa o fenômeno da geada, principalmente nos estados da região sul do país. Os anticiclones polares ocorrem durante todo o ano, mas são mais frequentes e fortes durante o inverno.

No contato entre as massas de ar tropicais e as polares, formam-se superfícies de descontinuidade denominadas frentes polares: FPA, no contato da mPa com a mTa e FPP, no contato entre a mPp e a mTp.

Em sua trajetória, a mPa provoca precipitações, principalmente do tipo frontal (resultante do encontro de duas massas de ar de características opostas). As invasões ocorrem durante todo o ano, porém são mais intensas e frequentes no inverno. A trajetória da mPa (única e, por essa razão, principal massa de ar frio que invade o território brasileiro) é, em grande parte, determinada pela disposição do relevo sul-americano.

Dada a configuração do relevo brasileiro, especialmente na porção sul, a massa polar atlântica consegue penetrar a fundo no território nacional, quando ocorre o inverno no hemisfério sul, atingindo todas as regiões, direta e/ou indiretamente. A mPa avança sobre o país seguindo três ramos ou três orientações principais (Figura 7.3).

I) O primeiro ramo da mPa avança pelo litoral, seguindo a linha da costa (menos obstáculos físicos do relevo); causa chuvas ao longo do litoral e chega a alcançar o nordeste brasileiro, provocando chuvas frontais quando do encontro com a mTa (e com a mEas, aqui tratadas conjuntamente). Como são massas de ar de características diferentes, uma fria e outra quente e úmida, ocasionam chuvas frontais no litoral nordestino. Assim, podemos compreender melhor por que essa área apresenta chuvas de outono/inverno, ao passo que, no restante do interior do país, predominam as chuvas de verão.

Tomando-se como exemplo o nordeste brasileiro, observa-se claramente a interferência do relevo sobre o clima como visto anteriormente: o nordeste apresenta várias chapadas, ou seja, "grandes superfícies, por vezes horizontais e a mais de 600 metros de altitude" (GUERRA e GUERRA, 1997, p. 90). Elas funcionam como obstáculos à penetração de massas de ar úmidas para o interior e servem de elemento de condensação do vapor d'água. É o caso das chapadas da Borborema, Apodi e Araripe, que provocam chuvas orográficas na área voltada para o litoral (zona da mata nordestina). No entanto, quando essas chapadas formam gargantas ou vales, a massa de ar consegue penetrar no interior do agreste e do sertão semiárido, formando os chamados brejos ou pés de serra, que são terras muito valorizadas para a agricultura, constituindo verdadeiros oásis no sertão nordestino. Contudo, vale destacar que as chapadas não são as principais causas das secas nordestinas, mas agravam a situação.

Nota-se também que, pelos lugares onde passa, a frente fria provoca inicialmente chuva e, em seguida, queda da temperatura. Após sua passagem, seguem-se alguns dias de tempo bom, durante os quais o ar frio vai, aos poucos, se aquecendo, até que outra frente fria realimente o ciclo de chuva/frio/vento/aquecimento/nova frente. Assim, os invernos no Brasil meridional são frios e chuvosos. Em virtude das influências dessa massa de ar e de outras massas, o clima subtropical apresenta chuvas durante todo o ano, independentemente da estação.

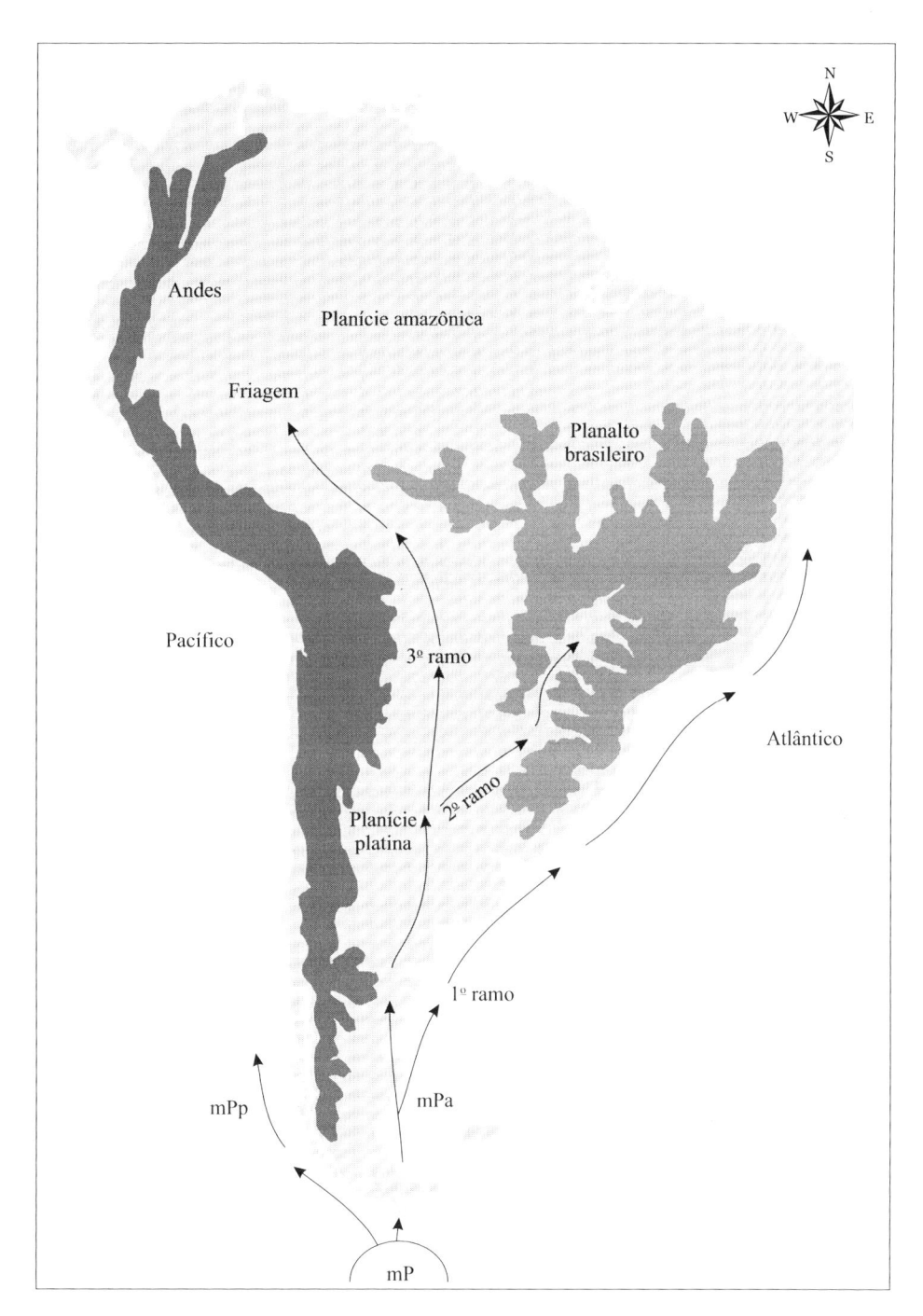

Adaptado de: Tubelis e Nascimento (1984).

Figura 7.3   A mPa e seus ramos de penetração no território brasileiro

O segundo e o terceiro ramos da mPa deslocam-se em direção ao interior do Brasil, obedecendo à seguinte orientação: dada a configuração do relevo da América do Sul, com planícies entre a cordilheira dos Andes e as regiões do planalto brasileiro (planície platina), a mPa encontra um verdadeiro corredor para sua penetração. O relevo baixo (de planície) facilita a incursão.

II) O segundo ramo é responsável pelas geadas nas lavouras dos estados do sul e São Paulo, além de ventos frios e queda de neve nas áreas mais elevadas. A região sul é a que apresenta maior frequência e regularidade de invasões: no Rio Grande do Sul, a frequência é de uma invasão por semana ou mais.

Nota-se, porém, que a atuação das frentes polares é mais intensa nos meses de julho a agosto, quando sua influência se faz sentir além dos estados da região sul. Contudo, no seu trajeto para o norte, o ar polar aquece na medida em que diminui a latitude, de modo que, ao chegar a São Paulo, já não está tão frio como quando atingiu o Rio Grande do Sul.

III) O terceiro ramo, em vista também do relevo baixo do planalto central brasileiro (vale do rio Paraguai e Pantanal), chega a atingir o norte de Mato Grosso, penetrando até Rondônia, Acre e sul do Amazonas, provocando o fenômeno conhecido como friagem. A friagem, que pode ter duração de até quatro dias, consiste na penetração, durante o inverno (comum nos meses de maio a agosto), da massa de ar polar atlântica (mPa), em um de seus ramos, na região amazônica, caracterizando-se pela queda brusca, acentuada e rápida da temperatura, em uma região onde são sempre elevadas. É comum Porto Velho, capital da calorenta Rondônia, registrar quedas de temperatura dos normais 30 °C para 11 °C/12 °C em curto espaço de tempo durante o dia.

7.3 DOMÍNIO MÉDIO DAS MASSAS DE AR NO BRASIL

De acordo com Tubelis e Nascimento (1984) e Nimer (1989), ao longo do ano, a posição das massas de ar se modifica em razão da atuação das altas pressões polares combinada com o deslocamento do Equador Térmico. Assim, no verão, as massas de ar se deslocam para o sul e, no inverno, movimentam-se para o norte; com isso, os domínios médios das massas de ar durante o ano são modificados, como observado na Figura 7.4.

Adaptado de: Tubelis e Nascimento (1984); Nimer (1989).

Figura 7.4 Domínio anual médio das massas de ar que atuam no território brasileiro

a) Verão: nessa época do ano, em virtude do maior aquecimento do continente em relação ao mar, o anticiclone semifixo do Atlântico e o anticiclone da Antártida (localizado muito ao sul, além dos 65° de latitude) são enfraquecidos. A mEc apresenta seu maior desenvolvimento, dominando praticamente todo o território nacional, e a mTc ocorre na porção ocidental dos estados do Rio Grande do Sul e de Santa Catarina.

A mTa (incluindo-se a mEas) propicia ventos de leste e alísios de sudeste. Ocorre no litoral brasileiro, notadamente na região nordeste, ao passo que a mEan propicia alísios de nordeste, que penetram no interior do continente formando a monção de verão do norte do Brasil (estação de chuvas).

b) Outono: com a diminuição da radiação solar nos trópicos (no caso do hemisfério sul, trópico de Capricórnio), quando se vai do solstício de verão para o equinócio de outono, a mEc tem seu domínio reduzido. No outono, a mEc domina a bacia amazônica, ao passo que a mEan continua a ocorrer no litoral norte e foz do Amazonas. A mTa (e a mEas) predomina desde parte do nordeste até o Rio Grande do Sul, abrangendo, inclusive, o sul de Goiás e de Mato Grosso do Sul. A mTc, forçada pela mTa, desloca-se para latitudes menores, localizando-se nas proximidades do pantanal mato-grossense.

c) Inverno: continuando a diminuir a radiação solar quando se vai do outono para o inverno, aumenta o domínio das massas de ar atlânticas (mTa e mEas), pois, nessa época, não existe a depressão continental, o que permite ao anticiclone do Atlântico, agora com pressão máxima, avançar sobre o continente. No inverno, essas massas (mTa e mEas) dominam praticamente todo o território brasileiro. Somente no noroeste da Amazônia, no vale do alto Amazonas, continua dominando a mEc que é, assim, a única zona instável durante todo o ano ao sul do Equador (chuvas durante o ano, sem estação seca).

O anticiclone frio da Antártida tem suas pressões aumentadas (em função do inverno no hemisfério sul). É nessa época que a invasão da mPa ocorre com maior vitalidade e intensidade.

O anticiclone dos Açores (mEan) continua a tangenciar o continente, mas desaparece a monção da estação quente. Embora no litoral norte do Brasil seja muito acentuado o vento marítimo do hemisfério norte (alísios de nordeste), sua penetração para o interior diminui.

d) Primavera: a partir do inverno, começa a aumentar o recebimento de energia e, em consequência, a mTa começa a recuar em favor da mEc. Na primavera, a mEc já se encontra bem desenvolvida, dominando extensa faixa desde Roraima até parte ocidental de Goiás e Mato Grosso. No Pará, Amapá, Maranhão, em todo o Nordeste, na parte oriental de Goiás, no Mato Grosso do Sul e nas regiões sul e sudeste, domina a mTa (e a mEas).

capítulo 8

Classificações climáticas

O clima de qualquer lugar é a síntese de todos os elementos climáticos em uma combinação de certa forma singular, determinada pela interação dos controles e dos processos climáticos. Assim, existe uma rica variedade de climas ou de tipos climáticos sobre a superfície do planeta. Para facilitar o mapeamento das regiões climáticas, os numerosos tipos climáticos são classificados por meio de vários e diversificados critérios.

Graças aos diferentes fatores que exercem influência sobre os elementos do clima, são enormes as diferenças de uma região para outra. Cada área tem particularidades climáticas que, muitas vezes, não se encontram em uma área vizinha, embora ambas possam ser incluídas em um mesmo tipo de clima por terem características gerais semelhantes. Por isso, uma classificação rigorosa torna-se impossível, o que explica a variedade de critérios e as numerosas tentativas já realizadas.

A temperatura é, sem dúvida, um dos principais elementos do clima e, daí, a primeira distinção a ser feita, baseada nas zonas térmicas da Terra: climas quentes, climas temperados e climas frios. Essa classificação, adotada por Alexander Supan (1879), é por demais simples. Por isso, outras distinções são admitidas, acrescentando-se mais dois aos três tipos principais citados: climas temperados, quentes e climas polares.

As chuvas constituem outro elemento de grande importância na classificação dos climas. De acordo com esse critério, é possível reconhecer cinco tipos básicos: climas áridos, climas semiáridos, climas úmidos, climas subúmidos e climas superúmidos.

Em 1950, Flohn (Tabela 8.1) propôs uma classificação genética dos climas, levando em consideração dois critérios: as zonas de ventos globais e as características gerais das precipitações. Com base nesses critérios, estabeleceu sete tipos climáticos. Em 1969, Strahler propôs outra classificação considerando os seguintes critérios: as características das massas de ar dominantes e as características das precipitações. Nessa classificação são reconhecidos três grandes grupos climáticos, cada um com cinco subtipos (Tabela 8.2).

Em 1956, Budyko propôs uma classificação em que reconhecia cinco tipos climáticos principais (Tabela 8.3), tomando como base os valores do índice radioativo de aridez, um balanço de energia que envolve os diferentes albedos da superfície, a evaporação, a precipitação etc.

Terjung e Louie propuseram, em 1972, uma classificação que considerava o balanço de energia no mundo (*input/output*). Eles reconheceram seis tipos climáticos principais e 62 subtipos (Tabela 8.4).

Em 1948, W. Thornthwaite propôs uma classificação baseada em índices de efetividade da precipitação e da eficácia da temperatura de acordo com os quais se determinam, respectivamente, os graus de umidade dos climas e suas naturezas térmicas, suficientes para caracterizar a adequação agrícola de uma área, uma vez que sua classificação levou em conta as repercussões do clima na agricultura. Conforme observa Ayoade (2003, p. 236), por meio da "utilização desses índices e critérios adicionais, 120 tipos climáticos foram hipotetizados por Thornthwaite, dos quais apenas 32 puderam ser expressos em um mapa-múndi".

O modelo de classificação climática feito por Köppen (1918) (Tabela 8.5) é relativamente simples e muito popular. Atualmente, mesmo depois de décadas, continua sendo adotado integralmente ou em uma de suas adaptações. Isso não quer dizer que o modelo seja perfeito, até por ser muito antigo e desconsiderar a dinâmica das massas de ar, não é bem aceito pelos estudiosos de hoje.

Outra classificação climática (e sua respectiva forma de representação) que merece destaque é a proposta por Bagnouls e Gaussen, em 1957. Os autores consideraram, basicamente, a precipitação e a evaporação para determinar o índice xerotérmico, ou seja, o período biologicamente seco de cada área, para, então, promover sua diferenciação e a consequente classificação climática.

8.1 MODELO DE CLASSIFICAÇÃO CLIMÁTICA DE FLOHN

Os dois principais critérios usados no esquema de classificação são as zonas globais de ventos e as características da precipitação geral. A temperatura não aparece explicitamente no esquema de classificação.

Tabela 8.1 Classificação dos climas proposta por Flohn (1950)

Tipo climático	Característica da precipitação
I – Zona equatorial (ventos de oeste)	Constantemente úmida
II – Zona tropical (ventos alísios de verão)	Precipitação pluvial de verão
III – Zona subtropical seca (alta pressão subtropical)	Condições secas predominam durante o ano todo
IV – Zona subtropical de chuva de inverno (tipo mediterrâneo)	Precipitação de inverno
V – Zona extratropical (ventos de oeste)	Precipitação geral durante o ano todo
VI – Zona subpolar	Precipitação limitada durante o ano todo
VI.a – Subtipo continental boreal	Precipitação pluvial de verão limitada; precipitação de neve de inverno
VII – Zona polar alta	Precipitação escassa; precipitação pluvial de verão; precipitação de neve no início do inverno

Fonte: Ayoade (2003, p. 227).

8.2 MODELO DE CLASSIFICAÇÃO CLIMÁTICA DE STRAHLER

Os critérios usados neste esquema de classificação são as características das massas de ar predominantes e de precipitação.

Tabela 8.2 Classificação genética dos climas proposta por Strahler (1969)

Grupos	Subtipos
I – Climas das latitudes baixas – controlados pelas massas de ar equatoriais e tropicais	a) Equatorial úmido b) Litorâneo com ventos alísios c) Desértico tropical e de estepe d) Desértico da costa ocidental e) Tropical seco-úmido
II – Climas das latitudes médias – controlados pelas massas de ar tropicais e polares	a) Subtropical úmido b) Marítimo da costa ocidental c) Mediterrâneo d) Desértico e de estepe de latitude média c) Continental úmido
III – Climas das latitudes altas – controlados pelas massas de ar polar e ártica	a) Continental subártico b) Marítimo subártico c) Tundra d) Calota de gelo e) Terras altas

Fonte: Ayoade (2003, p. 228).

8.3 MODELO DE CLASSIFICAÇÃO CLIMÁTICA DE BUDYKO

Classificação com base no balanço de energia por meio dos valores do índice radiativo de aridez (Id) definido pela equação:

$$Id = \frac{Rn}{Lr}$$

Onde Rn é a quantidade de radiação disponível para evaporação considerando uma superfície úmida, um albedo de 0,18, L é o calor latente de evaporação e r é a precipitação média anual.

Tabela 8.3 Classificação genética dos climas proposta por Budyko (1956)

Tipo	Id
I – Desértico	>3,0
II – Semidesértico	2,0 – 3,0
III – Estepe	1,0 – 2,0
IV – Floresta	0,33 – 1,0
V – Tundra	<0,33

Fonte: Ayoade (2003, p. 229).

8.4 MODELO DE CLASSIFICAÇÃO CLIMÁTICA DE TERJUNG E LOUIE

Classificação baseada nos fluxos de energia e de umidade. A seguinte versão simplificada da equação do balanço de energia foi usada na proposta:

$$Rn + F\downarrow = LE\uparrow + H\uparrow + F\uparrow$$

Onde Rn é a radiação líquida, $F\downarrow$ é a importação horizontal de calor sensível, $LE\uparrow$ é o calor latente de vaporização, $H\uparrow$ é o fluxo de calor sensível que remove energia da interface (convecção) e $F\uparrow$ é a exportação horizontal de calor sensível. A marcha sazonal dos parâmetros para essa equação, cobrindo 12 meses, foi determinada para 1.058 pontos e espalhados pelo globo, gerando seis grandes grupos e 62 climas.

O *input* de energia determina os principais grupos climáticos e as subdivisões são feitas tomando-se por base o *output* de energia.

Os principais grupos climáticos são os seguintes:

A – climas macrotropicais – macro *input* de energia, microamplitude.

B – climas subtropicais – macro *input* de energia, amplitude média.

C – climas continentais de latitude média – grande *input*, grande amplitude.

D – climas mesotropicais – *input* médio, amplitude muito baixa.

E – climas marítimo-ciclônicos – *input* médio, *output* médio.

G – climas polares – *input* e amplitude mínimos.

138 Introdução à climatologia

Tabela 8.4 Matriz dos 62 climas considerando-se o balanço de energia

Climas de input	Climas de output		Oceânicos transicionais				
	Úmidos	Secos					
A	A	A	BE	CC	DA	DD	DG
	D	B	CB	CC	GD		
			EE				
B	A	B	BE		DA	DD	DG
	B	C	CC		GA	GD	GG
	D	C	EB	EE			
			GB				
C	B	V	EC	EE	DA		
	C	E			EB		
	E				GA	GB	GG
	G						
D	A	D	AE		DG		
	D		CE		GD	GG	
			EE				
E	GE		BF				
G			CF				
			DE				
			GD	GE	GG		
G	G	GE	GG				

Fonte: Ayoade (2003, p. 230).

8.5 MODELO DE CLASSIFICAÇÃO CLIMÁTICA DE KÖPPEN

O sistema de classificação climática mais utilizado, de acordo com Ayoade (2003), quer seja na sua forma original, quer seja com modificações/adaptações, é o de Wilhelm Köppen (1846/1940), biólogo e climatologista russo, que nasceu em São Petersburgo e desenvolveu seu trabalho na Alemanha.

Essencialmente quantitativo, o modelo de Köppen, desenvolvido entre 1900 e 1936, foi publicado pela primeira vez em 1901 e foi sucessivamente aperfeiçoado e modificado pelo próprio autor.

Apoiado nas zonas de vegetação do mapa do francês Alphonse de Candolle, o modelo relaciona, basicamente, os tipos de clima com os tipos de vegetação. Embora critérios numéricos sejam usados para definir os tipos climáticos em termos de elementos climáticos (temperatura, precipitação e distribuição sazonal das chuvas), Köppen aceitou a vegetação natural como a melhor expressão do clima. Seu modelo ainda é largamente utilizado e estudado, embora tenha recebido muitas críticas quanto ao seu caráter empírico, quantitativo e tradicional e por desconsiderar as influências das massas de ar.

O esquema de Köppen tem cinco tipos climáticos principais, reconhecidos com base na temperatura e designados por letras maiúsculas:

A – climas tropicais chuvosos: não conhecem estação fria; o mês mais frio tem temperatura média superior a 18 °C (megatérmico). A medida da precipitação pluvial anual é maior que a da evaporação e da evapotranspiração.

B – climas secos: caracterizam os tipos áridos e/ou semiáridos e por terem evaporação e evapotranspiração anuais superiores aos valores das precipitações. A vegetação característica é do tipo desértica ou estepe.

C – climas mesotérmicos: o mês mais frio tem temperatura média entre −3 °C e 18 °C; o inverno é brando (mesotérmico). O mês mais moderadamente quente tem temperatura média maior que 10 °C.

D – climas frios úmidos: o mês mais frio tem temperatura média abaixo de −3 °C e o mês mais moderadamente quente tem temperatura média maior que 10 °C (microtérmico). Corresponde às florestas frias.

E – climas polares: não conhecem estação quente; o mês mais moderadamente quente tem temperatura média menor que 10 °C (equitostérmico). Na variedade ET, a temperatura média do mês mais moderadamente quente fica entre 0 °C e 10 °C. Na variedade EF, o mês mais moderadamente quente tem temperatura média menor que 0 °C. Aparecem nas grandes latitudes ou nas montanhas mais altas.

Obs.: A esses tipos climáticos acrescenta-se um grupo de climas de terras altas, não diferenciados e representados genericamente pela letra H.

Cada um dos climas A, B, C, D e E é posteriormente subdividido com a utilização de características adicionais de temperatura e precipitação pluvial.

Os climas úmidos (A, C e D) foram subdivididos de acordo com a repartição das estações das chuvas. Essas subdivisões são representadas pelas iniciais minúsculas das palavras alemãs caracterizadoras da estação seca ou de sua inexistência. Assim, s de *sommer* (verão) indica seca de verão e chuvas de inverno; w de *winter* (inverno) indica seca de inverno e chuvas concentradas no verão; f de *feucht* (úmido) indica chuvas em todas as estações; m de monção indica uma estação seca e chuvas intensas durante o restante do ano.

Os climas áridos (B) diferenciam-se pela temperatura e pela precipitação. Essa diferenciação é caracterizada pela inicial maiúscula da palavra alemã definidora da natureza do terreno. Assim, W de *waste* (deserto) e S de *steppe* (estepe, vegetação constituída de ervas de pequeno crescimento e raízes pouco profundas) caracterizam os tipos de climas áridos BW e semiáridos BS.

Para os climas polares (E), considera-se somente a temperatura: ET (T de *toundra*, tundra) e EF (F de *freezer*, que significa geleira).

Dessa forma, as subdivisões de cada uma das principais categorias são feitas com referência à distribuição sazonal da precipitação e características adicionais de temperatura, como observado a seguir:

Distribuição sazonal da precipitação (corresponde à segunda letra)
f: sem estação seca, úmido o ano todo;
m: de monção ou com pequena estação seca e com chuvas intensas durante o restante do ano;
w: chuvas concentradas no verão e estação seca no inverno;
s: chuvas de inverno e estação seca no verão;
w': chuvas no verão e outono (adaptação do modelo original);
S: de estepe (semiárido);
W: clima desértico, chuvas escassas e mal distribuídas (sequidão extrema).

Assim, na Tabela 8.5 temos as seguintes combinações possíveis (os tipos originais são 24):

Características adicionais de temperatura (corresponde à terceira letra)
a: verões quentes (o mês mais quente tem temperatura média maior que 22 °C);
b: verões brandos ou moderadamente quentes (o mês mais quente tem temperatura média inferior a 22 °C e durante pelo menos quatro meses é superior a 10 °C);

Tabela 8.5 Classificação climática de Köppen

Grupos	Subgrupos
A – Climas tropicais chuvosos	Af – clima tropical chuvoso de floresta Aw – clima tropical de savana, com chuvas no verão Am – clima tropical de monção (As) – clima tropical, quente e úmido, com chuvas de inverno (adaptação do modelo original)
B – Climas secos	BSh – clima quente de estepe, semiárido BSk – clima frio de estepe, semiárido BWh – clima quente de deserto, árido BWk – clima frio de deserto, árido
C – Climas mesotérmicos	Cfa – úmido em todas as estações, verões quentes Cfb – úmido em todas as estações, verões moderadamente quentes Cfc – úmido em todas as estações, verões mais frios e curtos Cwa – clima mesotérmico, com chuvas de verão e verões quentes Cwb – clima mesotérmico, com chuvas de verão e verões moderadamente quentes Csa – chuvas de inverno com verões quentes Csb – chuvas de inverno com verões moderadamente quentes (brandos)
D – Climas frios úmidos	Dfa – úmido em todas as estações, com verões quentes Dfb – úmido em todas as estações, com verões brandos Dfc – úmido em todas as estações, com verões mais frios e curtos Dfd – úmido em todas as estações, com inverno intenso Dwa – chuvas de verão e verões quentes Dwb – chuvas de verão e verões moderadamente quentes (ou brandos) Dwc – chuvas de verão e verões moderadamente frios e curtos Dwd – chuvas de verão e inverno intenso
E – Climas polares	ET – clima polar de tundra EF – clima polar de neve e gelo perpétuo

Fonte: Ayoade (2003, p. 233).

c: verão breve e moderadamente frio (a temperatura do mês mais quente é inferior a 22 °C em menos de quatro meses no ano; temperatura média maior que 10 °C, ao passo que o mês mais frio é superior a –38 °C);
  d: inverno muito frio e rigoroso (o mês mais frio tem temperatura média inferior a –38 °C).

Obs.: Para os climas BW e BS, usa-se uma terceira letra **h** ou **k**, em que **h** significa quente (temperatura média anual maior que 18 °C); e **k** (*kalt*, frio), moderadamente frio (temperatura média anual menor que 18 °C, mas a do mês mais quente é superior a 18 °C).

8.6 MODELO DE CLASSIFICAÇÃO CLIMÁTICA DE BAGNOULS E GAUSSEN

De acordo com Ribeiro e Le Sann (1985), um dos fatores mais importantes para o estudo do clima é o índice de aridez, decorrente de critérios variados e diferentes, conforme a metodologia e o objetivo dos autores.

Gaussen, entre outros, propõe um índice de aridez e um gráfico, denominado diagrama ombrotérmico, que relaciona as precipitações (em grego, *ombro* significa chuva) e as temperaturas (térmico, de temperatura). Baseado nesse índice, Gaussen e Bagnouls organizaram uma classificação empírica com propósito biológico em âmbito mundial.

O vocábulo árido, indubitavelmente, está relacionado à deficiência de água para plantas, animais e seres humanos. Essa restrição ocorre, sobretudo, no nível do solo e pode resultar da irregularidade na distribuição temporal ou mesmo da absoluta escassez de chuva. Contudo, ele significa mais que a simples ausência ou falta de chuva. O conceito de aridez implica relacionar precipitação à evaporação, ou melhor, à evapotranspiração.

Bagnouls e Gaussen (1957) consideram, além da precipitação, outras duas fontes de água – o orvalho e o nevoeiro – e o estado higrotérmico do ar que também interfere na perda de água por evaporação. Tendo em conta esses parâmetros, obtém-se o índice xerotérmico, ou seja, o número de dias biologicamente secos no período seco. O período seco é aquele em que P é menor ou igual a 2T, sendo P precipitação e T temperatura, ambas médias mensais.

A determinação do índice xerotérmico é feita da seguinte maneira:

1. Para melhor se apurar a importância da chuva, considera-se o número de dias sem chuva (P);
2. Para analisar a influência da umidade atmosférica nos dias sem chuva (P), multiplica-se P pelo coeficiente:

$$K = \frac{230 - H}{200}$$

onde H é a umidade relativa. Esse coeficiente varia de 1 (H = 30%) a 0,65 (H = 100%). No primeiro caso, o ar é excessivamente seco para que a umidade seja utilizada pelas plantas, daí o dia ser considerado como seco. No segundo caso, o ar está saturado e o dia é considerado como meio dia seco.

O diagrama ombrotérmico, tal como proposto por Bagnouls e Gaussen (1957), mostra as variações das chuvas e das temperaturas no mesmo gráfico, superpondo a curva de temperatura à de precipitação (ou ao histograma) para determinado lugar. O objetivo desse tipo de diagrama é descrever o clima com base nas variáveis temperatura e precipitação e, segundo os próprios autores, para as classificações em pequenas e médias escalas, esse método gráfico é claro, simples e permite definições precisas. O roteiro para a construção do diagrama é o seguinte (Bagnouls e Gaussen, 1957):

1. Na abscissa (eixo horizontal), são representados os meses; nas ordenadas, (eixos verticais) a temperatura em °C (à esquerda) e a precipitação pluviométrica (à direita);
2. A escala da temperatura deve ser o dobro da escala da precipitação;
3. Para garantir a comparabilidade dos gráficos, deve-se observar:
   - o mesmo comprimento para representar 1 mês, 10 °C e 20 mm;
   - nas abscissas, começar pelo mês de janeiro no hemisfério norte e pelo de julho no hemisfério sul. (Em geral, no hemisfério sul, não se observa a recomendação de começar o ano pelo mês de julho.)

Os meses em que a coluna das precipitações estiver sob a curva térmica, vale dizer, quando P ≤ 2T, são considerados secos (período biologicamente seco) (Figura 8.1).

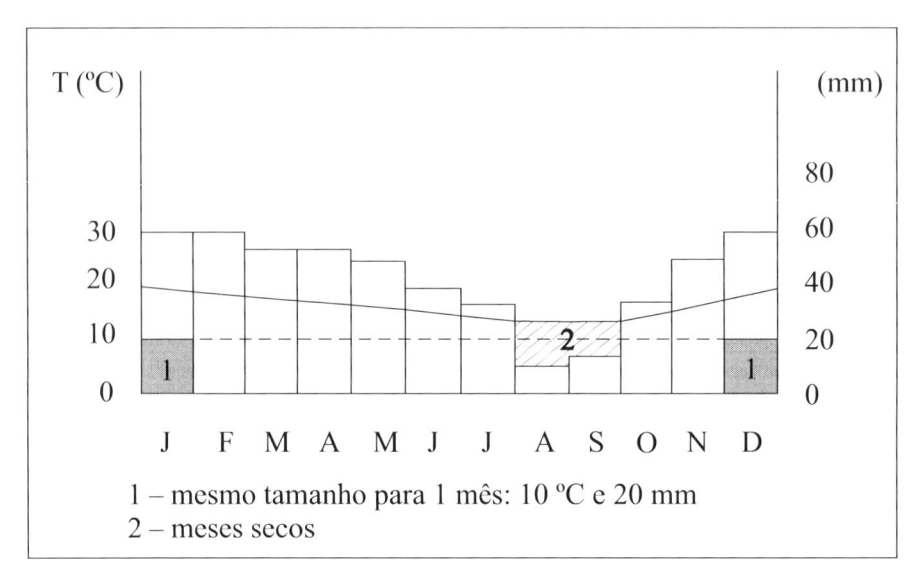

```
T (°C)                                                    (mm)
                                                           80
 30                                                        60
 20                                                        40
 10                            2                           20
       1                                     1
  0                                                         0
       J  F  M  A  M  J  J  A  S  O  N  D

       1 – mesmo tamanho para 1 mês: 10 °C e 20 mm
       2 – meses secos
```

Fonte: Ribeiro e Le Sann (1985, p. 44).

Figura 8.1 Diagrama ombrotérmico de Bagnouls e Gaussen

Não havendo outros dados além da temperatura e da precipitação, pode-se utilizar apenas o critério de meses secos, dispensando-se o cálculo do índice xerotérmico para classificar os climas.

Com base no abandono das médias anuais, com a distribuição no decorrer do ano do calor e da chuva e, sobretudo, com a combinação dessas duas variáveis, que pode ser representada no gráfico, Bagnouls e Gaussen (1957) dividiram o globo em 12 grandes regiões climáticas. Essas regiões receberam denominações gregas que designam as características fundamentais dos climas (Tabela 8.6), constituindo três grandes grupos (Tabela 8.7):

I. Climas quentes e temperados quentes: a curva térmica é sempre positiva. Esse grupo compreende as regiões erêmica, hemierêmica, xerotérmica, xeroquimênica, bixérica, termaxérica e mesaxérica;

II. Climas frios e temperados frios: a curva térmica apresenta valores negativos em certos períodos do ano. Compreende as regiões erêmica, hemierêmica, xerotérmica e axérica;
III. Clima glacial: a curva térmica é sempre negativa. Esse grupo é constituído por apenas uma região, a criomérica.

Segundo os autores, o sistema de classificação em questão apresenta aspectos positivos. Um deles é a simplicidade. A construção do diagrama ombrotérmico, base da classificação, além de fácil, depende de apenas duas variáveis climáticas disponíveis. Na ausência ou falta de dados de orvalho, nevoeiro e umidade relativa, pode-se utilizar o número de meses secos. O uso de critérios rígidos pode eliminar muito do subjetivismo, perigoso em uma classificação ou em uma regionalização climática.

Como todo sistema de classificação, esse comete alguns erros. A escolha de limites arbitrários para distinguir as modalidades é um deles. Outro é a generalização, que acaba por colocar em uma mesma região climática, por exemplo, apesar da distinção em modalidades diferentes, partes do litoral meridional, do planalto paulista e do sul de Mato Grosso do Sul e da Amazônia. Não se pode esquecer que grande parte de suas falhas decorre de seu caráter descritivo, não genético.

Tabela 8.6 Terminologia usada na classificação de Bagnouls e Gaussen

Raízes gregas	Derivados	Significados
Ómbros	Ombro	Chuva
Xero	Xeoro (*thérique*)	Secura
Eremitas	Ere (*mique*)	Solitário
Thérme	Termo	Calor, temperatura
Mésos	Meso (a)	Intermediário
Bis	Bi	Duas vezes
Ôros	Oro	Montanha
Hygíos	Higro	Úmido
Kryos	Crio	Gelo
Hemi	Hemi	Pela metade
A	A	Privação

Tabela 8.7 Classificação climática proposta por Bagnouls e Gaussen

	Climas quentes e temperados quentes: térmicos e mesotérmicos a curva térmica é sempre positiva				
Região	Sub-região	Modalidade	Classes	Índice	Meses secos
1 Erêmica (desértica quente)	Verdadeiro deserto	Sem chuva o ano todo	1 a	>350	12
	Tendência mediterrânica	Chuvas de inverno	1 b	>350	
	Tendência tropical	Chuvas de verão	1 c	350>x>200	
	Tênue	Chuvas sem sazonalidade	1 d	350>x>200	
2 Hemierêmica (subdesértica quente)	Tendência mediterrânica	Chuvas de inverno	2 a	300>x>200	9-11
	Tendência tropical	Chuvas de verão	2 b		
	Tênue	Chuvas sem sazonalidade	2 c		
3 Xerotérica (Mediterrâneo)	Xerotermomediterrânea	Acentuado	3 a	200>x>150	7-8
	Termomediterrânea	Médio	3 b	150>x>100	6
	Mesomediterrânea	Tênue	3 c	100>x>40	3-4
	Submediterrânea	Transicional	3 d	40>x>0	1-2
4 Xeroquimênica (Tropical)	Termoxeroquimênica	Acentuado (mês mais frio T>15°C)	4a Th	200>x>150	7-8
	Mesoxeroquimênica	Acentuado (mês mais frio T<15°C)	4a Mes	200>x>150	7-8
	Termoxeroquimênica	Médio (mês mais frio T>15°C)	4b Th	150>x>100	5-6
	Mesoxeroquimênica	Médio (mês mais frio T<15°C)	4b Mes	150>x>100	5-6
	Termoxeroquimênica	Tênue (mês mais frio T>15°C)	4c Th	100>x>40	3-4
	Mesoxeroquimênica	Tênue (mês mais frio T<15°C)	4c Mes	100>x>40	3-4
	Subtermoxérica	Transit. (mês mais frio T>15°C)	4d Th	40>x>0	1-2
	Submesoxérica	Transit. (mês mais frio T<15°C)	4d Mes	40>x>0	1-2
5 Bixérica (duas estações secas)	Bixérica hemierêmica	Subdesértica	2 c	300>x>200	9-11
	Termobixérica	Acentuado (mês mais frio T>15°C)	5a Th	200>x>150	7-8
	Mesobixérica	Acentuado (mês mais frio T<15°C)	5a Mes	200>x>150	7-8
	Termobixérica	Médio (mês mais frio T>15°C)	5b Th	150>x>100	5-6
	Mesobixérica	Médio (mês mais frio T<15°C)	5b Mes	150>x>100	5-6
	Termobixérica	Tênue (mês mais frio T>15°C)	5c Th	100>x>40	3-4
	Mesobixérica	Tênue (mês mais frio T<15°C)	5c Mes	100>x>40	3-4
	Subtermoxérica	Transicional (mês mais frio T>15°C)	5d Th	40>x>0	1-2
	Submesoxérica	Transicional (mês mais frio T<15°C)	5d Mes	40>x>0	1-2

Tabela 8.7 Classificação climática proposta por Bagnouls e Gaussen *(continuação)*

	Climas quentes e temperados quentes: térmicos e mesotérmicos a curva térmica é sempre positiva				
Região	Sub-região	Modalidade	Classes	Índice	Meses secos
6 Termoxérica	Eutermoxérica (equatorial)	T mês mais frio > 20 °C	6a	0	0
	Hipotermoxérica (subequatorial)	T mês mais frio entre 15 °C e 20 °C	6b		
7 Mesoxérica	Eumesoxérica (temperada quente)	T mês mais frio entre 10 °C e 15 °C	7a	0	0
	Hipomesoxérica (temperada)	T mês mais frio entre 0 °C e 15 °C	7b		
	Climas frios e temperados frios: úmidos, semiúmidos e secos a curva térmica compreende valores negativos sazonalmente				
8 Erémica (desértica fria)	Verdadeiro deserto	Alguns anos sem precipitação	8 a		11-12
	Verdadeiro deserto	Sem acumulação de neve	8 b		
	Deserto	Com alguma acumulação de neve	8 c		
9 Hemierémica (subdesértica fria)		Modalidade única	9		9-10
10 Xerotérica (verões secos)	Oroxerotérica (mont.)	Acentuado	10 a		7-8
	Oroxerotérica (mont.)	Médio	10 b		5-6
	Oroxerotérica (mont.)	Tênue	10 c		3-4
	Submediterrânica	Transicional	10 d		1-2
11 Axérica fria	Muito fria	Mais de 8 meses de gelo	11 a		
	Fria oceânica	De 6 a 8 meses de gelo	11 b Oc		
	Fria continental	De 6 a 8 meses de gelo	11 b Ct		
	Fria hipercontinental	De 6 a 8 meses de gelo	11 b Htc		
	Fria orohigrotérica (de montanha)	De 6 a 8 meses de gelo	11 b Mt		
	Medianamente fria oceânica	De 4 a 6 meses de gelo	11 c Oc		
	Medianamente fria continental	De 4 a 6 meses de gelo	11 c Ct		
	Medianamente fria hipercontinental	De 4 a 6 meses de gelo	11 c Hct		
	Medianamente fria orohigrotérica	De 4 a 6 meses de gelo	11c Mt		
	Temperada fria	Menos de 4 meses de gelo	11 d		
	Clima gelado curva térmica sempre negativa				
12 Criomérica		O período frio dura o ano todo	12		12 (gelo)

8.7 MODELO DE CLASSIFICAÇÃO BIOCLIMÁTICA DE HOLDRIDGE

Holdridge propôs, em 1947, um novo sistema de classificação bioclimática, relacionando a distribuição dos grandes ecossistemas com a biotemperatura média anual (temperatura média anual calculada após substituição de todos os valores negativos por zero), a precipitação média anual e a razão da evapotranspiração (ETP) (razão entre a ETP média anual e precipitação média anual).

O autor divide os climas da Terra em 37 classes denominadas zonas vitais (*life zones*) que correspondem a tipos de vegetação fisionomicamente e estruturalmente distintos, definidas como hexágonos em uma matriz triangular cujos eixos representam os três parâmetros (logaritmizados) (Figura 8.2). Dentro de cada zona vital, Holdridge reconhece um conjunto de variações a que chamou associações, considerando parâmetros climáticos, edáficos, hídricos e atmosféricos, com características fisionômicas, ecológicas e florísti-

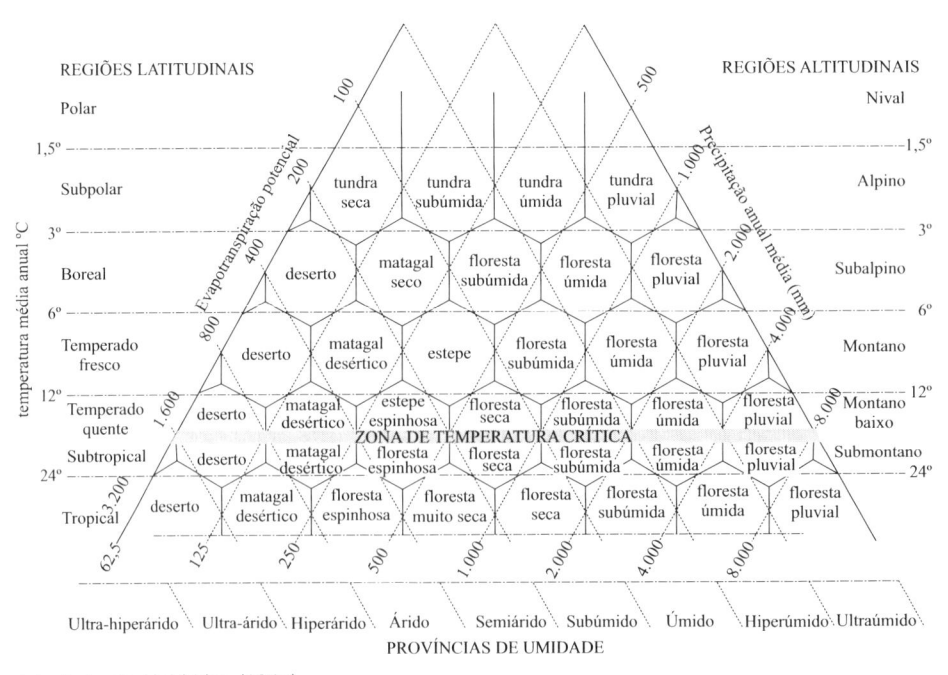

Adaptado de: Holdridge (1947).

Figura 8.2 Modelo bioclimático de Holdridge

cas bem definidas. Um terceiro nível de classificação reconhece, dentro de cada associação, vários estágios sucessionais (TUHKANEN, 1980).

Para complementar o esquema da Figura 8.2, o autor indica a influência da altitude, de modo aproximado, em outro diagrama (Figura 8.3) e na Tabela 8.8, considerando uma queda de 6 °C a cada 1.000 metros de elevação.

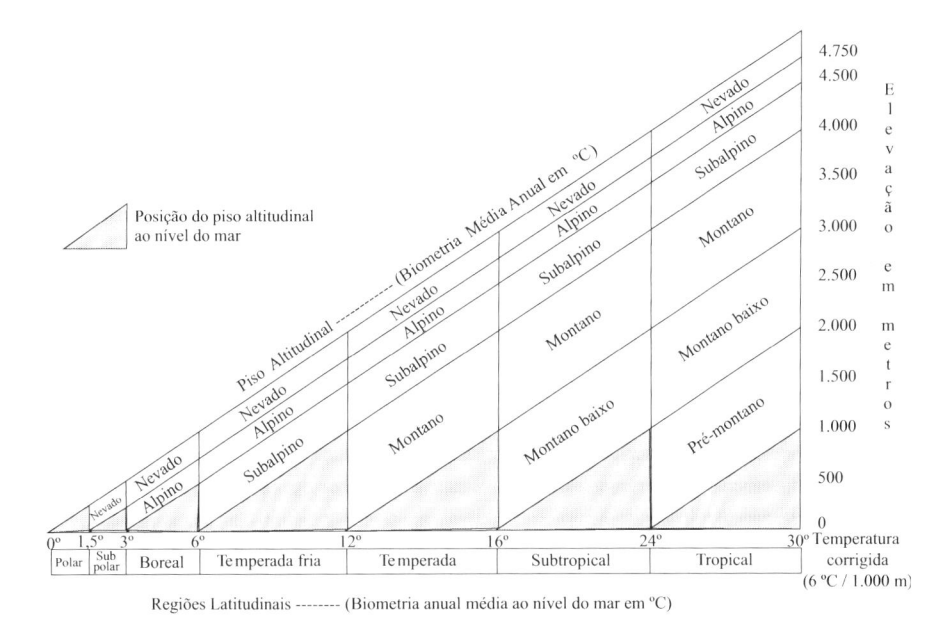

Adaptado de: Holdridge (1947).

Figura 8.3   Posição das regiões latitudinais e pisos altitudinais

Tabela 8.8   Extensões das regiões de vegetação de acordo com a latitude

Regiões latitudinais	Classes de biotemperatura em linhas-guia (°C)	Faixa de latitude
Polar	0-1,5	90°-67°22'
Subpolar	1,5-3,0	67°22'-63°45'
Boreal	3,0-6,0	63°45'-5630'
Temperado frio	6,0-12,0	56°30'-42°
Temperado	12,0-17,0	42v-27°30'
Subtropical	17,0-24,0	27°30'-13°
Tropical	>24,0	13°-0v

Adaptado de: Holdridge (1947).

8.8 MODELO DE CLASSIFICAÇÃO BIOCLIMÁTICA DE RIVAS-MARTÍNEZ

Rivas-Martínez baseia conceitualmente o seu sistema de classificação bioclimática nos seguintes pressupostos (RIVAS-MARTÍNEZ, 2001):

1. Deve existir uma relação de reciprocidade entre bioclima, vegetação e unidades biogeográficas;
2. Entre as latitudes 23° N e 23° S, o fotoperíodo pode ser considerado constante e a radiação solar é quase zenital, por isso, nessa região, o macrobioclima é sempre tropical. Entre os paralelos 23° e 35° (N e S) distribuem-se os macrobioclimas tropical, temperado e mediterrânico, de acordo com o regime de precipitações. Acima das latitudes de 66° N e 66° S, em razão da grande diferença entre a duração do dia e da noite, durante os solstícios, o macrobioclima é boreal ou polar;
3. A continentalidade – diferença entre as temperaturas médias dos meses mais quentes e mais frios – tem uma influência de primeira magnitude na distribuição da vegetação, determinando as fronteiras entre muitos bioclimas;
4. O ritmo anual da precipitação é tão importante para a vegetação como sua própria quantidade. Esse fator determina não só os macrobioclimas mas também as variantes bioclimáticas;
5. Existe um macrobioclima mediterrânico determinado apenas pela existência de um verão seco, período que pode se estender ao longo do ano;
6. Os bioclimas de montanha são variações dos climas que existem no seu sopé; a flora correspondente a esses bioclimas resultou, na sua maioria, da adaptação (especiação) da flora dos territórios que os circundam. Como tal, constituem variações térmicas altitudinais dos bioclimas em que se inserem, pelo que não se considera a existência de um macrobioclima de montanha;
7. O continente euroasiático é atravessado por um conjunto quase contínuo de sistemas montanhosos com orientação leste-oeste, com origem na orogenia alpina. Esse cordão de altitudes elevadas constitui uma barreira à migração de plantas, fenômeno essencial para a recolonização dos territórios, após períodos de grandes alterações

climáticas. Como tal, é necessário considerar a cota dos 2.000 m como fronteira entre o macrobioclima tropical e os macrobioclimas mediterrânico e temperado, nos territórios asiáticos (70° a 120° E) entre os paralelos 26° e 35° N;
8. Para além dos desertos polares e de montanha, reconhecem-se os bioclimas tropical desértico e mediterrânico desértico, ambos com precipitações escassas que ocorrem, respectivamente, nos quatro meses após o solstício de verão e no período entre os equinócios de outono e de primavera.

Para a classificação do clima de determinado local, segundo o sistema de classificação bioclimática de Rivas-Martínez, é necessário conhecer alguns parâmetros e índices, apresentados sucintamente na Tabela 8.9. Esses não são mais que um conjunto de parâmetros e de índices térmicos, hídricos e de continentalidade de formulação muito simples, definidos de modo a permitir a sua aplicação e comparação em âmbito mundial (MESQUITA, 2005).

Essa última premissa está na origem do índice térmico compensado. Nas regiões extratropicais (acima e abaixo dos paralelos 23° N e 23° S, respectivamente), onde o clima é oceânico ou continental, as diferenças entre os extremos de frio do inverno, muito suave nos territórios oceânicos e muito rigoroso nos continentais, impossibilitam uma comparação do índice térmico à escala global. Como tal, deve se efetuar a uma correção desse índice para essas regiões, correção essa que se traduz no índice térmico compensado.

Tabela 8.9 Parâmetros e índices usados na classificação de Rivas-Martínez *(continua)*

Índice	Fórmula	Observações
Ic – Índice de continentalidade	Tmax-Tmin	**Tmax:** temperatura média do mês mais quente do ano;
		Tmin: temperatura média do mês mais frio do ano.
It – Índice térmico	(T + m +M) 10	**T:** temperatura média anual;
		m: média das temperaturas mínimas do mês mais frio do ano;
		M: média das temperaturas máximas do mês mais frio do ano.

continua

Tabela 8.9 Parâmetros e índices usados na classificação de Rivas-Martínez *(continuação)*

Índice	Fórmula	Observações
Itc – Índice térmico compensado	It + C	Ic≤8 => C = 10 (Ic – 8)
		18<Ic≤21 => C = 5 (Ic – 18)
		21<Ic≤28 => C = 15 + 15 (Ic – 21)
		28<Ic≤46 => C = 1250 + 25 (Ic – 28)
		46<Ic≤65 => C = 545 + 30 (Ic – 46)
Io – Índice ombrotérmico anual	(Pp/Tp) 10	**Tp:** temperatura positiva anual: soma das temperaturas médias mensais superiores a 0 °C, em décimos de grau;
		Pp: precipitação positiva anual: soma da precipitação dos meses usados no cálculo de Tp.
Ios_2 – Índice ombrotérmico do bimestre de verão	(Pps_2/Tps_2) 10	**Tps_2:** soma das temperaturas médias mensais superiores a 0 °C dos dois meses mais quentes do trimestre de verão, em décimos de grau;
		Pps_2: soma da precipitação dos meses usados no cálculo de Tps_2.
Ios_3 – Índice ombrotérmico do trimestre de verão	(Pps_3/Tps_3) 10	**Tps_3:** soma das temperaturas médias mensais superiores a 0 °C dos três meses mais quentes do trimestre de verão, em décimos de grau;
		Pps_3: soma da precipitação dos meses usados no cálculo de Tps_3.
$Iosc_4$ – Índice ombrotérmico de verão compensado	(Pps_4/Tps_4) 10	**Tps_4:** soma das temperaturas médias mensais superiores a 0 °C dos três meses de verão e do que os antecede, em décimos de grau;
		Pps_4: soma da precipitação dos meses usados no cálculo de Tps_4.
Iod_2 – Índice ombrotérmico do bimestre mais seco do ano	(Ppd_2/Tpd_2) 10	**Tpd_2:** soma das temperaturas médias mensais superiores a 0 °C dos dois meses mais secos do trimestre mais seco do ano, em décimos de grau;
		Ppd_2: soma da precipitação dos meses usados no cálculo de Tpd_2.
Pcm_1 – Precipitação do trimestre de verão	$\Sigma\ Pi_1$	**i_1:** trimestre de verão.

Tabela 8.9 Parâmetros e índices usados na classificação de Rivas-Martínez *(continuação)*

Índice	Fórmula	Observações
Pcm$_2$ – Precipitação do trimestre de outono	Σ Pi$_2$	i$_2$: trimestre de outono.
Pcm$_3$ – Precipitação do trimestre de primavera	Σ Pi$_3$	i$_3$: trimestre de primavera.

Adaptado de: Rivas-Martínez (2004).

Esse sistema de classificação divide o globo em cinco macrobioclimas: tropical, mediterrâneo, temperado, boreal e polar (Tabela 8.10).

O macrobioclima tropical ocorre entre as latitudes 23° N e 23° S e, fora dessa zona, em locais quentes onde não ocorrem secas de verão; o mediterrâneo, por sua vez, é caracterizado pela existência de seca de verão durante, pelo menos, dois meses consecutivos (sem compensação hídrica pela precipitação dos meses anteriores); o temperado ocorre em locais de clima fresco, sem seca de verão; o macrobioclima boreal corresponde a climas frios e, finalmente, o polar refere-se a climas muito frios e é o único em latitudes superiores a 71° N e 55° S de latitude (MESQUITA, 2005).

Adicionalmente, em cada bioclima reconhecem-se intervalos – termotipos e ombrotipos – com base nos regimes térmicos e de umidade, que correspondem a respostas vegetacionais determinadas. Esses são baseados, respectivamente, nos valores do índice térmico compensado e no índice ombrotérmico (Tabela 8.11 e Tabela 8.12).

Tabela 8.10 Macrobioclimas e bioclimas, segundo a classificação de Rivas-Martínez

Macrobioclima	Intervalo latitudinal e definição climática	Bioclima	Sigla	Limites bioclimáticos				
				Ic	Io	Iod2	Tp	T
Tropical	Entre 0° e 23° N e S (equatorial).	Pluvial	Trpl	–	≥3,6	>2,5	–	–
	Entre 25° e 35° N, só em cotas < 2.000 m.	Pluviestacional	Trps	–	≥3,6	≤2,5	–	–
	Entre 23° e 35° N e S (subtropical), devem ser verificadas duas das condições: T≥21°, M≥18° Itc≥470; ou se Pcm2<Pcm1>Pcm3 ou Ios2 e Iosc4>2, devem ser verificadas duas das condições: T≥25°, m≥10°, Itc≤580.	Xérico	Trxe	–	1–3,6	–	–	–
		Desértico	Trde	–	0,1–1	–	–	–
		Hiperdesértico	Trhd	–	<1	–	–	–
Mediterrânico	Entre 23° e 52° N e S, com pelo menos dois meses secos (P<2T): Ios2<2 e Iosc4<2.	Pluviestacional Oce.	Mepo	≤21	>2,0	–	–	–
		Pluviestacional Cont.	Mepc	>21	>2,2	–	–	–
	Se entre 23° e 35° N e S (subtropical), devem ser verificadas duas das condições: T<25°, m<10°, Itc<580.	Xérico Oceânico	Mexo	≤21	1–2,0	–	–	–
		Xérico Continental	Mexc	>21	1–2,2	–	–	–
		Desértico Oceânico	Medo	≤21	0,1–1	–	–	–
		Desértico Cont.	Medc	>21	0,1–1	–	–	–
		Hiperdesértico	Mehd	<30	<0,1	–	–	–
Temperado	Entre 23° e 66° N ou 23° e 51° S. Se Ios2>2 e Iosc4>2.	Hiperoceânico	Teho	≤11	>3,6	–	–	–
	Se entre 23° e 35° N e S (subtropical), devem ser verificadas duas das condições: T<21°, M<18° Itc<470.	Oceânico	Teoc	11–21	>3,6	–	–	–
		Continental	Teco	>21	>3,6	–	–	–
		Xérico	Texe	≥8	≤3,6	–	–	–
Boreal	45°–71° N e 49°–55° S.	Hiperoceânico	Boho	≤11	>3,6	–	≤720	<6
	Se Ic ≤11: T≤6°, Tmax≤10°, Tps≤290;	Oceânico	Booc	11–21	>3,6	–	≤720	≤5,3
	Se 11<Ic<21: T≤5,3°, 380<Tp<720;	Subcontinental	Bosc	21–28	>3,6	–	≤740	≤4,8
	Se 21<Ic<28: T≤4,8°, 380<Tp<740;	Continental	Boco	28–46	>3,6	–	≤800	≤3,8
	Se 28<Ic<45: T≤3,8° 380<Tp<800;	Hipercontinental	Bohc	>46	–	–	≤800	≤0,0
	Se Ic≥45: T≤0° 380<Tp<800.	Xérico	Boxe	≤46	≤3,6	–	≤800	≤3,8
Polar	Entre 51° e 90° N e S.	Hiperoceânico	Poho	≤11	>3,6	–	>0	–
	Em cotas < 100 m, Tp<380.	Oceânico	Pooc	11–21	>3,6	–	>0	–
		Continental	Poco	>21	>3,6	–	>0	–
		Xérico	Poxe	≥8	≥3,6	–	>0	–
		Pergélido	Popg	–	–	–	0	–

Nota: Os valores térmicos indicados referem-se a altitudes abaixo de 200 m; para altitudes superiores, a cada 100 m, é necessário fazer os seguintes acréscimos: entre 23°N e 23°S, T − 0,6°; M − 0,5°; Itc − 13; entre 48°N e 5°S: T − 0,4°; Itc − 12.

Adaptado de: Rivas-Martínez (2004).

Classificações climáticas 155

Tabela 8.11 Ombrotipos da classificação de Rivas-Martínez

Macrobioclima	Ombrotipo	Sigla	Io
Polar / Boreal / Temperado / Mediterrânico / Tropical	Ultra-hiperárido	Uha	<0,1
	Hiperárido inferior	Lhar	0,1-0,2
	Hiperárido superior	Uhar	0,2-0,3
	Árido inferior	Lari	0,3-0,6
	Árido superior	Uari	0,6-1,0
	Semiárido inferior	Lsar	1,0-1,5
	Semiárido superior	Usar	1,5-2,0
	Seco inferior	Ldry	2,0-2,8
	Seco superior	Udry	2,8-3,6
	Subúmido inferior	Lshi	3,6-4,8
	Subúmido superior	Ushi	4,8-6,0
	Úmido inferior	Lhum	6,0-9,0
	Úmido superior	Uhum	9,0-12,0
	Hiperúmido inferior	Lhhu	12,0-18,0
	Hiperúmido superior	Uhhu	18,0-24,0
	Ultra-hiperúmido	Uhh	>24,0

Adaptado de: Mesquita (2005).

Tabela 8.12 Termotipos da classificação de Rivas-Martínez *(continua)*

Macrobioclima	Termotipo	Sigla	Itc	Tp
Tropical	Infratropical inferior	Litr	810-890	>3.350
	Infratropical superior	Uitr	730-810	3.100-3.350
	Termotropical inferior	Lttr	610-730	2.900-3.100
	Termotropical superior	Uttr	490-610	2.700-2.900
	Mesotropical inferior	Lmtr	395-490	2.400-2.700
	Mesotropical superior	Umtr	320-395	2.100-2.400
	Supratropical inferior	Lstr	240-320	1.575-2.100
	Supratropical superior	Ustr	160-240	1.050-1.575
	Orotropical inferior	Lotr	105-160	750-1.050
	Orotropical superior	Uotr	(50-105)	450-750
	Criorotropical inferior	Lctr	–	150-450
	Criorotropical superior	Uctr	–	1-150
	Tropical gélido	Tra	–	0

continua

Tabela 8.12 Termotipos da classificação de Rivas-Martínez *(continuação)*

Macrobioclima	Termotipo	Sigla	Itc	Tp
Mediterrânico	Inframediterrânico inferior	Lime	515-580	>2.650
	Inframediterrânico superior	Uime	450-515	2.450-2.650
	Termomediterrânico inferior	Ltme	400-450	2.300-2.450
	Termomediterrânico superior	Utme	350-400	2.150-2.300
	Mesomediterrânico inferior	Lmme	280-350	1.825-2.150
	Mesomediterrânico superior	Umme	220-285	1.500-1.825
	Supramediterrânico inferior	Lsme	150-220	1.200-1.500
	Supramediterrânico superior	Usme	<150	900-1.200
	Oromediterrânico inferior	Lome	–	675-900
	Oromediterrânico superior	Uome	–	450-675
	Crioromediterrânico inferior	Lcme	–	130-450
	Crioromediterrânico superior	Ucme	–	1-130
Temperado	Infratemperado	Ite	>410	>2.350
	Termotemperado inferior	Ltte	350-410	2.175-2.350
	Termotemperado superior	Utte	290-350	2.000-2.175
	Mesotemperado inferior	Lmte	240-290	1.700-2.000
	Mesotemperado superior	Umte	190-240	1.400-1.700
	Supratemperado inferior	Lste	<190	1.100-1.400
	Supratemperado superior	Uste	–	800-1.100
	Orotemperado inferior	Lote	–	590-800
	Orotemperado superior	Uote	–	380-590
	Criorotemperado inferior	Lcte	–	130-380
	Criorotemperado superior	Ucte	–	1-130
Boreal	Termoboreal inferior	Ltbo	–	750-800
	Termoboreal superior	Utbo	–	700-750
	Mesoboreal inferior	Lmbo	–	600-700
	Mesoboreal superior	Umbo	–	500-600
	Supraboreal inferior	Lsbo	–	440-500
	Supraboreal superior	Usbo	–	380-440
	Oroboreal inferior	Lobo	–	230-380
	Oroboreal superior	Uobo	–	80-230
	Crioroboreal inferior	Lcbo	–	40-80
	Crioroboreal superior	Cubo	–	1-140
	Boreal gélido	Boa	–	0
Polar	Mesopolar inferior	Lmpo	–	230-380
	Mesopolar superior	Umpo	–	80-230
	Suprapolar inferior	Lspo	–	40-80
	Suprapolar superior	Uspo	–	1-40
	Polar gélido	Poa	–	0

Nota: Usam-se os valores de T p, e não os de Itc, se Ic ≥ 21 ou se Itc < 120.
Adaptado de: Mesquita (2005).

8.9 MODELO DE CLASSIFICAÇÃO BIOCLIMÁTICA DE TROLL E PAFFEN

Carl Troll e Karl Heinz Paffen propuseram, em 1964, um sistema de classificação bioclimática baseado na duração do período de atividade vegetativa (V) e na variação sazonal dos elementos climáticos: temperatura média do mês mais quente (W), temperatura média do mês mais frio (K), amplitude anual (A) e umidade – número de meses úmidos (h) (MESQUITA, 2005).

Os autores reconhecem cinco grandes zonas bioclimáticas, que por sua vez se subdividem em um número variável de categorias, com uma estreita ligação com os diferentes tipos de formações vegetacionais reconhecíveis no globo (Tabela 8.13).

Tabela 8.13 Classificação de Troll e Paffen

Clima	Descrição	Valores de diagnose	Vegetação
I. Zonas polares e subpolares			
Clima polar superior gelado			Desertos gelados polares
Clima polar	Pequeno aquecimento no verão	W: inferior a 6 °C	Zona de cascalheiras geladas
Clima subártico de Tundra	Verão ameno; inverno longo e severo	W: 6 °C a 10 °C K: inferior a −8 °C	Tundra
Clima subpolar oceânico superior	Inverno moderadamente frio, com pouca neve; Verão fresco	W: 5 °C a 12 °C K: 2 °C a −8 °C; A: <10K	Herbáceas cespitosas de turfeiras subpolares
II. Zonas boreais moderadamente frias			
Clima boreal oceânico	Inverno moderadamente frio, com queda de neve intensa; máximo de precipitação no inverno; verão moderadamente quente	W: 10 °C a 15 °C K: 2 °C a −3 °C V: 120 a 180	Florestas oceânicas de coníferas

(continua)

Tabela 8.13   Classificação de Troll e Paffen *(continuação)*

Clima	Descrição	Valores de diagnose	Vegetação
Clima boreal continental	Inverno longo, frio, com queda de neve intensa; verão relativamente quente	W: 10 °C a 20 °C A: 20 K a 40 K V: 100 a 150	Florestas continentais de coníferas (taiga)
Clima boreal continental superior	Inverno muito longo, extremamente frio e seco; verão curto; solos crioturbados com *permafrost*	W: 10 °C a 20 °C K: < −25 °C; A: > 40K	Florestas continentais superiores secas de coníferas
III. Zonas moderadamente frias			
Climas florestais			
Clima oceânico superior	Inverno muito ameno com máximo de precipitação elevado; verão fresco a moderadamente quente	W: inferior a 15 °C K: 2 °C a 10 °C A: inferior a 10 K	Florestas perenifólias e mistas
Clima oceânico	Inverno suave; verão moderadamente quente; máximo de precipitação no outono e no inverno	W: inferior a 20 °C K: superior a 2 °C A: inferior a 16 K	Florestas oceânicas caducifólias e mistas
Clima suboceânico	Inverno ameno a moderadamente frio; verão longo, de moderadamente quente a quente; máximo de precipitação no outono e no verão	K: 2 °C a 3 °C A: 16 K a 25 K V: superior a 200	Florestas suboceânicas caducifólias e mistas
Clima subcontinental	Inverno frio; verão moderadamente quente; máximo de precipitação no verão	W: geralmente <20 °C A: 20 K a 30 K V: 160 a 210	Florestas suboceânicas caducifólias e mistas
Clima continental	Inverno frio e moderadamente seco; verão moderadamente quente e moderadamente úmido	W: 15 °C a 20 °C K: −10 °C a −20 °C A: 30 K a 40 K V: 150 a 180	Estepes arborizadas com florestas caducifólias e mistas continentais

Tabela 8.13 Classificação de Troll e Paffen *(continuação)*

Clima	Descrição	Valores de diagnose	Vegetação
Clima continental superior	Inverno frio e seco; verão quente e úmido	W: superior a 20 °C K: –10 °C a –30 °C A: superior a 40 K	Estepes com florestas caducifólias e mistas continentais superiores
Clima de verão quente e úmido	Inverno seco e moderadamente frio	W: 20 °C a 26 °C K: 0 °C a 8 °C A: 25 K a 35 K	Estepes com florestas caducifólias e mistas termófilas
Clima de verão quente e inverno úmido	Inverno ameno a moderadamente frio	W: 20 °C a 26 °C K: 2 °C a 6 °C	Estepes arborizadas com florestas secas subtermófilas
Clima úmido de verão quente	Inverno ameno a moderadamente frio	W: 20 °C a 26 °C K: 2 °C a –6 °C A: 20 K a 30 K	Florestas termófilas caducifólias ou mistas
Climas desérticos e de estepe			
Clima de estepe com inverno frio e úmido	Período de crescimento na primavera e início do verão	K: inferior a 0 °C h: 6 a mais	Estepes de gramíneas altas
Clima de estepe com inverno ameno e úmido	Período de crescimento na primavera e início do verão	K: superior a 0 °C h: 6 ou mais	Estepes de gramíneas altas
Clima de estepe com inverno frio e seco	Estação seca	K: inferior a 0 °C h: 6 ou menos	Estepes de gramíneas e arbustos espinhosos baixos
Clima de estepe com inverno frio e verão úmido	Estação seca	K: inferior a 0 °C	Estepes de gramíneas e arbustos baixos da Ásia Central e de Leste
Clima desértico e semidesértico com inverno frio	Inverno frio	K: inferior a 0 °C	Desertos e semidesertos frios
Clima desértico e semidesértico com inverno ameno	Inverno ameno	K: 6 °C a 0 °C	Desertos e semidesertos de invernos amenos

continua

Tabela 8.13 Classificação de Troll e Paffen *(continuação)*

Clima	Descrição	Valores de diagnose	Vegetação
IV. Zonas temperadas			
Terras planas e colinas com invernos amenos *(K: 13 °C a 2 °C no hemisfério norte; 13 °C a 6 °C no hemisfério sul)*			
Clima mediterrânico	Inverno úmido e verão seco	h: geralmente mais de 5	Florestas esclerófilas e de coníferas subtropicais
Clima de estepe com inverno úmido e verão seco	Inverno úmido e verão seco	h: geralmente menos de 5	Estepes arbustivas subtropicais
Clima de estepe com verão curto e úmido	Curto verão úmido	h: menos de 5	Florestas espinhosas subtropicais
Clima de verão úmido e inverno seco	Verão úmido e inverno seco	h: geralmente 6 a 9	Estepes subtropicais baixas e arborizadas, florestas de monção
Clima nebular permanentemente úmido	Hemisfério sul	h: 10 a 12	Corredores nebulares subtropicais
Clima nebular permanentemente úmido	Máximo de precipitação no verão		Florestas úmidas subtropicais (de lauráceas e coníferas)
V. Zonas tropicais			
Clima tropical úmido	Época de chuva contínua ou com curta interrupção	h: 12 a 9,5	Floresta tropical pluvial e florestas de transição semicaducifólias
Clima tropical úmido com Verão chuvoso	Verão úmido	h: 9,5 a 7	Florestas tropicais perenifólias e savanas úmidas
Clima tropical úmido com Inverno chuvoso	Inverno úmido	h: 9,5 a 7	Florestas semicaducifólias de transição
Clima tropical bi-xérico		h: 7 a 4,5	Florestas perenifólias xéricas e savanas secas

Tabela 8.13 Classificação de Troll e Paffen *(continuação)*

Clima	Descrição	Valores de diagnose	Vegetação
Clima tropical seco		h: 5 a 2	Florestas tropicais espinhosas e savanas
Clima tropical desértico e semidesértico		h: inferior a 2	Desertos e semidesertos tropicais

Adaptado de: Mesquita (2005).

8.10 MODELO DE CLASSIFICAÇÃO BIOCLIMÁTICA DE THORNTHWAITE

Thornthwaite publicou, em 1948 (THORNTHWAITE, 1948), um sistema bioclimático que se baseia no cálculo da evapotranspiração potencial (ETP), considerando-se a temperatura média mensal e da duração do dia:

$$ETP = 16\, Ni\, (10\, Ti\, /\, I\,)^a$$

Onde

Ti = temperatura média do mês i;
Ni = fator de ajustamento baseado no número diário de horas de luz;
$I = \sum (Ti / 5)1.514$;
$a = I^3 (6{,}75 \times 10^{-7}) - I^2 (7{,}71 \times 10^{-5}) + I (1{,}792 \times 10^{-2}) + 0{,}49239$

O conceito de ETP foi introduzido por Thornthwaite como a quantidade de água que seria perdida pelo solo por evaporação e por transpiração, se o solo tivesse um fornecimento contínuo e ilimitado de água. Por meio da comparação da ETP com a precipitação e tendo em conta a água acumulada no solo e a sua utilização, percebem-se facilmente os períodos de excesso ou de carência de água no solo, o que permite compreender a maior ou menor aridez do clima em estudo (MESQUITA, 2005). Quando a ETP é inferior à precipitação, há excesso de água no solo, que fica disponível para as plantas (s); caso contrário, há déficit de água no solo (d); o balanço hídrico permite avaliar esses valores mensalmente, tendo em vista as reservas de água no solo acumuladas anteriormente.

A classificação de Thornthwaite baseia-se na ETP e em três índices adicionais, calculados com base nos parâmetros obtidos no balanço hídrico:

Índice hídrico **IH = (100 s − 60 d)/ETP** (valores anuais);
Índice de aridez **IA = 100 d/ETP** (valores anuais);
ou *de umidade* **IHu = 100*s/ETP** (valores anuais) de acordo com o caso;
Eficiência térmica do verão **(ETP dos três meses de verão/ETP anual)**.

De acordo com a classificação de Thornthwaite, o clima de cada local é descrito por uma sigla composta por quatro símbolos, definidos em função dos índices citados.

O primeiro símbolo é obtido por meio do índice hídrico, de acordo com a Tabela 8.14, e serve de base para a divisão do globo em tipos climáticos.

Tabela 8.14 Primeiro símbolo da classificação de Thornthwaite

Símbolo	Tipo climático	Ih
A	Muito úmido	mais de 100
B_4	Úmido	80 a 99,9
B_3	Úmido	60 a 79,9
B_2	Úmido	40 a 59,9
B_1	Úmido	20 a 39,9
C_2	Subúmido úmido	0 a 19,9
C_1	Subúmido seco	−19,9 a 0
D	Semiárido	−39,9 a −20
E	Árido	−60 a −40

Adaptado de: Thornthwaite e Hare (1955).

O segundo símbolo é encontrado utilizando-se os índices de aridez ou de umidade, estabelecendo-se os tipos climáticos indicativos do regime estacional da umidade (Tabela 8.15).

Tabela 8.15 Segundo símbolo da classificação de Thornthwaite

Símbolo	Períodos do ano com déficit ou excesso de água	Ia e Ihu
	Climas úmidos: A, B, C_2	*Índice de aridez*
r	Déficit inexistente ou muito ligeiro	0-16,7
s	Déficit moderado no verão	16,7-33,3
w	Déficit moderado no inverno	16,7-33,3
s_2	Déficit acentuado no verão	superior a 33,3
w	Déficit acentuado no inverno	superior a 33,3
	Climas secos: C_1, D, E	*Índice de umidade*
d	Excesso inexistente ou muito ligeiro	0-10
s	Excesso moderado no verão	10-20
w	Excesso moderado no inverno	10-20
s_2	Excesso acentuado no verão	superior a 20
w_2	Excesso acentuado no inverno	superior a 20

Adaptado de: Thornthwaite e Hare (1955).

O terceiro símbolo é encontrado por meio da ETP e constitui uma aproximação à eficiência térmica (Tabela 8.16); definem-se, assim, os tipos climáticos indicativos da eficiência térmica.

Tabela 8.16 Terceiro símbolo da classificação de Thornthwaite

Símbolo	Tipos climáticos	Etp (mm)
A'	Megatérmico	Superior a 1.140
B'4	Quarto mesotérmico	1.140-988
B'3	Terceiro mesotérmico	997-856
B'2	Segundo mesotérmico	855-713
B'1	Primeiro mesotérmico	712-571
C'2	Segundo microtérmico	570-428
C'1	Primeiro microtérmico	427-286
D'	Clima de tundra	285-143
E'	Clima gelado	inferior a 143

Adaptado de: Thornthwaite e Hare (1955).

Finalizando, o quarto e último símbolo da classificação climática de Thornthwaite é obtido por meio do cálculo da concentração estival da eficiência térmica (Tabela 8.17).

Tabela 8.17 Quarto símbolo da classificação de Thornthwaite

Símbolo	Concentração estival da eficiência térmica (%)
a'	Inferior a 48,0
b'_4	48,0 – 51,9
b'_3	51,9 – 56,3
b'_2	56,3 – 61,6
b'_1	61,6 – 68,0
c'_2	68,0 – 76,3
c'_1	76,3 – 88,0
d'	Superior a 88,0

Adaptado de: Thornthwaite e Hare (1955).

capítulo 9

Terra: caracterização climática

De acordo com a inclinação do eixo da Terra, que influencia os diferentes ganhos energéticos conforme a latitude e desconsiderando os outros fatores do clima, como visto nos capítulos anteriores, pode-se, de maneira generalizada, identificar as zonas climáticas do planeta de acordo com a Figura 9.1.

O mapeamento do clima, como de outros sistemas ambientais, apresenta grandes problemas quanto ao método, escala e generalizações. Por conta do número amplo de variáveis, algumas dessas acabam passando despercebidas ou são abandonadas por critérios práticos. Essa eliminação leva à generalização que acaba por englobar, em uma mesma classe, climas distintos quanto a sua dinâmica, gênese e atributos, entre outros aspectos. O próprio contato entre as classes, que em um mapa são marcados abruptamente, na realidade

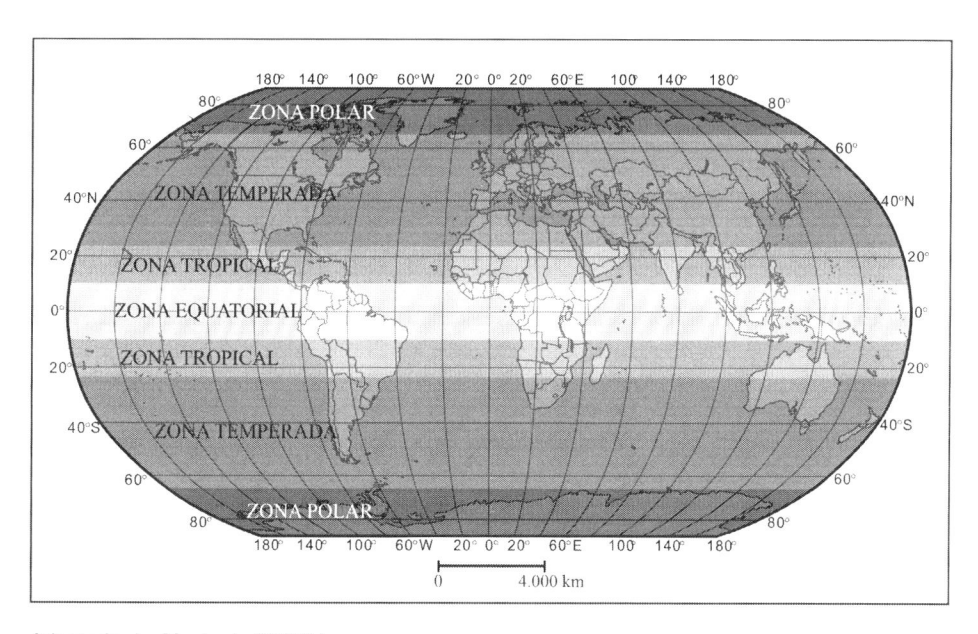

Adaptado de: Machado (2000b).

Figura 9.1 Zonas climáticas da Terra

ocorrem de maneira gradual. Esses fatores levam à delimitação nunca exata dos diversos climas do globo.

Um dos sistemas de classificação climática (SCC) mais abrangentes é o de Köppen de 1928 que, partindo do pressuposto de que a vegetação natural é a melhor expressão do clima de uma região, desenvolveu um SCC ainda hoje largamente utilizado, em sua forma original ou com modificações. A mais significativa adaptação desse SCC foi proposta por Trewartha no ano 1954 que, de forma geral, simplificou o sistema de Köppen. Essa modificação foi motivada pela sugestão de Flohn (1950), segundo a qual, os climas deveriam ser definidos de acordo com as massas de ar que atingem determinada região.

Utilizando o modelo de classificação de Köppen, Kottek et al. (2006), elaboraram um mapa do globo que apresentava a distinção entre os diferentes climas. Os dados utilizados abrangem o período entre 1951 e 2000 com resolução de 0,5° de latitude/longitude.

9.1 CLIMAS MEGATÉRMICOS (A)

O clima Af (Figura 9.2) também é chamado genericamente de clima equatorial. A temperatura mensal sempre superior a 18 °C se deve à localização das áreas relacionadas próximas da linha do Equador e à grande umidade, diminuindo significativamente o gradiente térmico mensal e anual. Observa-se, porém, dois períodos máximos durante os equinócios, período em que o Sol faz zênite na região. Essas regiões não apresentam estação seca e são influenciadas, além da convergência da umidade de ambos os hemisférios, pela evapotranspiração vegetal, responsável por mais de 50% da precipitação local. Localizam-se exatamente nos domínios das massas equatoriais continentais durante a estação do inverno, ou seja, são as únicas áreas de atuação dessas massas durante todos os meses do ano, promovendo frequentes chuvas convectivas. Além desse fator, na América do Sul, as massas úmidas vindas do oceano, não encontrando barreiras na planície amazônica, são "aprisionadas" pelo anfiteatro formado pelo escudo das Guianas, escudo brasileiro e cordilheira dos Andes, deixando a maior parte de sua umidade na Amazônia ocidental. As ilhas do sudeste asiático recebem massas de ar carregadas de umidade, retiradas da grande superfície hídrica do Pacífico em ambos os he-

Adaptado de: Kottek et al. (2006).

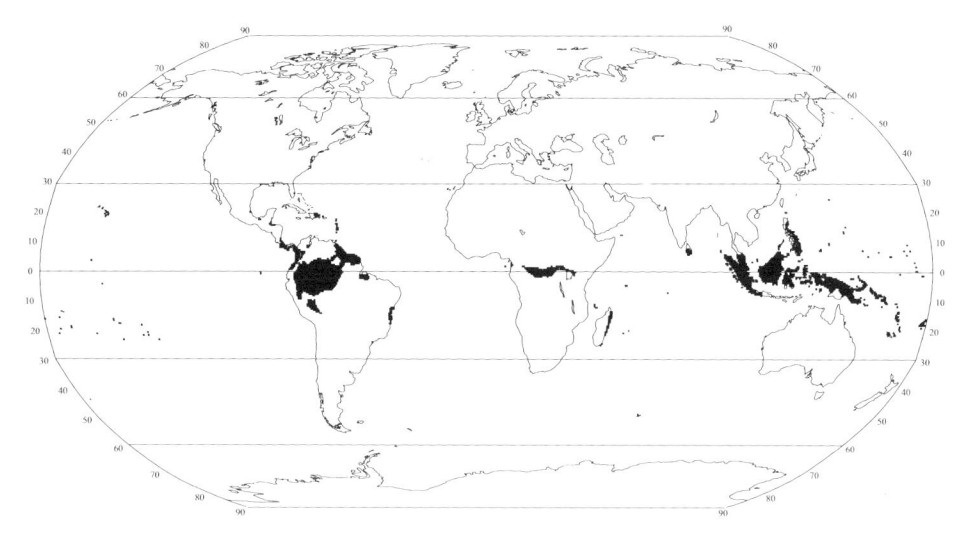

Figura 9.2   Clima megatérmico chuvoso sem estação seca (**Af**)

misférios. No litoral do Brasil e de Madagascar, apesar de não se localizarem sobre a linha equatorial, as massas de ar úmidas são jogadas, por causa do efeito de Coriolis, de encontro ao relevo local, promovendo chuvas orográficas durante todo o ano. Além disso, essas regiões observam o encontro de massas tropicais úmidas e massas polares, que promovem chuvas frontais durante grande parte do ano.

Nesse ambiente de calor e umidade elevada, encontra-se a maior manifestação de vida vegetal do globo: a floresta sempre verde, de espécies megatérmicas e higrófilas, com folhas grandes e largas, rica em espécies, em que sobressaem árvores com até 50 m de altura.

Afastando-se um pouco das zonas do clima equatorial, observa-se uma espécie de clima de transição entre esse e o clima tropical, que é denominado clima subequatorial ou Am para Köppen (Figura 9.3). Esse clima também apresenta alta temperatura e alto índice de umidade; o que o diferencia do primeiro é a pequena estação seca, tão curta que impede de classificá-lo como tropical. São áreas de atuação das massas tropicais durante o inverno. Essas massas, quando chegam a essas regiões, já perderam grande parte de sua umidade refletindo em média em um mês de evaporação maior que precipitação. Tais regiões estão na periferia do domínio das massas equatoriais

Adaptado de: Kottek et al. (2006).

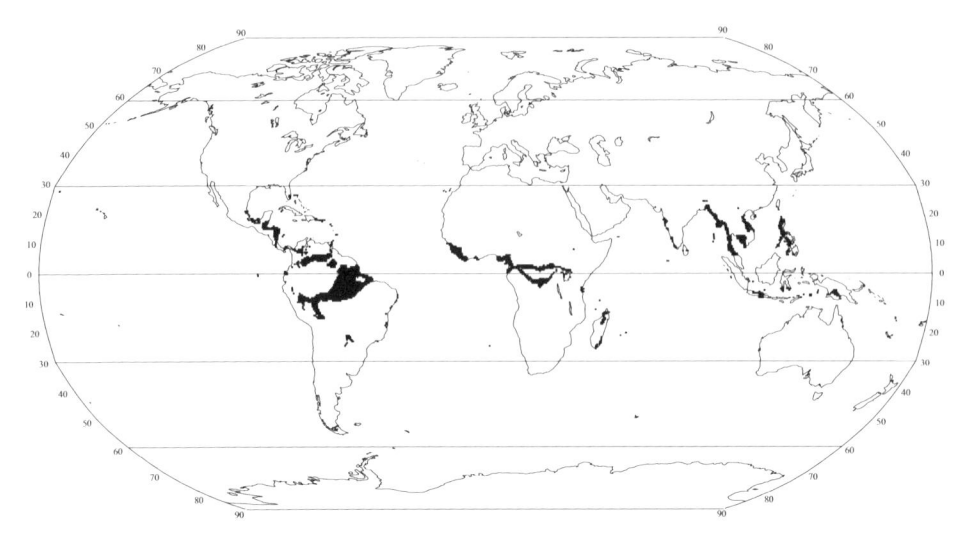

Figura 9.3   Clima megatérmico chuvoso com pequena estação seca (**Am**)

continentais durante o inverno, por isso formam uma espécie de cinturão em volta do clima equatorial. A amplitude térmica anual, apesar de pequena, é um pouco maior que a do clima equatorial.

Apesar de alguns autores (como pelo próprio Köppen) classificarem esse clima e o anterior como tropicais, é necessário dividi-los. Os climas tropicais são aqueles com duas estações bem definidas, uma seca e outra úmida, fruto da alternância entre massas úmidas e massas secas durante o ano. Os locais em que prevalece o domínio de massas úmidas (equatoriais em sua grande maioria) durante o ano e por isso não apresentam uma estação seca propriamente dita seriam mais bem denominados climas equatoriais.

Genericamente, o clima Aw (Figura 9.4) pode ser denominado clima tropical. Está associado à alternância das massas de ar equatoriais e tropicais que provocam a estação chuvosa e massas polares, responsáveis pela estação seca do ano. Essa estação seca se deve à maior força das massas polares durante o inverno, que diminuem a temperatura e empurram as massas úmidas para latitudes menores. Em alguns casos, as próprias massas tropicais atuam como a massa seca, visto que, para chegar às regiões localizadas nas partes mais centrais dos continentes, deixam grande parte de sua umidade antes de

Adaptado de: Kottek et al. (2006).

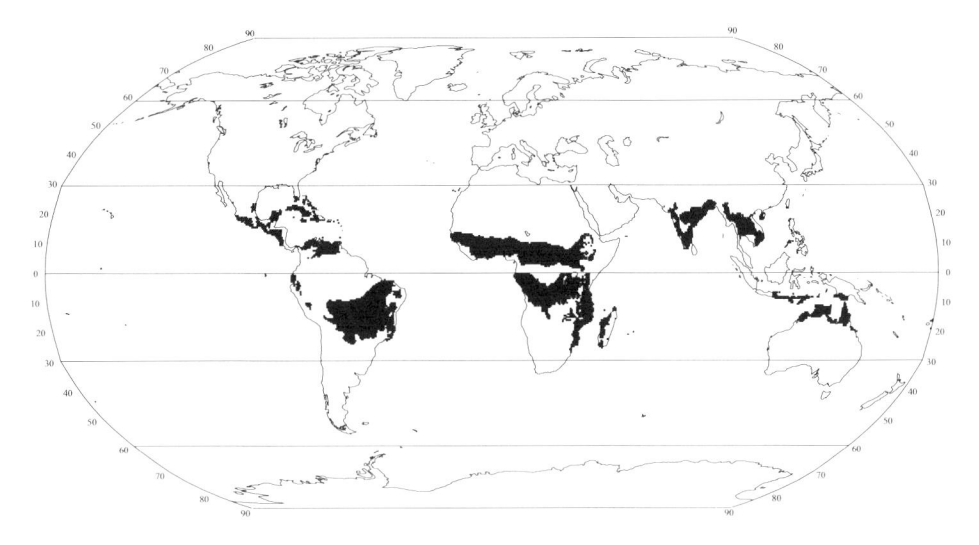

Figura 9.4 Clima megatérmico com chuvas concentradas no verão e seca de inverno (**Aw**)

atingi-las. Durante o verão, alcançam temperatura média de 24 °C e, durante o inverno, de 18 °C; as amplitudes térmicas, diária e anual, são mais destacadas que as do clima equatorial. Quanto mais afastadas das superfícies hídricas, maior o gradiente térmico pelo efeito da continentalidade. A duração dos meses secos varia entre três e oito meses, conforme a força das massas polares (e de algumas tropicais) e dependendo do local e da localização em relação aos oceanos. Por causa da menor umidade em relação ao clima equatorial, a vegetação é mais aberta (quanto maior a estação seca, mais aberta a vegetação), como as savanas. Na Índia, as chuvas concentradas no verão estão relacionadas ao barramento exercido pelo Himalaia, promovendo as monções.

O clima As (Figura 9.5) é uma adaptação do modelo original. As chuvas de inverno estão relacionadas ao período de maior força das massas polares e permitem que essas massas alcancem as menores latitudes do ano. Esse alcance admite o encontro com as massas tropicais e equatoriais marítimas retraídas em latitudes baixas, o que promove as chuvas frontais de inverno. Durante o verão, as massas úmidas são sugadas para outras regiões com menor pressão atmosférica diminuindo a intensidade de chuvas.

Adaptado de: Kottek et al. (2006).

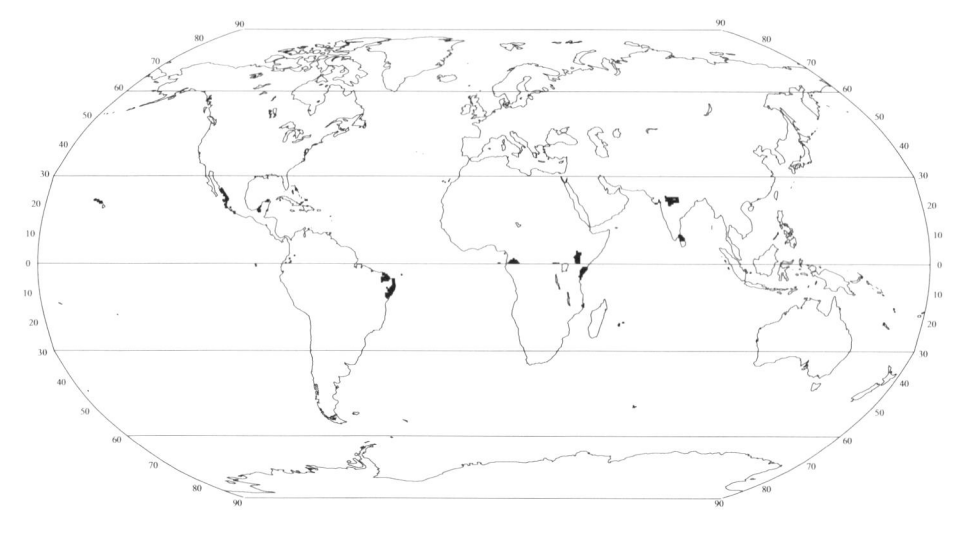

Figura 9.5 Clima megatérmico com chuvas concentradas no inverno e verão seco (**As**)

9.2 CLIMAS SECOS (B)

O clima BSh (Figura 9.6) ocorre em regiões com domínio mais longo de massas de ar secas em relação aos climas tropicais. Em alguns casos, como em Madagascar, podem estar relacionados com o relevo barrando as massas úmidas do outro lado das vertentes. No Brasil, além de outros fatores, o clima semiárido está associado à existência de rochas cristalinas impermeáveis subaflorantes, o que diminui a acumulação freática de umidade e a atuação da zona de baixa pressão da Amazônia, atraindo as massas úmidas. Algumas regiões, como o norte da África, sudoeste da Austrália, América do Norte e América do Sul, associam-se às zonas de alta pressão subtropicais, outras, como na costa da África, estão relacionadas a correntes frias que diminuem a evaporação e reduzem a umidade. Os climas semiáridos apresentam maior umidade em relação aos climas desérticos e a precipitação anual varia entre 250 mm e 500 mm, contudo, durante a maior parte do ano, a evaporação é maior que a precipitação. A vegetação característica é a estepe semiárida, que, no Brasil, corresponde à caatinga nordestina.

O clima BSk (Figura 9.7) relaciona-se aos centros de alta pressão das latitudes de 30° e a maiores altitudes, como as Rochosas, Andes e Himalaia. Na

Adaptado de: Kottek et al. (2006).

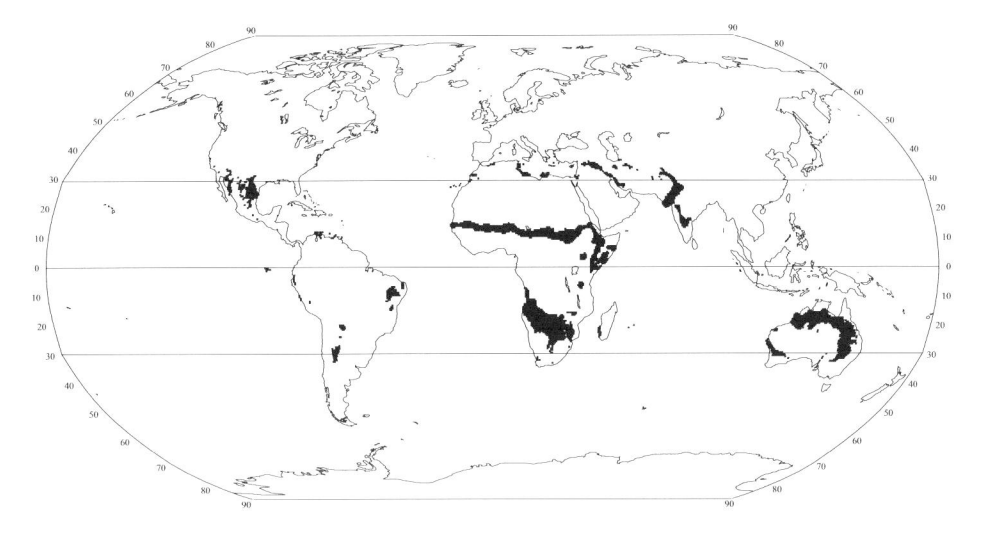

Figura 9.6   Clima quente de estepe semiárido (**BSh**)

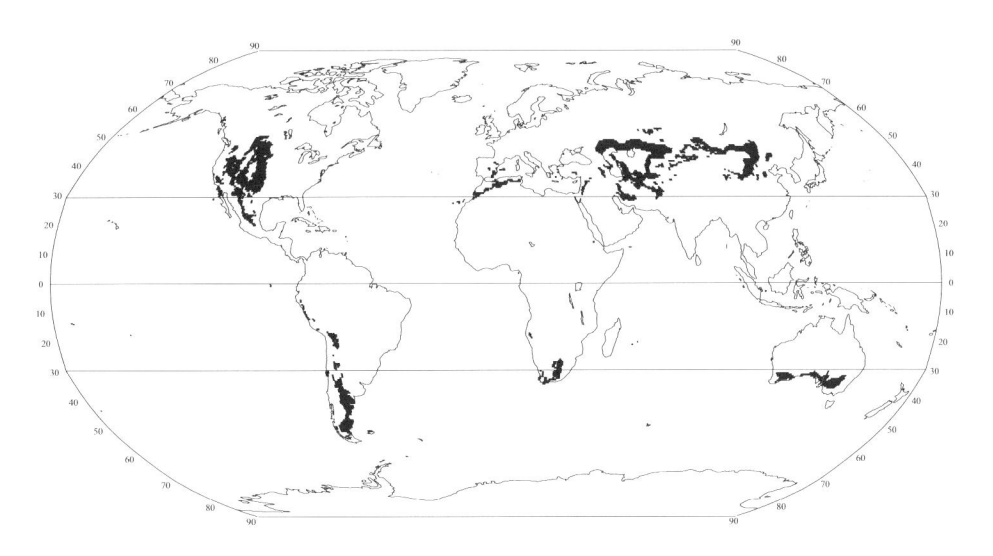

Adaptado de: Kottek et al. (2006).

Figura 9.7   Clima frio de estepe semiárido (**BSk**)

América do Sul, estão sob a atuação dos segundo e terceiro ramos da massa polar atlântica. Na Ásia e na América do Norte, estão ligados aos barramentos promovidos pela cordilheira do Himalaia e pelas Rochosas, respectivamente, além de maior distância dos corpos hídricos. Na Ásia, atua ainda a alta da Sibéria. Na Austrália e na África, além da zona de alta pressão, atuam as correntes frias.

O clima BWh (Figura 9.8) está sob a atuação direta da zona de alta pressão dos 30°. Por causa do movimento primeiro descendente e depois dispersor de massas secas, dificultam a chegada da umidade, promovendo o aparecimento dos maiores desertos quentes do globo. Apesar da precipitação existente, todos os meses são secos (evaporação > precipitação). Podem ocorrer, contudo, vários anos consecutivos sem chuvas. Por isso, as médias mensais e anuais não têm grande importância. Uma única chuva torrencial de 15 mm, por exemplo, é responsável por uma média mensal distante da realidade. Em certas áreas, as poucas chuvas tendem a se concentrar no inverno; em outras, no verão. Essas regiões, em razão da baixa umidade, são caracterizadas por altas amplitudes térmicas anuais e diárias, sendo as últimas mais destacadas. Os altos valores da temperatura diurna caem vertiginosamente à noite por causa da falta de nebulosidade que atuaria como estufa. Na América do Sul, onde são observados em latitudes menores, associam-se às correntes frias e secas e ao sentido oposto ao efeito de Coriolis.

Adaptado de: Kottek et al. (2006).

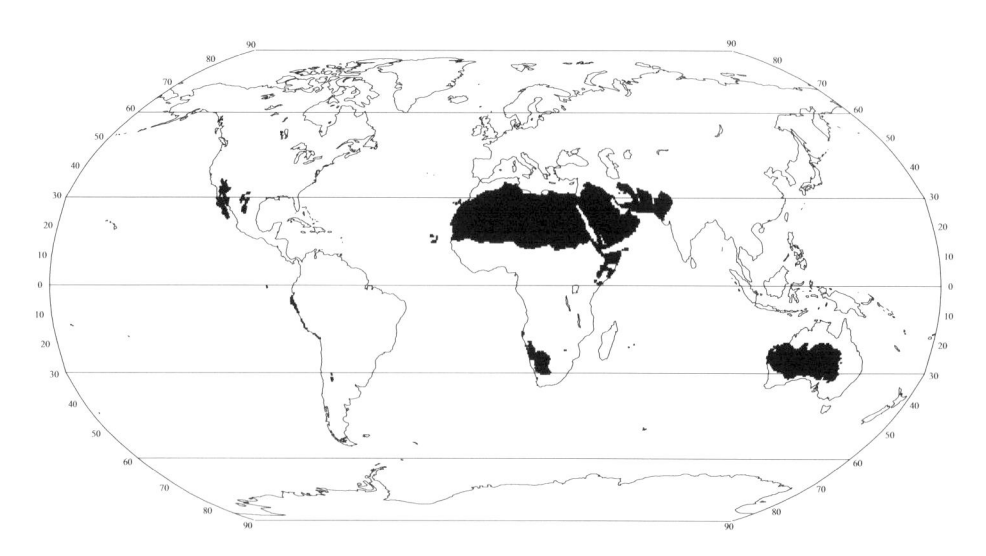

Figura 9.8   Clima desértico quente (**BWh**)

O clima BWk (Figura 9.9) apresenta invernos frios, rigorosos, com médias negativas e verões quentes. As amplitudes térmicas anuais são, assim, maiores que as dos desertos quentes. A amplitude diária, como no Gobi, pode ir de 15 °C a –40 °C. Na América do Norte, África e Austrália, estão associados à alta pressão e às correntes frias. No Gobi, relacionam-se ao barramento das massas de ar úmidas pelo Himalaia; na América do Sul associam-se aos Andes, correntes frias e posição em relação à força de Coriolis. Quando há neve acumulada no inverno, sua fusão na primavera favorece a atividade biológica.

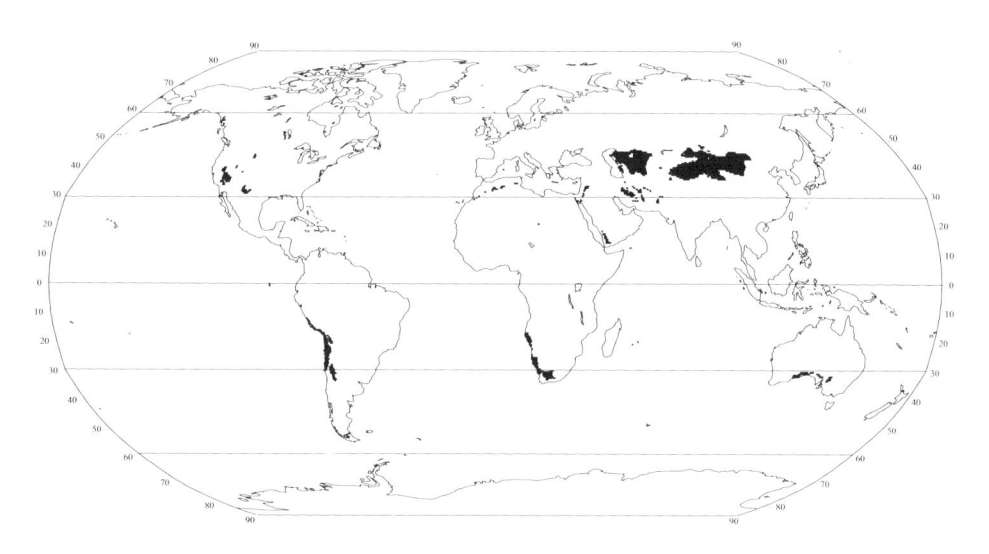

Adaptado de: Kottek et al. (2006).

Figura 9.9 Clima desértico frio (**BWk**)

9.3 CLIMAS MESOTÉRMICOS (C)

O clima Cfa (Figura 9.10) está associado, pelo efeito de Coriolis, ao recebimento de massas úmidas vindas do oceano, por isso sua localização na face oriental dos continentes. São climas de transição entre o tropical e o temperado e podem ser denominados climas subtropicais; ocorrem onde há alternância entre massas polares e tropicais com predomínio das primeiras. Essas massas polares, apesar de frias, viajam rente ao oceano, retirando umidade e levan-

Adaptado de: Kottek et al. (2006).

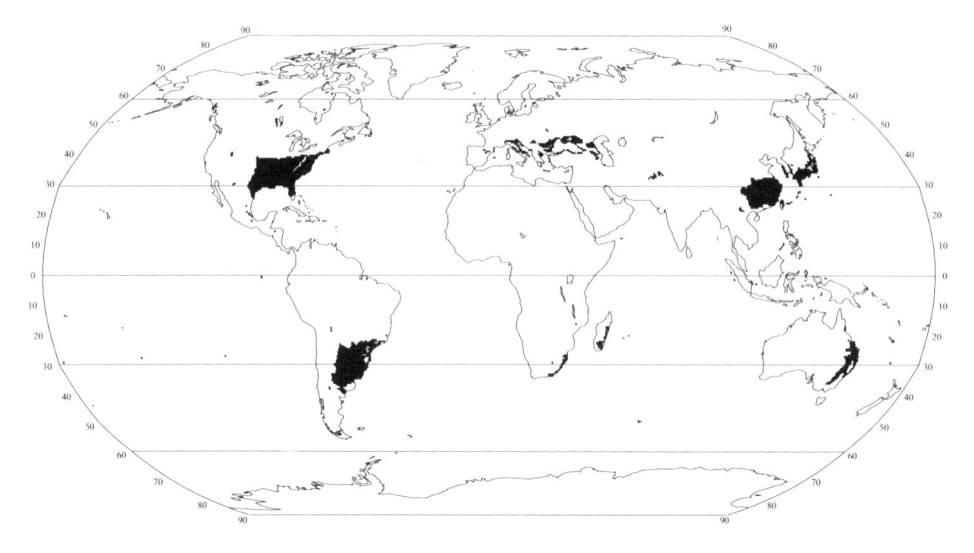

Figura 9.10   Clima mesotérmico úmido o ano inteiro com verões quentes (**Cfa**)

do-a até as faces orientais dos continentes. Por causa das latitudes medianas, sua temperatura é menor em relação aos trópicos. Suas amplitudes térmicas anuais são mais destacadas, invernos frios e verões quentes (com temperatura anual por volta de 18 °C). Podem ocorrer geadas e queda de neve associadas às incursões das massas polares mais fortes durante o inverno. A precipitação alcança médias anuais entre 1.000 mm e 2.000 mm bem distribuídas ao longo do ano, apesar de maior concentração no verão em razão das massas quentes e úmidas. São áreas de constantes encontros entre massas frias e massas quentes, promovendo chuvas frontais constantes. Na Europa, são áreas de baixa pressão em contraste com a alta da Sibéria e do Saara.

Pela possível ocorrência de neve e geada durante o inverno, a vegetação tende a perder suas folhas (um mecanismo de proteção) e formam as chamadas florestas deciduais.

Os climas Cfb (Figura 9.11) e Cfc (Figura 9.12) estão associados às zonas de baixa pressão próximas aos 60°. Na Europa, sofrem grande influência da corrente quente do Atlântico Norte, mantendo a temperatura regulada, além do fornecimento de umidade. São áreas de constante encontro entre massas quentes tropicais e massas frias polares. No Brasil, associam-se às altitudes

Terra: caracterização climática 177

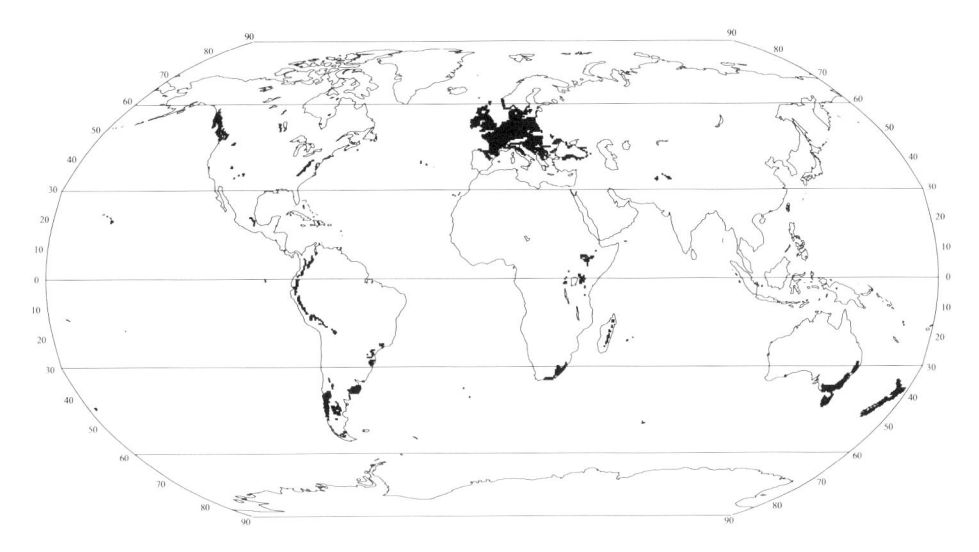

Adaptado de: Kottek et al. (2006).

Figura 9.11 Clima mesotérmico úmido em todas as estações com verões moderadamente quentes (**Cfb**)

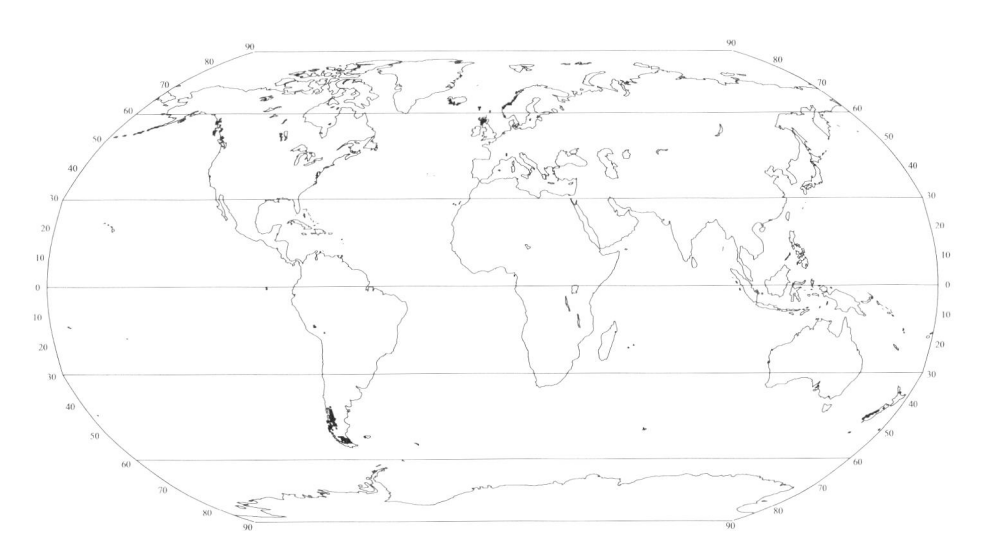

Adaptado de: Kottek et al. (2006).

Figura 9.12 Clima mesotérmico úmido em todas as estações com verões mais frios e curtos (**Cfc**)

mais elevadas do escudo brasileiro, o que diminui a temperatura e aumenta o recebimento de umidade do oceano. A diferença entre a última letra (b ou c) refere-se à maior latitude das regiões de clima Cfc, permitindo menores temperaturas.

Os climas Cw são também denominados clima tropical de altitude. Mantêm as mesmas características do clima tropical, com domínio de massas quentes no verão, responsáveis pela estação úmida, e de massas polares no inverno, responsáveis pela estação seca. Contudo, sofrem influência da altitude responsável por temperaturas mais amenas. No Brasil, recebe, no inverno, o segundo ramo da massa polar atlântica, diminuindo ainda mais a temperatura. A diferença entre Cwa (Figura 9.13) e Cwb (Figura 9.14) refere-se à maior altitude do Cwb.

O clima Cwc (Figura 9.15) ocorre em áreas limitadas da América do Sul e Ásia, influenciadas pelos Andes e pelo Himalaia, respectivamente, promovendo chuvas concentradas no verão. São regiões constantemente tomadas por massas polares e alia-se a isso maiores altitudes em relação aos dois climas anteriores (Cwa e Cwb).

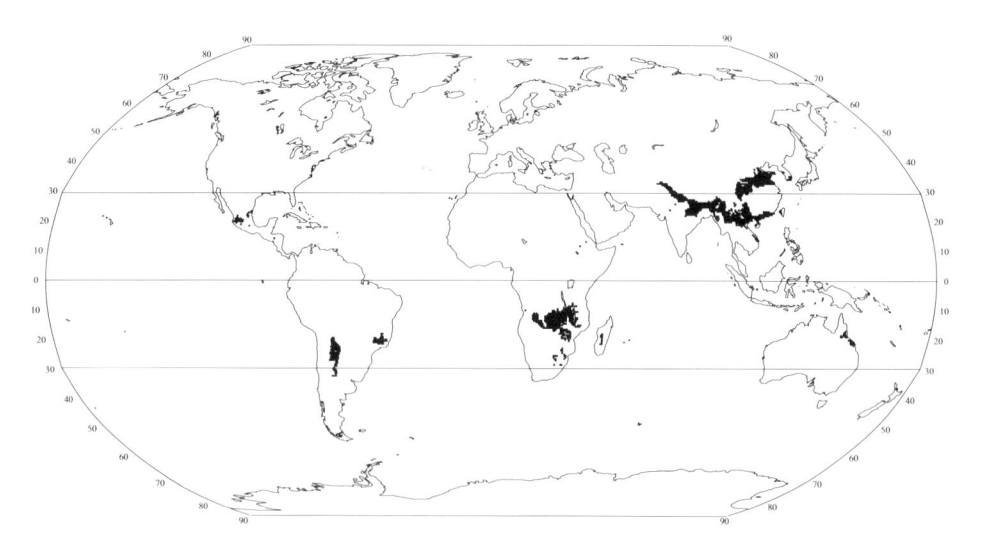

Adaptado de: Kottek et al. (2006).

Figura 9.13 Clima mesotérmico com chuvas de verão e verões quentes (**Cwa**)

Terra: caracterização climática 179

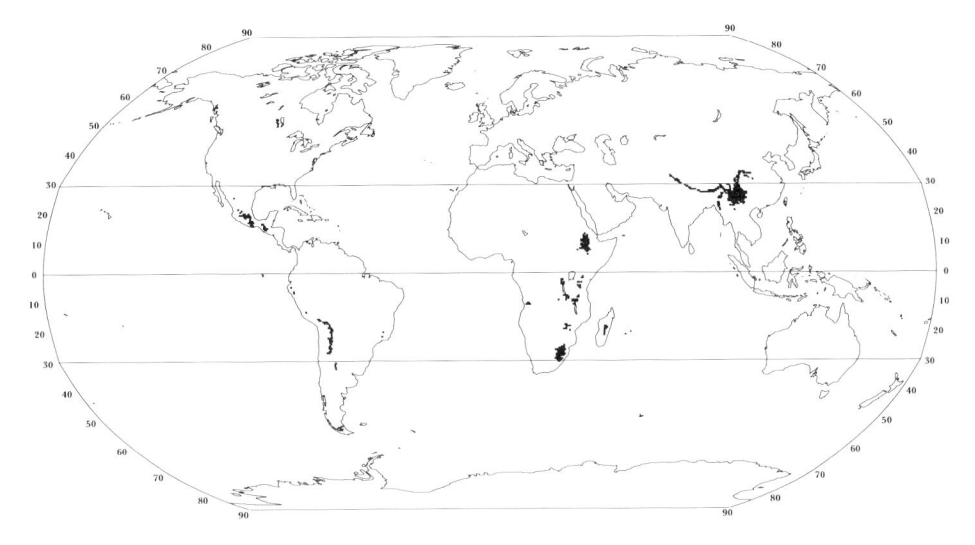

Adaptado de: Kottek et al. (2006).

Figura 9.14 Clima mesotérmico com chuvas de verão
e verões moderadamente quentes (**Cwb**)

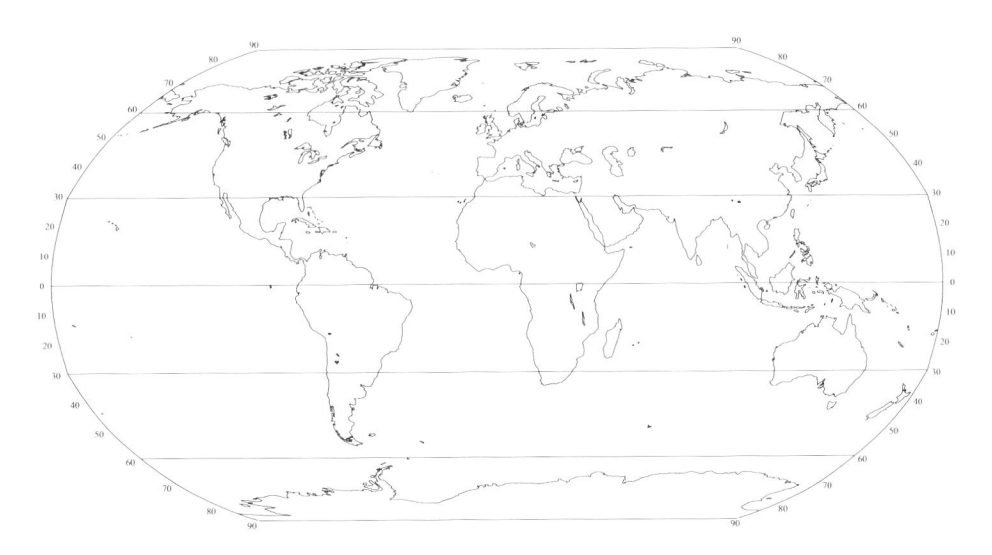

Adaptado de: Kottek et al. (2006).

Figura 9.15 Clima mesotérmico com chuvas de verão
e verões moderadamente frios (**Cwc**)

Os climas Cs também são denominados climas mediterrânicos. Com amplitude térmica anual significativa, esses climas têm origem nas mudanças sazonais dos centros de alta e baixa pressão. No verão, estão sob influência da alta pressão subtropical, visto que estão mais próximos da área de maior ganho energético sazonal (trópicos) do que dos polos; essas regiões dispersam as massas de ar em direção às baixas pressões. Já no inverno, o Sol faz zênite no hemisfério oposto, com isso, essas regiões estão mais próximas dos polos em relação às áreas de maior ganho energético, ou seja, recebem as massas de ar vindas da zona de alta pressão polar, funcionando como centros de baixa pressão. Na Europa mediterrânea, de verões secos e invernos chuvosos, encontra-se uma vegetação arbustiva (garrigue) e uma arbórea (máquis), espécies adaptadas à falta de água, com caules e troncos grossos e poucas folhagens. Essa tipologia de vegetação também ocorre na Califórnia, onde é chamada chaparral. As diferenças de temperatura entre os climas Csa (Figura 9.16), Csb (Figura 9.17) e Csc (Figura 9.18) se relacionam à latitude e altitude.

O clima Csc (Figura 9.18) está restrito a pequenas áreas da América do Sul. A massa polar tende a elevar um pouco as precipitações durante o inverno.

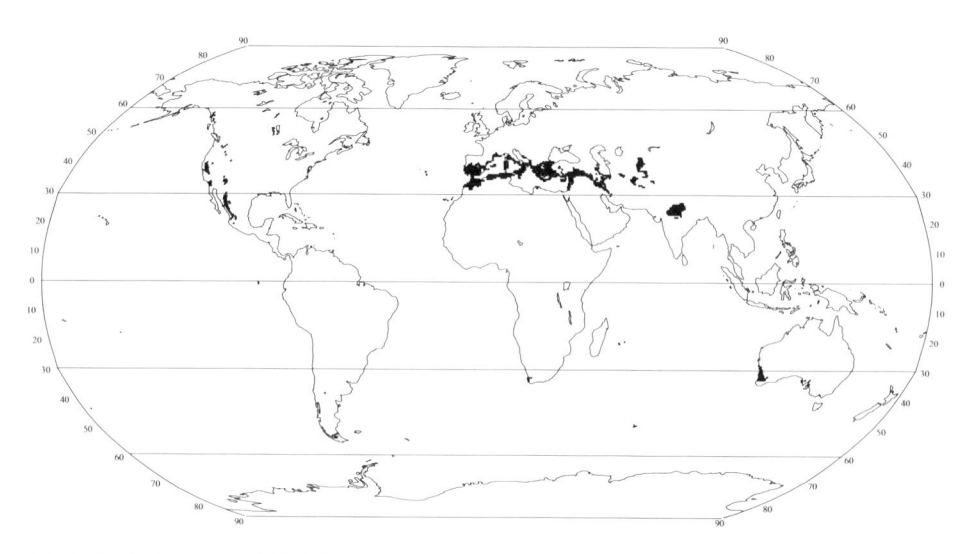

Adaptado de: Kottek et al. (2006).

Figura 9.16   Clima mesotérmico com chuvas de inverno e verões quentes (**Csa**)

Terra: caracterização climática 181

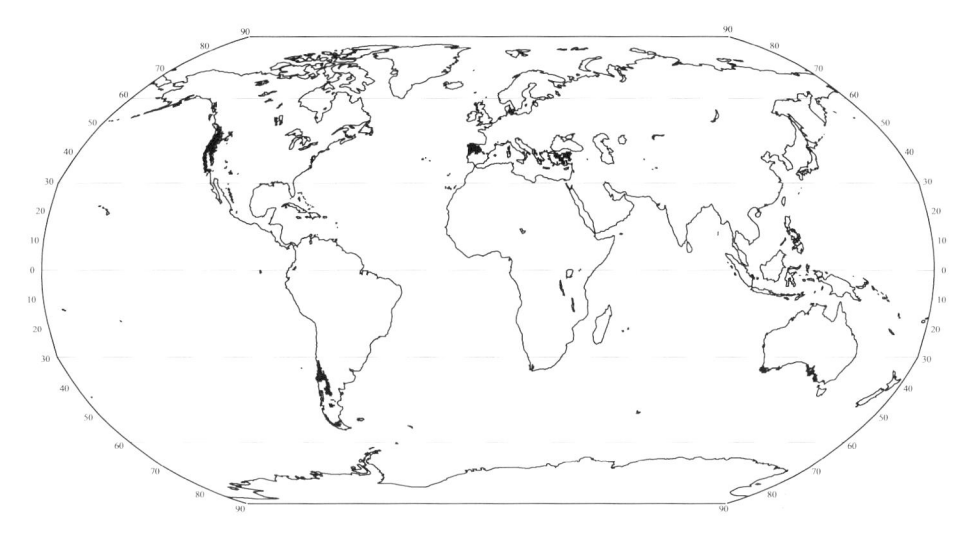

Adaptado de: Kottek et al. (2006).

Figura 9.17 Clima mesotérmico com chuvas de inverno
e verões moderadamente quentes (**Csb**)

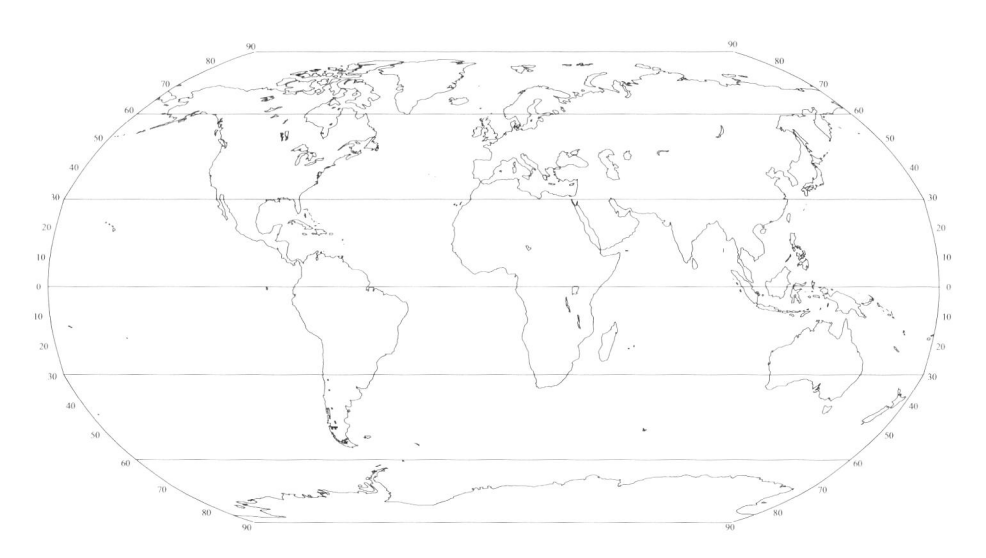

Adaptado de: Kottek et al. (2006).

Figura 9.18 Clima mesotérmico com chuvas de inverno
e verões moderadamente frios (**Csc**)

9.4 CLIMAS FRIOS ÚMIDOS (D)

Genericamente, os climas Dfa (Figura 9.19) e Dfb (Figura 9.20) são chamados climas temperados e apresentam quatro estações bem definidas. São restritos ao hemisfério norte em razão da maior concentração de continentes nessa faixa latitudinal e pela maior repartição entre continentes e oceanos, destacando o maior peso da continentalidade e diminuindo o poder amenizador da maritimidade. Atuam sobre essas regiões, durante o verão, as massas tropicais continentais e marítimas e, durante o inverno, as massas polares. O gradiente térmico anual é elevado, promovendo calor no verão e geadas no inverno. A localização propicia encontros constantes entre massas de características opostas, distribuindo bem as precipitações anuais.

Nos climas Dfc (Figura 9.21) e Dfd (Figura 9.22), mais destacado ainda é o fator latitude em relação aos dois climas anteriores (Dfa e Dfb). Esse fator aumenta o tempo da estação fria em detrimento do verão, graças à maior influência das massas polares. Os climas (Df), por causa do fator seletivo da temperatura, restringem grande número de espécies vegetais, selecionando algumas poucas que conseguem resistir às intempéries climáticas, daí o surgi-

Adaptado de: Kottek et al. (2006).

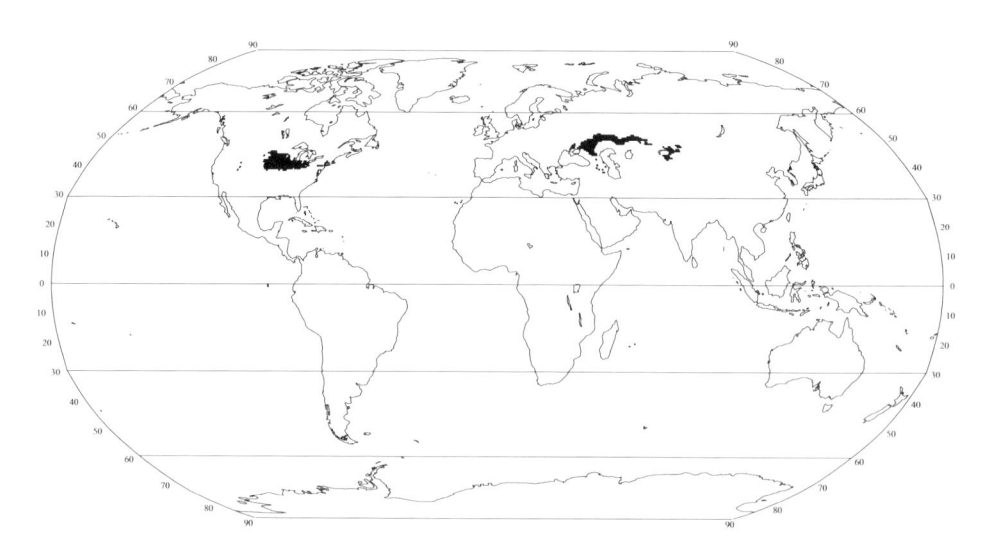

Figura 9.19   Clima frio úmido em todas as estações com verões quentes (**Dfa**)

Adaptado de: Kottek et al. (2006).

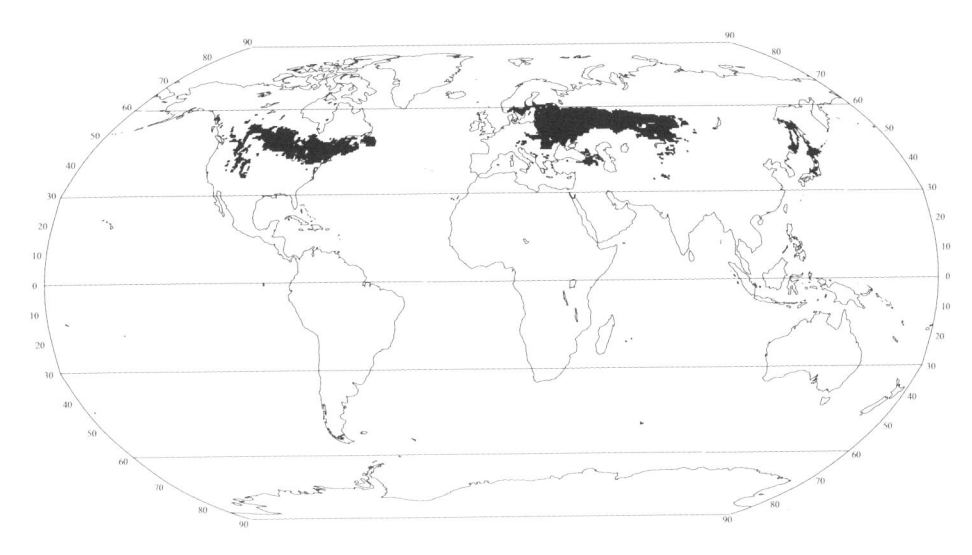

Figura 9.20 Clima frio úmido em todas as estações e verões moderadamente quentes (**Dfb**)

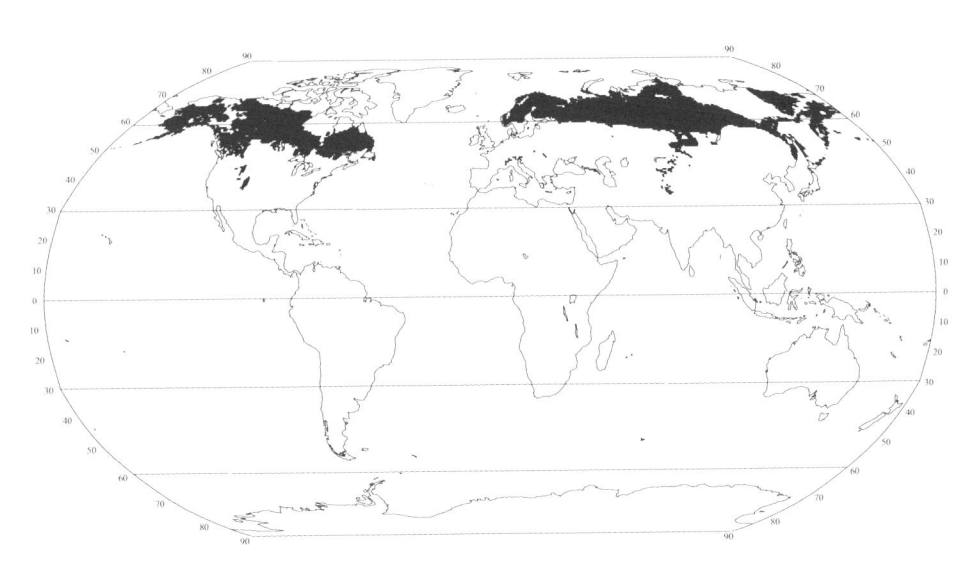

Adaptado de: Kottek et al. (2006).

Figura 9.21 Clima frio úmido em todas as estações e verões moderadamente frios e curtos (**Dfc**)

Adaptado de: Kottek et al. (2006).

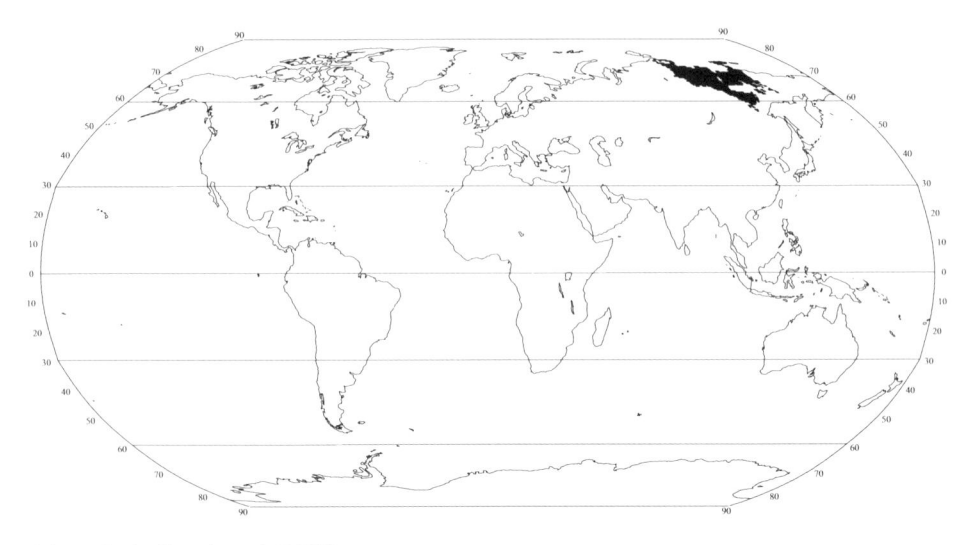

Figura 9.22 Clima frio úmido em todas as estações e invernos intensos (**Dfd**)

mento de florestas homogêneas conhecidas como taiga. As folhas aciculares dessas espécies favorecem a vida em ambientes constantemente atingidos por geadas. Contudo, há uma distribuição não uniforme dessa vegetação dentro das regiões abrangidas por esses climas: quanto maior o rigor da temperatura menor o número de espécies.

Os climas Dwa (Figura 9.23) e Dwb (Figura 9.24) ocorrem na região do leste da Ásia, localizada próximo ao Pacífico, onde recebem massas de ar úmidas durante o verão. Já no inverno, estão sob a atuação da alta da Sibéria, o que diminui as precipitações. A diferenciação entre a temperatura desses dois climas refere-se à latitude, altitude e maritimidade.

Os climas Dwc (Figura 9.25) e Dwd (Figura 9.26) ocorrem em regiões de maior latitude e/ou maior altitude em relação às regiões de ocorrência dos climas Dwa e Dwb. A continentalidade já é bem mais destacada. Esses fatores favorecem a diminuição mais acentuada da temperatura do verão e a severidade do inverno dentro dessa "família" de climas. A massa polar também atua de forma mais intensa nessas áreas em relação a regiões de ocorrência dos climas Dwa e Dwb.

Nas áreas de ocorrência dos climas Dsa (Figura 9.27) e Dsb (Figura 9.28), por estarem na mesma latitude dos climas mediterrâneos, tem influência de fatores semelhantes, diferindo na temperatura que, por causa da maior altitude e continentalidade, é mais baixa nessas regiões.

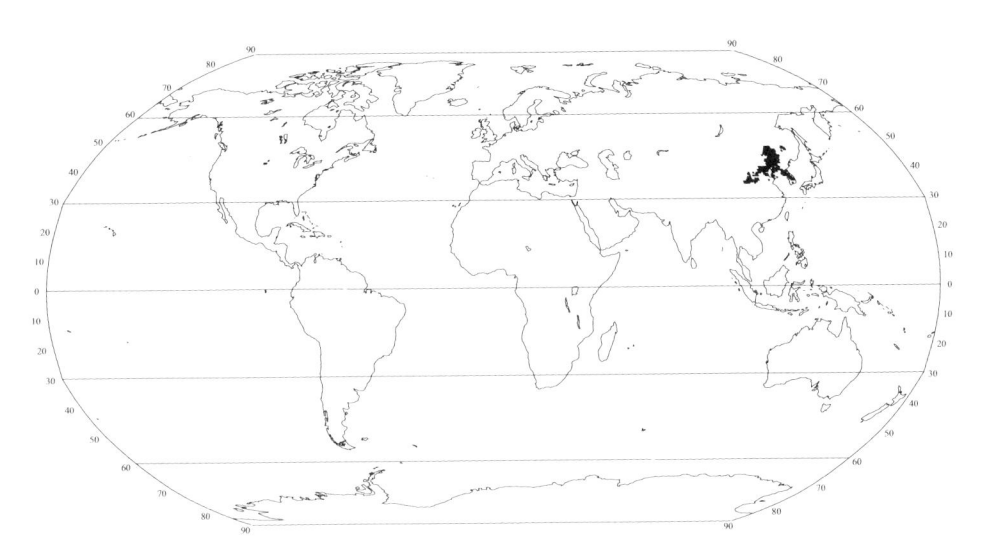

Adaptado de: Kottek et al. (2006).

Figura 9.23   Clima frio com chuvas de verão e verões quentes (**Dwa**)

Adaptado de: Kottek et al. (2006).

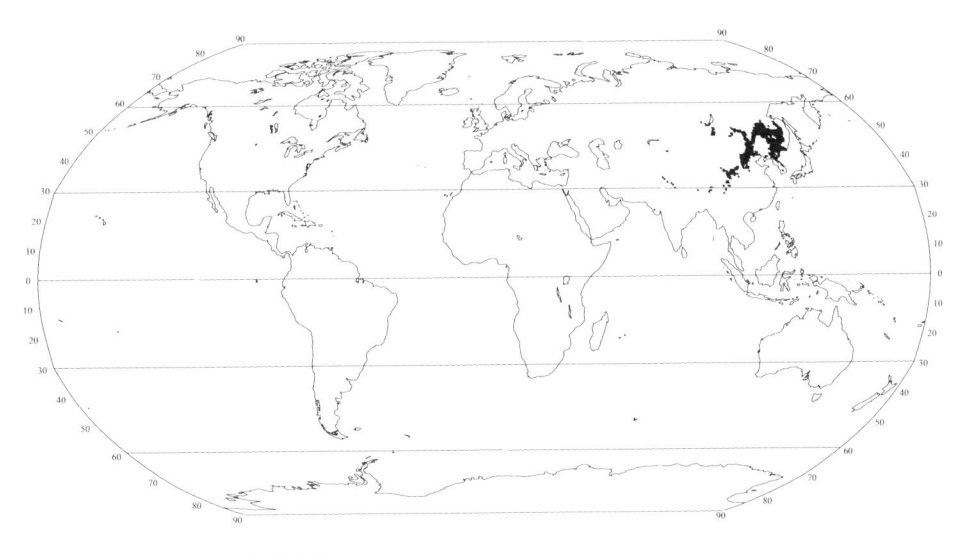

Figura 9.24   Clima frio com chuvas de verão e verões moderadamente quentes (**Dwb**)

186 Introdução à climatologia

Adaptado de: Kottek et al. (2006).

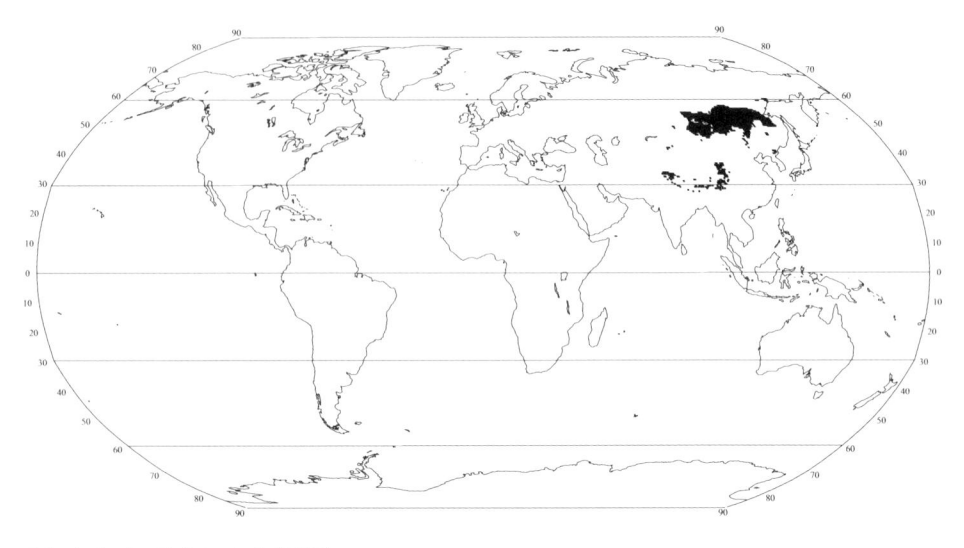

Figura 9.25   Clima frio com chuvas de verão e verões moderadamente frios e curtos (**Dwc**)

Adaptado de: Kottek et al. (2006).

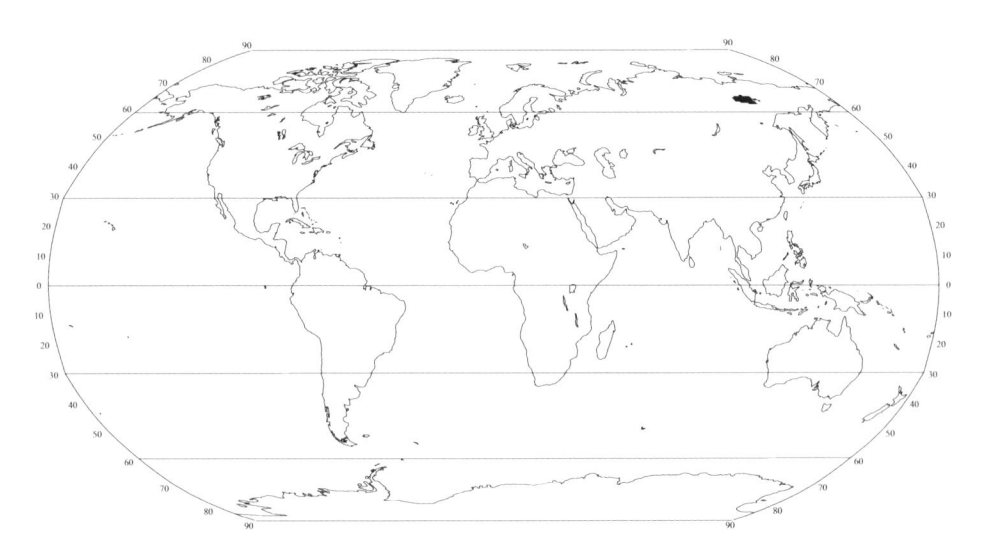

Figura 9.26   Clima frio com chuvas de verão e invernos intensos (**Dwd**)

Terra: caracterização climática 187

Adaptado de: Kottek et al. (2006).

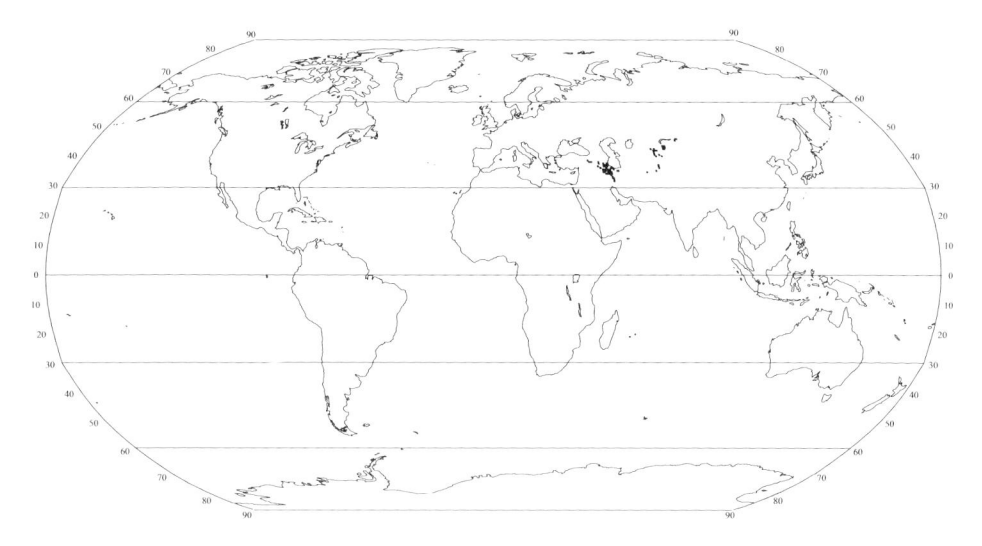

Figura 9.27 Clima frio com chuvas de inverno e verões quentes (**Dsa**)

Adaptado de: Kottek et al. (2006).

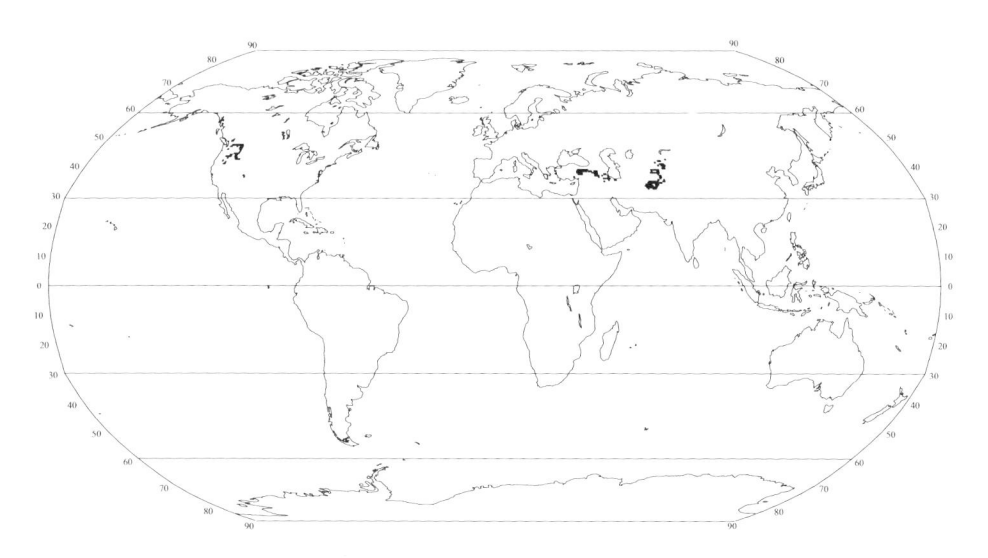

Figura 9.28 Clima com chuvas de inverno e verões moderadamente quentes (**Dsb**)

Nas regiões de ocorrência do clima Dsc (Figura 9.29), observa-se uma atuação mais destacada do fator latitude em relação à América do Norte e altitude em relação à Ásia, diminuindo a temperatura em relação aos dois climas anteriores (Dsa e Dsb).

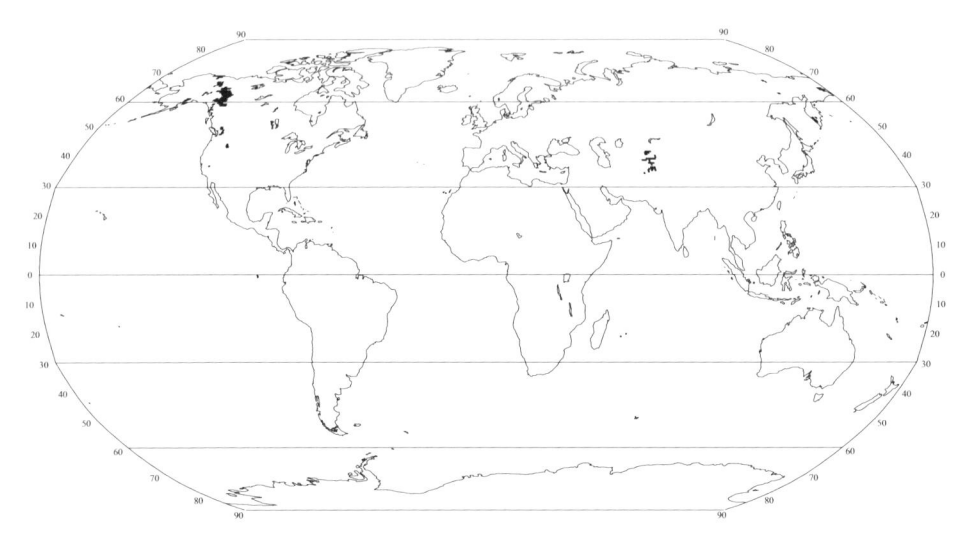

Adaptado de: Kottek et al. (2006).

Figura 9.29 Clima com chuvas de inverno e verões frios e curtos (**Dsc**)

9.5 CLIMAS POLARES (E)

Os climas polares ET (Figura 9.30) englobam as regiões próximas aos polos e as de grande altitude, como Andes, Himalaia, Alpes e Rochosas. Em virtude dessa localização, o ganho energético tende a diminuir drasticamente, o que se reflete na temperatura. São regiões de tundra, vegetação rasteira que durante grande parte do ano ficam sob o gelo.

Nas regiões de ocorrência do clima EF (Figura 9.31), destacam-se a Antártida, como único continente localizado no polo (Sul), e a Groelândia, próxima ao polo Norte. Apesar da divergência de nomenclatura em relação ao clima anterior, referindo-se como neve e gelo perpétuo, nas partes mais elevadas das grandes montanhas, eles também ocorrem, apesar de essas regiões terem sido classificadas como ET por Kottek et al. (2006).

Adaptado de: Kottek et al. (2006).

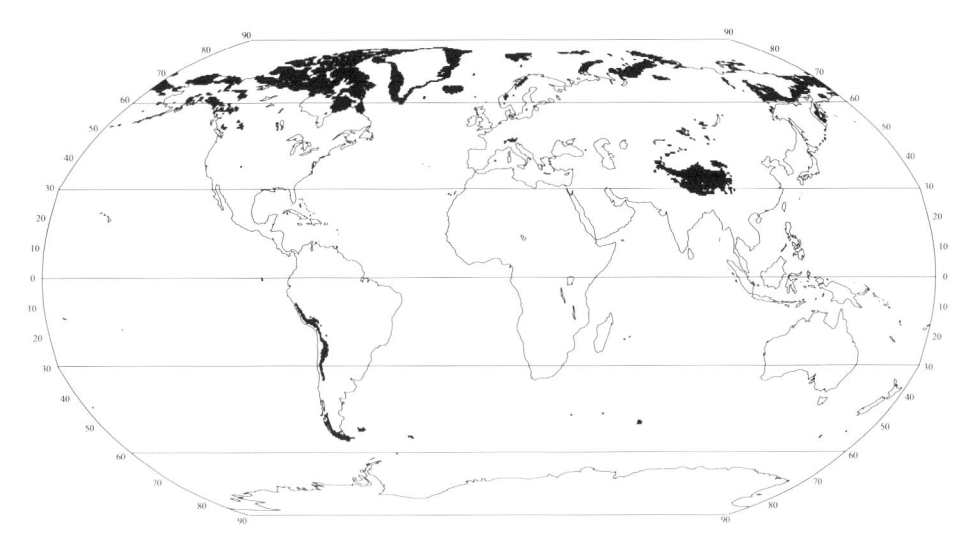

Figura 9.30 Clima polar de tundra (**ET**)

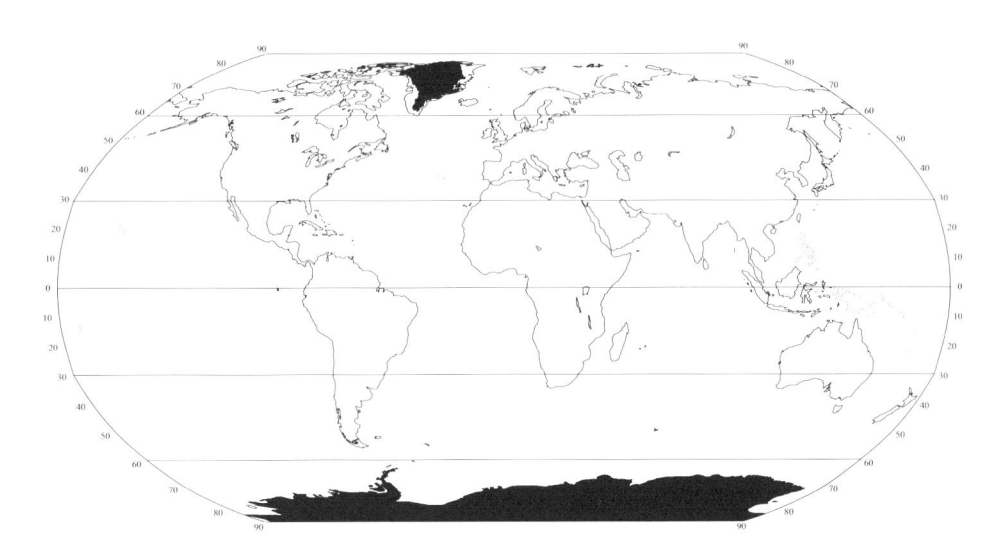

Adaptado de: Kottek et al. (2006).

Figura 9.31 Clima polar de neve e gelo perpétuo (**EF**)

As porcentagens das áreas da superfície terrestre correspondentes a cada clima podem ser observadas na Tabela 9.1.

Tabela 9.1 Porcentagens da área da superfície continental correspondente a cada clima

Grupos	Clima	%	% subgrupos	% grupos
A Tropical	Af	4,11%	16,9%	16,9%
	Am	2,89%		
	Aw	9,38%		
	As	0,48%		
B Seco	BSh	4,83%	9,9%	24%
	BSk	5,07%		
	BWh	11,27%	14,1%	
	BWk	2,83%		
C Temperado Quente	Cfa	4,60%	8,62%	14,68%
	Cfb	3,72%		
	Cfc	0,31%		
	Cwa	1,73%	3,18%	
	Cwb	1,13%		
	Cwc	0,02%		
	Csa	2,31%	2,87%	
	Csb	0,85%		
	Csc	0,02%		
D Temperado frio	Dfa	1,16%	27,16%	31,65%
	Dfb	6,88%		
	Dfc	16,95%		
	Dfd	2,17%		
	Dwa	0,12%	3,65%	
	Dwb	0,32%		
	Dwc	0,40%		
	Dwd	0,00%		
	Dsa	0,50%	0,84%	
	Dsb	1,00%		
	Dsc	2,01%		
	Dsd	0,15%		
E Polar	ET	12,8%*	12,8%*	12,8%*
	EF			

Adaptado de: Kottek et al. (2006).
* Adaptado de: Peel, Finlayson e McMahon (2007).

capítulo 10

Brasil: caracterização climática

A característica mais marcante do território brasileiro é a chamada tropicalidade, ou seja, o predomínio de um clima, de forma geral, de temperaturas elevadas e chuvas que ocorrem, sobretudo, no verão. Contudo, a atuação de diversos fatores climáticos (altitude, latitude, maritimidade, continentalidade, massas de ar etc.) influencia muito essa caracterização, promovendo diferenças significativas de um lugar para outro. Assim, há áreas com chuvas abundantes durante todo o ano e outras onde a prolongada estação seca torna o clima acentuadamente árido, como, respectivamente, Itapanhaú, no litoral paulista, onde se registram índices pluviométricos anuais de 4.514 mm, e Cabaceiras, na Paraíba, onde o índice pluviométrico anual fica próximo de 331 mm (ROSS, 1995). Da mesma forma, há climas muito quentes, especialmente na faixa equatorial, e um tipo climático com temperaturas bastante amenas na faixa extratropical "as temperaturas extremas foram registradas em Piratininga/BA, 43,8 °C e em São Francisco de Paula/RS, –14,1 °C" (GALETI, 1989, p. 281). Nota-se, assim, que, em meio a essa "tropicalidade", ocorrem variações espaciais muito expressivas.

Além das características geográficas próprias do continente Brasil, um conjunto de centros de ação e de massas de ar quentes, frias, úmidas e secas participa da formação dos climas do país.

10.1 DINÂMICA ATMOSFÉRICA

De acordo com Mendonça e Danni-Oliveira (2007), o dinamismo da atmosfera brasileira é controlado diretamente por seis centros de ação. As características desse dinamismo, bem como as das massas de ar produzidas ao longo do ano, compreendem:

- Na porção norte do Brasil, nas proximidades da linha do Equador, encontram-se o anticiclone dos Açores, no hemisfério norte, e o anticiclone do Atlântico, também chamado Santa Helena, no hemisfério sul, produtores das MEAN (associada aos alísios de NE) e MEAS (associada aos alísios de SE), respectivamente. Sobre o país, na altura da planície amazônica, forma-se um centro de ação produtor da MEC, que, com as duas massas anteriores, propicia condições de umidade e calor à atmosfera regional. As duas primeiras atuam principalmente na porção norte e nordeste do país, ao passo que a última atua de maneira mais direta no interior do continente e reforça as características do verão quente e úmido na porção centro-sul, influenciando até mesmo localidades como o Uruguai e o norte da Argentina. O avanço dessas massas de ar provenientes do norte provoca chuvas na porção norte e centro-sul do país. As massas atuam pelas linhas de instabilidade e de ondas de calor de norte e noroeste. A convergência intertropical (CIT) exerce importante papel na definição da dinâmica atmosférica da porção norte e de parte do nordeste do Brasil. A formação de situações de calmaria associadas aos processos de convecção, que tão claramente marcam o entorno da linha do Equador, caracteriza as expressivas nebulosidade e pluviosidade de toda a área que, por sua posição geográfica e altitude é, genericamente, quente;

- Na altura dos 30° de latitude sul, aproximadamente, encontram-se os centros de ação tropicais, um oceânico (anticiclone do Atlântico) e o outro continental (depressão do Chaco), caracterizados como semifixos em razão da oscilação sazonal leste-oeste de suas posições. Essa movimentação decorre da variação anual de suas condições barométricas, pois há uma expressiva diferença entre o balanço de radiação continental e oceânica nas estações de inverno e verão. Apresentando melhor desempenho sobre o continente na estação de verão, as duas massas de ar dali resultantes, a MTA e a MTC, reforçam as características das elevadas temperaturas no centro-sul, leste e sul do território brasileiro entre setembro e abril. A MTA, por meio das ondas de calor de leste e de nordeste, contribui para a elevação dos totais pluviométricos da área, ao passo que a MTC atua na redução da umidade em alguns curtos períodos nessa época do ano;

- O anticiclone migratório polar que afeta o Brasil origina-se do acúmulo de ar polar nas regiões de baixas pressões da zona subpolar do Pacífico Sul; ele se desloca de sudeste para nordeste e se subdivide em dois ramos por causa do atrito e do bloqueio exercidos pela cordilheira dos Andes, formando a MPA e a MPP. O ar produzido nessa latitude possui as características de baixas temperatura e umidade, porém, na medida em que avança em direção norte, adquire umidade e as temperaturas elevam-se. A expressiva participação da MPA nos climas do Brasil resulta em um considerável controle exercido por ela na formação dos tipos de tempo do país, notadamente na porção centro-sul e oriental, caracterizando os processos frontogenéticos (FPA) e a estação de inverno dos climas brasileiros. Esse sistema atua, em boa parte das vezes, por meio das ondas de frio de leste e de sudeste. A FPA é um fator importante no controle dos climas do país, pois atua permanentemente na porção centro-sul e participa do controle dos climas da porção centro-norte-nordeste, particularmente em parte do outono, do inverno e da primavera. Uma parcela considerável do dinamismo das chuvas e da circulação atmosférica dessas áreas tem origem nos processos frontogenéticos da FPA. Também a essa latitude encontra-se, sobre o Oceano Atlântico, a depressão do mar de Weddel, célula de baixas pressões mantida pelos ciclones transientes formados nas latitudes médias e subtropicais que se propagam para sudeste. Em oposição a ela, atuam as depressões do Chaco e da Amazônia, que atraem em direção norte os sistemas polar e tropical.

Ainda de acordo com os autores, para a configuração climática do território nacional, destacam-se:

- a configuração geográfica, manifestada na disposição triangular do território, cuja maior extensão dispõe-se nas proximidades da linha do Equador, afunilando-se em direção sul;
- a maritimidade/continentalidade, pois o litoral tem uma considerável extensão e é banhado por águas quentes (particularmente a corrente sul equatorial e a corrente do Brasil) e frias (corrente das Malvinas ou Falklands). A disposição geográfica do "continente Brasil" apresenta uma expressiva disposição continental interiorana, ou seja, uma expressiva extensão de terras consideravelmente afastada da superfície marítima, formando um amplo *interland*;
- as modestas altitudes do relevo, expressas em cotas relativamente baixas e cujos pontos extremos atingem somente cerca de 3.000 m;
- a extensão territorial, que apresenta uma área com cerca de 8.511 milhões de km^2, localizada entre 5°16'20" de latitude norte e 33°44'32" de latitude sul, e 34°47'30" e 73°59'32" de longitude oeste de Greenwich, disposta em sua grande maioria no hemisfério sul – o hemisfério das águas;

- as formas do relevo, notadamente a distribuição dos grandes compartimentos de serras, planaltos e planícies que formam verdadeiros corredores naturais para o desenvolvimento dos sistemas atmosféricos em grandes extensões, principalmente de movimentação norte-sul;
- a dinâmica das massas de ar e frentes, sendo que as que mais interferem no Brasil são a equatorial (continental e atlântica), a tropical (continental e atlântica) e a polar atlântica, como já mostrado.

Além desses fatores, deve-se salientar o papel da vegetação e das atividades humanas na definição dos tipos climáticos do Brasil, pois a interação desses com o balanço de radiação e a atmosfera dá origem a particularidades climáticas regionais e locais no cenário brasileiro.

A considerável evapotranspiração das áreas com vegetação exuberante, como a Amazônia e a Serra do Mar, além da alteração provocada na atmosfera pelas extensas regiões de agricultura e de localidades de expressiva espacialização urbano-industrial, como as áreas metropolitanas na porção litorânea e centro-sul do país, devem ser mencionadas ao se arrolar os fatores geográficos dos climas do Brasil (MENDONÇA e DANNI-OLIVEIRA, 2007).

Não obstante existam várias classificações para os tipos climáticos que ocorrem no país, cada qual levando em consideração diferentes elementos de análise, o mais comum é encontrar uma classificação climática mais genérica, na qual figuram somente alguns tipos climáticos principais.

Na análise que se segue, sobre os tipos climáticos brasileiros, destacamos a diversidade climática segundo algumas classificações muito distintas, notadamente levando-se em consideração uma classificação mais generalizada e suas respectivas representações, de acordo com o modelo de Gaussen (gráficos ombrotérmicos) e a classificação baseada em Köppen.

De acordo com uma classificação mais generalizada, pode-se apresentar a seguinte diferenciação climática para o território brasileiro, observada na Figura 10.1.

10.2 CLIMA EQUATORIAL (E SUBEQUATORIAL)

Ocorre essencialmente na Amazônia, em uma área de densa e variada cobertura vegetal. Está associado à atuação da mEc e à convergência intertropical

1 Equatorial e subequatorial
2 Litorâneo úmido
3 Tropical
4 Tropical de altitude
5 Pseudomediterrâneo
6 Subtropical
7 Semiárido

Adaptado de: Azevedo (1968).

Figura 10.1 Principais tipos climáticos brasileiros – classificação generalizada

dos ventos alísios (ZCIT). É um clima quente e úmido, em que as temperaturas médias anuais ficam entre 25 °C e 27 °C, apresenta pequena amplitude térmica anual, caracterizando-se, assim, pela ausência de estação fria. Observa-se, porém, dois períodos equinociais máximos (março e setembro), não havendo, por isso, nem estação fria nem estação seca. As chuvas são abundantes e ocorrem durante todo o ano, sempre com valores anuais superiores a 2.000 mm. Na porção ocidental, os índices pluviométricos chegam, com frequência, a ultrapassar 3.000 mm anuais (Figura 10.2). Na Amazônia oriental (área de início da transição para o clima tropical), a existência de uma breve estação seca (cerca de um mês) caracteriza um tipo climático subequatorial (quente e úmido, com pequena estação seca) (Figura 10.3) como quase uma transição entre os tipos equatorial e tropical.

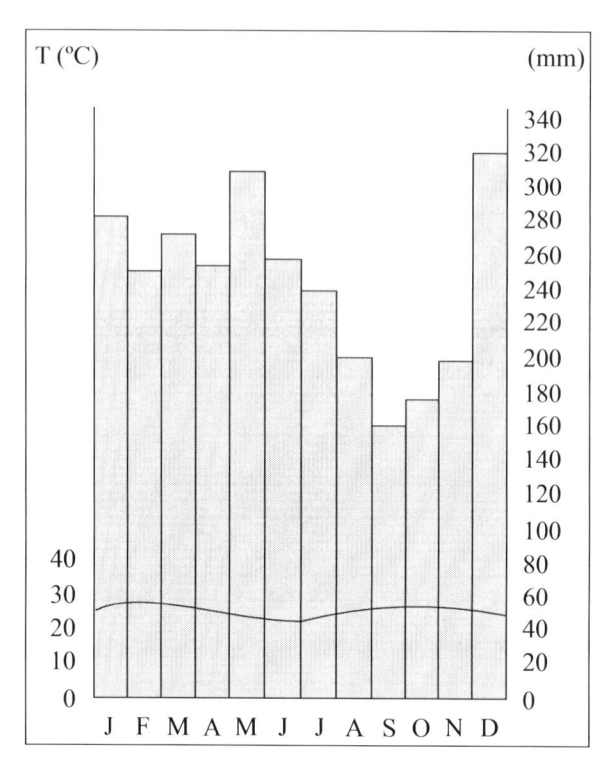

Adaptado de: MEC/FAE (1984).

Figura 10.2 Clima equatorial – São Gabriel da Cachoeira (AM)

10.3 CLIMA TROPICAL ÚMIDO (LITORÂNEO ÚMIDO)

Ocorre em partes do litoral leste e sudeste, distinguindo-se do clima tropical, que ocorre no interior do país por apresentar um índice pluviométrico mais destacado e "regular", com precipitações médias entre 1.500 mm e 2.000 mm anuais (ou mais), distribuídas independentemente das estações do ano, o que possibilitou o desenvolvimento original da mata atlântica. Apresenta pequena amplitude térmica, com temperaturas médias elevadas, graças ao efeito da maritimidade, entre 25 °C e 27 °C. As chuvas são controladas principalmente pela atuação da mTa que, pelo efeito de Coriolis, é direcionada do oceano para o continente, encontra a barreira da escarpa do planalto brasileiro, favorecendo as chuvas orográficas. O encontro da mTa

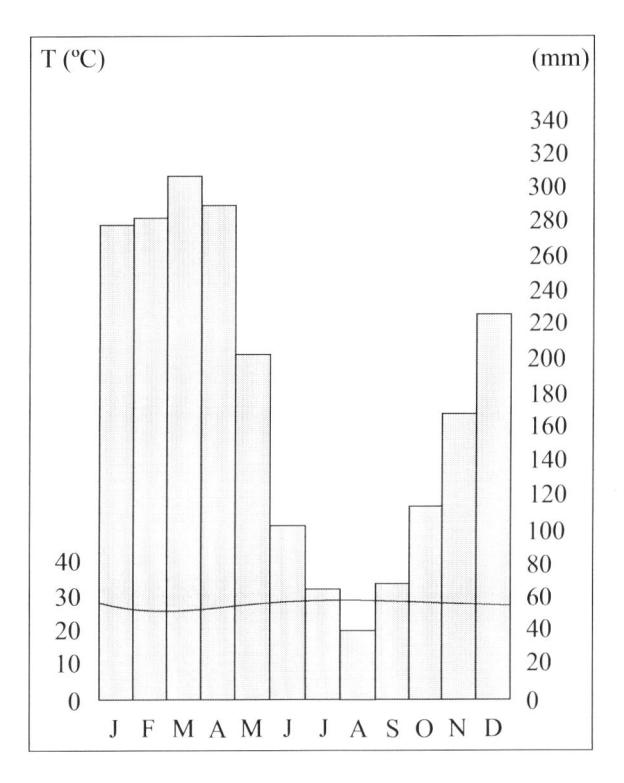

Fonte: Ribeiro e Le Sann (1985).

Figura 10.3 Clima subequatorial – Manaus (AM)

com a mPa favorece também a ocorrência de chuvas frontais no litoral (Figura 10.4).

10.4 CLIMA TROPICAL

Está associado à alternância da mEc e da mTa (quando mais úmida), que provocam a estação chuvosa, e da mPa, da mTa (quando mais seca) e da mTp (dentro de sua área de atuação), responsáveis pela estação seca no ano.

Ocorre em grande parte do território nacional, especialmente no Planalto Central, onde a vegetação característica é o cerrado, ocorrendo ainda em parte do litoral e extremo norte (Roraima). A temperatura acusa valores médios de 21 °C e as amplitudes diárias e anuais são mais destacadas que no clima equatorial. As chuvas ocorrem principalmente no verão, com totais

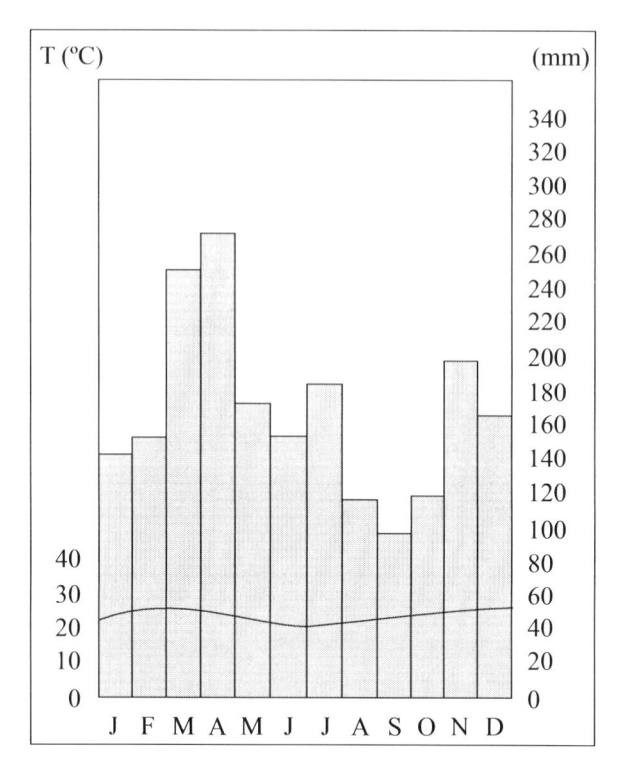

Adaptado de: MEC/FAE (1984).

Figura 10.4 Clima tropical úmido (litorâneo) – Ilhéus (BA)

anuais de 1.200 mm a 2.000 mm. A seca ocorre no inverno; a ocorrência de chuvas frontais de pouca intensidade caracteriza o período biologicamente seco (Figura 10.5).

10.5 CLIMA TROPICAL DE ALTITUDE

É uma variedade do clima tropical que sofre a influência do efeito altimétrico, isso reduz sensivelmente as temperaturas. Ocorre nas áreas mais elevadas do planalto de sudeste e meridional. A temperatura média gira em torno dos 18 °C, a amplitude térmica anual é mais destacada, registrando-se, não raro, a ocorrência de geadas no inverno, quando além do fator altitude, há a penetração da mPa que abaixa consideravelmente os valores térmicos (Figura 10.6).

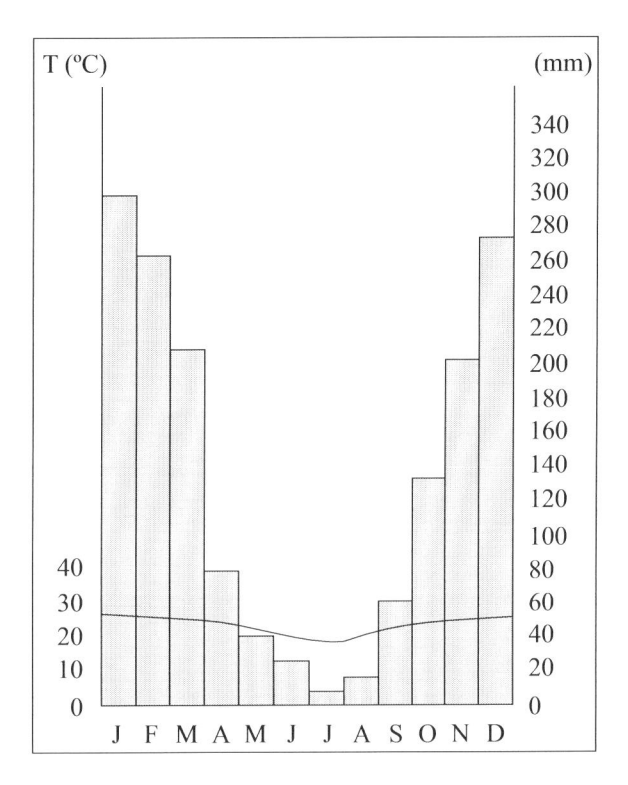

Fonte: Ribeiro e Le Sann (1985, p. 62).

Figura 10.5 Clima tropical – Meruri (MT)

10.6 CLIMA PSEUDOMEDITERRÂNEO

Ocorre notadamente no litoral nordestino. Como citado por Ribeiro e Le Sann (1985, p. 66), "o que há de comum entre esta região climática brasileira e a mediterrânea propriamente dita é o regime de distribuição das chuvas". Elas caem predominantemente no inverno, mas ocorrem também no outono. O número de meses secos cresce de um para oito do litoral para o interior. As temperaturas são elevadas durante o ano todo, superiores a 15 °C, por isso a denominação de pseudo, já que não acontece a mesma coisa na região que lhe dá o nome. O período de chuvas diferente do restante do país, em que esse período predomina no verão, pode ser explicado pelo deslocamento do encontro da mTa (e mEas) com a mPa para o norte, ocasionando as chuvas frontais. Esse deslocamento se dá pelo período de maior força da mPa, quando ela consegue

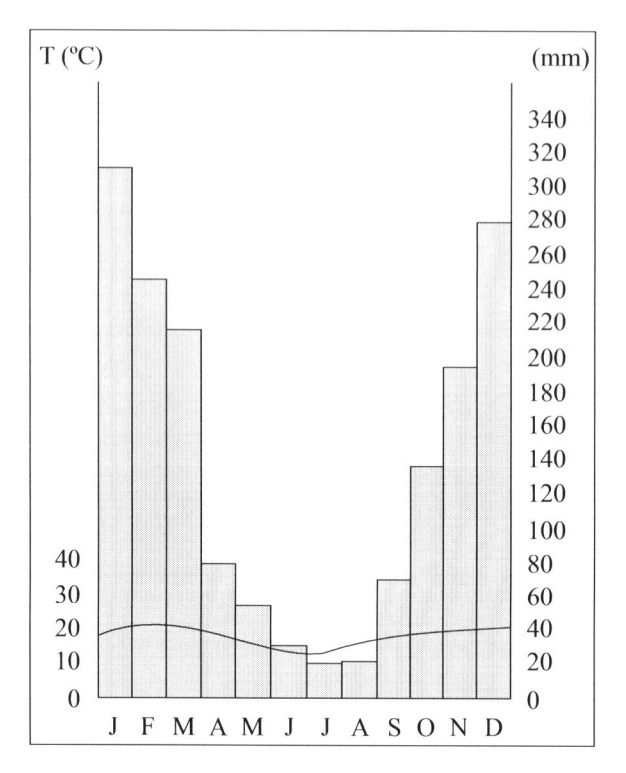

Fonte: Ribeiro e Le Sann (1985, p. 65).

Figura 10.6 Clima tropical de altitude – Poços de Caldas (MG)

chegar mais ao norte, e pelo deslocamento da mTa (e mEas), também para mais a norte, acompanhando a marcha do equador térmico (Figura 10.7).

10.7 CLIMA SUBTROPICAL

O clima subtropical (também chamado de temperado quente), observado na Figura 10.8, de transição entre o tropical e o temperado, ocorre nas áreas onde há alternância das massas mPa, mTa e mTp, com predomínio das primeiras. A temperatura média anual fica em torno dos 18 °C, com invernos mais frios em razão da influência da mPa mais forte nessa época. Como esse tipo climático ocorre em áreas extratropicais, as amplitudes térmicas são destacadas: invernos frios e verões mais quentes, contudo, em relação a outros lugares do planeta de mesma latitude (hemisfério norte), a amplitude

Brasil: caracterização climática   203

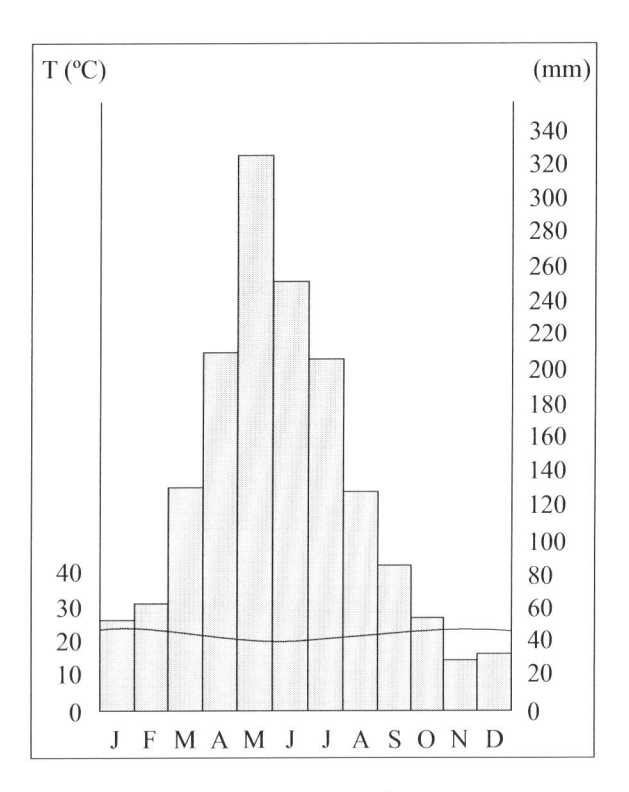

Fonte: Ribeiro e Le Sann (1985, p. 66).

Figura 10.7   Clima pseudomediterrâneo – Maceió (AL)

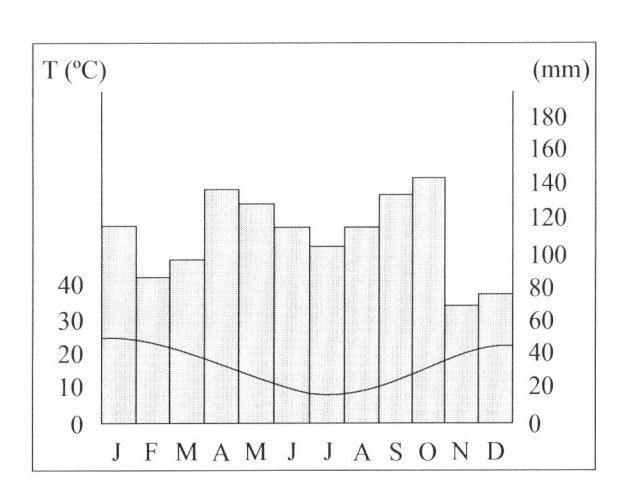

Adaptado de: MEC/FAE (1984).

Figura 10.8   Clima subtropical – Bajé (RS)

térmica é menor, por causa do fator amenizador da quantidade de água em relação aos continentes do hemisfério sul (maritimidade). Geadas e queda de neve esporádicas podem ocorrer associadas às penetrações da mPa no inverno. A precipitação se distribui por todos os meses do ano, independentemente da estação, e ocorre com maior concentração no verão, visto que nessa estação as massas de ar mais quentes se deslocam para o sul e se encontram com a mPa formando chuvas frontais. Os índices pluviométricos anuais variam de 1.000 mm a 2.000 mm.

10.8 CLIMA SEMIÁRIDO

Ocorre essencialmente na região Nordeste, na área da depressão sertaneja, onde a vegetação característica é a estepe semiárida ou caatinga, formando a região conhecida como polígono das secas, uma área com cerca de 1.000.000 km² que avança sobre o norte de Minas Gerais. As temperaturas são elevadas e geralmente superiores a 25 °C. A pluviosidade é baixa, em torno de 500 mm anuais; as chuvas, além de escassas, são irregulares (Figura 10.9). A estação seca é prolongada e pode durar até 11 meses em algumas áreas (ou até anos em outras). Esse clima está associado a vários fatores, como o deslocamento, no inverno, das áreas de alta pressão para essa região, que, como dispersora de vento, dificulta a chegada de umidade; o subafloramento de rochas impermeáveis, o que não deixa a água acumular no solo para posterior fornecimento de umidade ao sistema; e a disposição do relevo, que barra os ventos úmidos vindos do oceano. Esse último fator é, talvez, o que exerce menos influência que afirma o senso comum, visto que na região Sudeste, por exemplo, esse

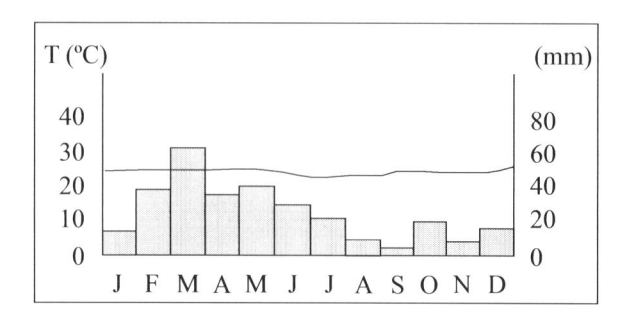

Fonte: Ribeiro e Le Sann (1985, p. 66).

Figura 10.9   Clima semiárido – Soledade (BA)

barramento é bem mais elevado (Serra do Mar em comparação com o Planalto da Borborema), e nem por isso se tem um clima semiárido predominando.

Vale destacar que ocorrem variações bastante significativas em cada um desses grupos ou tipos climáticos, tanto das temperaturas quanto da pluviosidade ou da distribuição sazonal das chuvas, por causa da grande extensão do país combinando vários fatores climáticos com diferentes atuações das massas de ar atuantes.

Utilizando para o país o modelo de classificação climática proposto por Köppen (e adaptações), pode-se ter uma distribuição climática diferente, como observado na Figura 10.10.

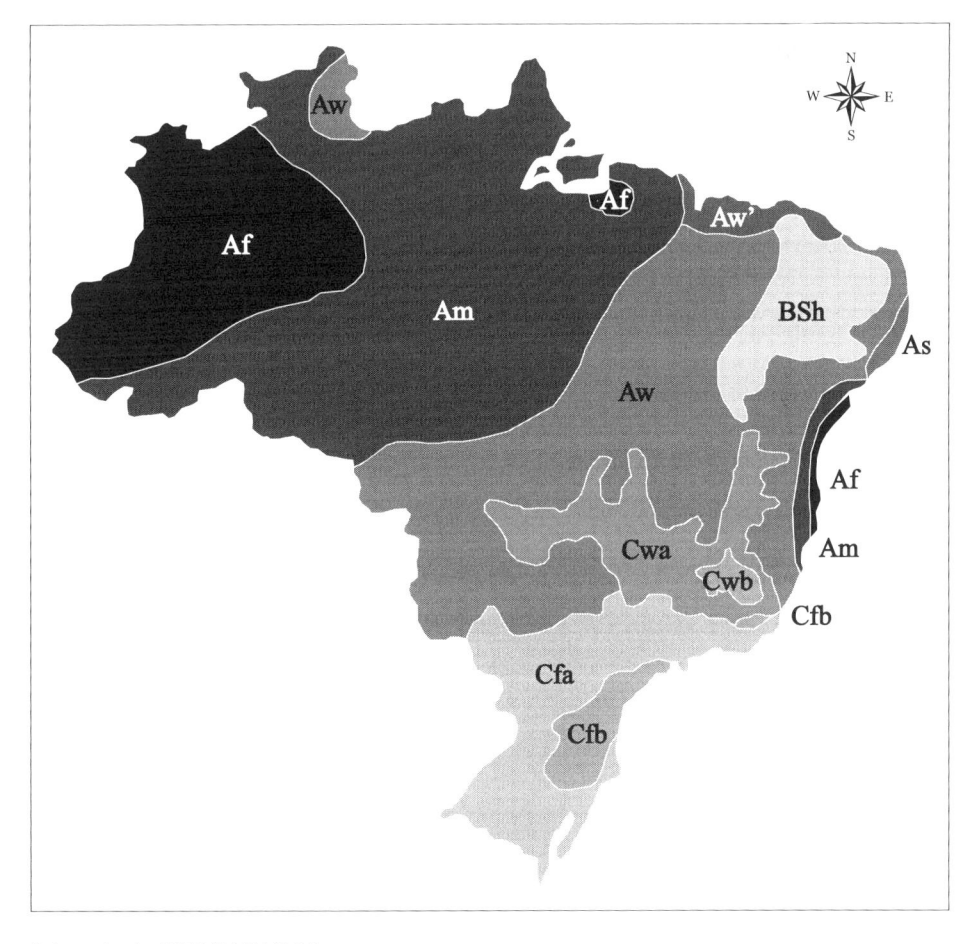

Adaptado de: MEC/FAE (1984).

Figura 10.10 Principais tipos climáticos brasileiros – classificação de Köppen

1. Aw – Tipo climático quente, com chuvas concentradas no verão e estação seca, de duração variada, no inverno. Corresponde ao tipo tropical e domina nas áreas do Brasil Central e Roraima.
2. Aw' – Tipo climático quente com chuvas concentradas no outono e no verão. É uma adaptação do modelo original de Köppen, que corresponde ao tipo tropical (em uma de suas variações), dominando áreas do litoral setentrional nordestino e parte do interior da região.
3. Af – Tipo climático quente e úmido, com chuvas durante todo o ano; corresponde ao clima equatorial. Predomina na região noroeste da Amazônia, por ser a única região em que a mEc atua durante o ano inteiro, no litoral nordestino (Bahia, Sergipe) e na região próxima a Belém.
4. Am – Tipo climático quente e úmido, com pequena estação seca; corresponde ao tipo subequatorial. Domina grandes áreas da Amazônia. É um tipo climático de transição entre o equatorial (Af) e o tropical (Aw).
5. As – Outra adaptação do modelo original de Köppen; corresponde ao tipo pseudomediterrâneo. Ocorre em parte do litoral nordestino. É um clima quente e úmido, com chuvas predominantes de inverno, decorrentes da atuação do primeiro ramo da mPa que, em contato com a mTa (e mEas), no inverno, provoca chuvas frontais.
6. BSh – É um tipo climático quente e seco que corresponde ao tipo semiárido da classificação genérica. Ocorre destacadamente no sertão nordestino, apresenta um período seco de longa duração.
7. Cfa – Corresponde ao tipo climático subtropical, sempre úmido e de verões quentes; predomina nas áreas menos elevadas da região sul.
8. Cfb – Também correspondente ao clima subtropical, porém com verões amenos; predomina nos planaltos e nas áreas de maior altitude das regiões sul e sudeste.
9. Cwa – Tipo mesotérmico que apresenta verões quentes e chuvosos; corresponde ao tipo tropical de altitude. Ocorre destacadamente na região sudeste.
10. Cwb – Tipo climático mesotérmico, com chuvas concentradas no verão, que apresenta temperaturas mais amenas (verões brandos), o que se deve ao fator altimétrico. Ocorre na região sudeste.

capítulo 11

Eventos especiais

11.1 EFEITO ESTUFA

Como didaticamente explicado por Branco (1988), um tipo de impacto ambiental de longo alcance é o efeito estufa. Essa denominação não se refere, como se poderia pensar, às estufas elétricas usadas em laboratórios ou em outros estabelecimentos, mas, sim, às estufas de jardins, pouco utilizadas no Brasil, mas largamente empregadas nos países de clima frio para proteger as plantas do rigor do inverno.

Tais estufas possuem paredes e teto de vidro. Seu aquecimento se dá em virtude de uma propriedade interessante do próprio vidro que, embora seja transparente, é um isolante térmico: ele deixa que as radiações do sol passem para o interior da estufa, mas não permite que o calor saia. Dessa forma, o calor acumula-se, mantendo o interior da estufa cada vez mais quente. Essa propriedade é conhecida dos jardineiros desde o século XV e permite que se cultivem plantas tropicais em climas frios como os da Europa.

De acordo com Salgado-Labouriau (1994), as nuvens do céu agem como o vidro da estufa e fazem a temperatura na parte baixa da atmosfera aumentar. Sem as nuvens o calor escapa, diminuindo a temperatura. Durante o inverno, as noites estreladas são mais frias, pois a superfície perde calor pela falta das nuvens.

A atmosfera é praticamente transparente às radiações solares de ondas curtas, mas absorve as radiações infravermelhas emitidas pela superfície terrestre. Os principais absorventes dessa energia na atmosfera são o vapor d'água, o ozônio troposférico, o dióxido de carbono e as nuvens. Somente cerca de 6% do infravermelho irradiado pela superfície escapa para o espaço. O restante é absorvido pela atmosfera e irradiado novamente por ela.

Ainda de acordo com a autora, o efeito estufa é fundamental para a manutenção da vida na Terra. Mede-se esse efeito por meio da comparação entre a temperatura na superfície e a temperatura irradiada. "A temperatura média global da Terra é hoje de +15 °C, mas a temperatura efetiva de radiação é hoje de –18 °C. Portanto, o efeito estufa da atmosfera causa um aquecimento de aproximadamente 33 °C" (SALGADO-LABOURIAU, 1994, p. 210).

A temperatura baixa de Marte é explicada pela ausência quase total de vapor de água e CO_2 em sua tênue atmosfera. A temperatura altíssima da superfície de Vênus deve-se, principalmente, à quantidade elevada de CO_2 que, pelo efeito estufa, não deixa escapar a maior parte do calor para o espaço.

> *O ozônio troposférico, o vapor de água e o CO_2 são os constituintes mais importantes na absorção da radiação solar. Entretanto, o metano e as partículas em suspensão como poeira, pólen e rejeitos industriais interagem também na absorção de radiação e os seus efeitos estão sendo muito estudados agora. Os óxidos de nitrogênio estão aumentando a concentração como resultado do processo industrial e pela passagem de aeronaves voando na estratosfera* (SALGADO-LABOURIAU, 1994, p. 2011).

O CO_2 é encontrado naturalmente no ar. Ele entra na atmosfera pela respiração dos seres vivos e pelas emanações de vulcões, gêiseres etc.

Quando o CO_2 aumenta, a absorção de infravermelho aumenta elevando a temperatura, esta, por sua vez, aumenta a evaporação da água, elevando a quantidade de vapor d'água. Com isso, tem-se um aumento da nebulosidade, que favorece ainda mais o efeito estufa resultando em uma "bola de neve" a qual incrementará mais a temperatura média global. Os resultados poderão ser observados principalmente na temperatura de verão e no equilíbrio entre água líquida e água em forma de gelo (SALGADO-LABOURIAU, 1994).

É importante ressaltar que, apesar do alarde atual, a quantidade de carbono no sistema Terra é praticamente a mesma, não há acréscimo com o passar do tempo, o que existe é uma mudança do local onde esse elemento é encontrado. Quando se extraem os hidrocarbonetos do solo e os utilizamos em processos de combustão, por exemplo, modificamos sua localização: o que estava retido abaixo da superfície é transferido para a atmosfera.

Esse processo vem ocorrendo desde a formação do planeta, quando causas naturais elevavam a concentração de CO_2 e esta, por sua vez, elevava a temperatura. Contudo, hoje, com a evolução dos objetos de técnica, utilizados pela sociedade para a transformação do espaço, há uma mudança mais rápida do local de concentração de certos elementos, acelerando e/ou retardando alguns processos naturais.

Não se discute aqui a notória elevação da temperatura global, o que preocupa é como as informações são passadas e como são utilizadas. A Terra já passou, de forma natural, por períodos muito mais frios e muito mais quentes (Figura 11.1). A própria evolução do *Homo sapiens* é fruto dessas variações: com o resfriamento do final do Mesozoico, que apresentava temperaturas bem superiores às atuais, a sobrevivência de grandes animais, como os dinossauros, tornou-se inviável. Com a extinção desses animais, houve uma grande evolução dos mamíferos. As oscilações e variações climáticas serão tratadas detalhadamente no Capítulo 12.

Outro gás natural que produz o efeito estufa é o metano. Uma molécula de metano (CH_4) é 25 vezes mais eficiente que uma molécula de CO_2 na retenção do calor. O metano chega à atmosfera de diferentes maneiras, por exemplo, erupções vulcânicas, bactérias decompositoras, ruminantes, insetos, como os térmitas, e atividades antrópicas.

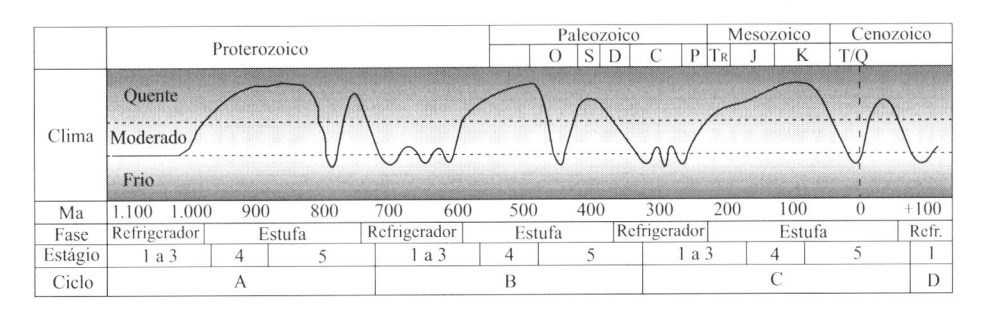

Adaptado de: Teixeira et al. (2000).

Figura 11.1 As fases do ciclo estufa-refrigerador do clima terrestre e sua relação com os estágios (1-5) dos últimos três ciclos de supercontinentes (A-C).
Durante o ciclo **A**, a Rodínia se fragmenta e parte de seus fragmentos se juntam para formar a Pannótia. Durante o ciclo B, Pannótia se desmantela, fornecendo fragmentos para a formação de Laurêntia e Gondwana, e estes continentes juntam-se a outros menores para construir a Pangea. O ciclo **C**, ainda incompleto, retrata a fragmentação da Pangea e o início da amalgamação do próximo supercontinente, Amásia.

Os óxidos de nitrogênio ou NOx (NO_2, NO_3, N_2O) são produzidos pela ação microbiana no solo. Sua capacidade de retenção de calor é 250 vezes mais eficiente que o CO_2. A queima de vegetação, decomposição de fertilizantes e de resíduos da agricultura e outras atividades podem aumentar significativamente sua concentração.

11.2 INVERSÃO TÉRMICA

O fenômeno da inversão térmica ocorre quando uma camada de ar quente fica sobreposta a uma camada menos quente (mais fria), o que impede a mistura da atmosfera em ascensão vertical.

O fenômeno funciona assim: normalmente, o ar próximo à superfície do solo está em constante movimento vertical em razão do processo convectivo (correntes de convecção). A radiação solar aquece a superfície do solo e este, por sua vez, aquece o ar que o circunda; esse ar quente é menos denso que o ar frio, assim, ele sobe (movimento vertical ascendente) e o ar frio, mais denso, desce (movimento vertical descendente). O ar frio, ao tocar a superfície do solo, recebe seu calor, esquenta, fica menos denso e sobe, dando lugar a um novo movimento descendente de ar frio. E o ciclo se repete. O normal, portanto, é que se tenha ar quente em uma camada próxima ao solo, ar frio em uma camada logo acima dessa e ar ainda mais frio em camadas mais altas, porém, em constantes trocas por correntes de convecção.

Na inversão térmica, condições desfavoráveis podem provocar uma alteração na disposição das camadas na atmosfera. Geralmente no inverno, pode ocorrer um rápido resfriamento do solo por causa da entrada de uma massa de ar fria ou um rápido aquecimento das camadas atmosféricas superiores, quando, por exemplo, nas primeiras horas do dia, o Sol ilumina as partes mais elevadas em detrimento do fundo do vale, o que leva à formação de uma camada de ar mais quente nas partes mais elevadas e de uma camada mais fria no fundo do vale (Figura 11.2). Quando isso ocorre, o ar quente fica por cima da camada de ar frio e passa a funcionar como um bloqueio, não permitindo os movimentos verticais de convecção: o ar frio próximo ao solo não sobe, porque é o mais denso, e o ar quente que está por cima não desce, porque é o menos denso.

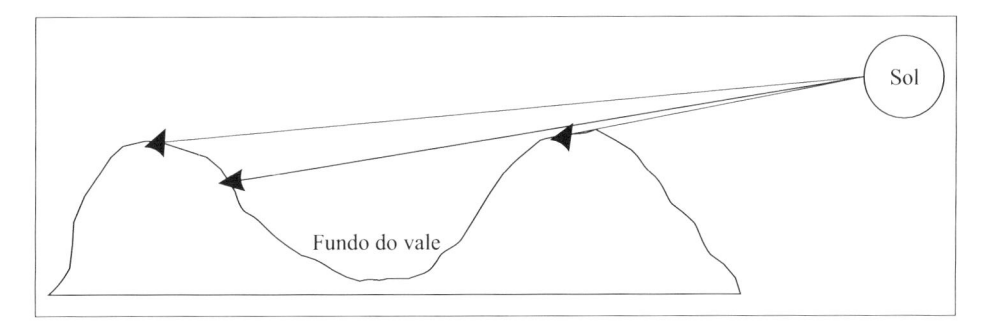

Figura 11.2 Aquecimento das partes superiores do relevo

11.3 TEMPESTADES TROPICAIS

Nos trópicos, as depressões, os anticiclones e as frentes, como os que ocorrem nas latitudes temperadas e elevadas, são características mal definidas, com uma notável exceção: a tempestade tropical. Elas ocorrem em várias partes dos oceanos tropicais e recebem diferentes denominações: furacões no Caribe e no Oceano Atlântico, ciclones no Oceano Índico e na baía de Bengala, tufões nos mares da China e no Oceano Pacífico, ciclones tropicais ao largo da Oceania, *willy-willies* na Austrália ou *baguiós* nas Filipinas (AYOADE, 2003).

A palavra tufão vem do árabe *tufan*, que significa inundação, dilúvio, em uma clara referência às consequências desse fenômeno. Ciclone vem do grego *kyklos*, que significa círculo, em uma alusão ao movimento. A palavra furacão, por sua vez, tem origem no castelhano *huracán*, denominação dada, nas Antilhas, aos ciclones tropicais que provocam tempestades violentas. Hunrakén era o deus das tormentas para os índios do Caribe.

As tempestades tropicais são centros ciclônicos, quase circulares, com pressão extremamente baixa, em que os ventos giram em espiral. Seu diâmetro varia de 160 km a 650 km e a velocidade de seus ventos varia de 120 km/h a 200 km/h. Desloca-se a uma razão de 15 km/h a 30 km/h. Nunca se originam sobre superfícies terrestres. "De fato, eles enfraquecem quando se movimentam sobre o continente e sobre superfícies aquáticas frias" (AYOADE, 2003, p. 112).

Identificados, de início, pelos nomes que caracterizam cada letra do alfabeto da linguagem usada nas comunicações, os furacões passaram a ser batizados com nomes femininos desde que o meteorologista e escritor norte-americano George Stewart chamou de Maria a tormenta que é a principal personagem de sua novela *Storm* (Tempestade). Esse hábito persistiu até os anos 1970, quando o movimento feminista impôs um rodízio que vigora até hoje: alternadamente, furacões recebem nomes próprios femininos e masculinos, em ordem alfabética (MACHADO, 2000b).

Além das águas quentes dos oceanos (acima de 27 °C), um furacão depende de outras duas condições para existir: alta umidade do ar e ventos no mesmo sentido na baixa troposfera (até 2.000 metros de altitude) e na alta troposfera (até 10 mil metros).

Sob a influência desses três fatores, um aglomerado de Cumulonimbus viaja, muitas vezes, milhares de quilômetros para se transformar em um furacão. Uma das rotas mais conhecidas no Ocidente, por exemplo, começa na costa oeste da África, onde os aglomerados, empurrados pelos ventos alísios, cruzam o Atlântico e atingem a escala de furacões (caracterizada por velocidades superiores a 115 km/h) no Caribe. Essa evolução, acompanhada atentamente pelos satélites meteorológicos, dura de quatro a seis dias. Do Caribe, podem entrar pelo território mexicano ou assolar a costa sul dos EUA (MACHADO, 2000b).

> *Em uma estação de furacões média, que vai normalmente de junho a novembro, mais de 100 perturbações, potencialmente furacões, são observadas no Atlântico, golfo do México e mar das Caraíbas. Destes, cerca de 10 atingem o estado de tempestade tropical e apenas cerca de seis chegam a ser furacões. Uma tempestade tropical é designada por um nome quando os ventos associados atingem, ou ultrapassam, a velocidade de 62 km/h. Passa a ser furacão quando os ventos associados aumentam para 119 km/h* (ATKINSON e GADD, 1990, p. 14).

De acordo com Machado (2000b), pode-se resumir a "criação" de um furacão em sete etapas:

1. intensa evaporação da faixa tropical, durante o verão, dá origem a grandes aglomerados Cumulonimbus que chegam a medir mais de 10 km de altura;

2. o movimento ascendente do ar úmido e aquecido gera uma zona de baixa pressão que atrai o ar das regiões próximas produzindo ventos paralelos ao oceano. O movimento de rotação da Terra faz os ventos girarem horizontalmente, formando um ciclone;
3. a torção é transmitida à coluna de ar ascendente e ao aglomerado de nuvens (Cumulonimbus, geralmente cobertos por cirros);
4. os ventos levantam ondas e aumentam a evaporação, alimentando as nuvens com mais umidade;
5. na medida em que sobe, o vapor de água se expande, pois a pressão externa é menor nas altas camadas e se transforma em chuva;
6. a condensação do vapor de água aquece a atmosfera e faz a pressão cair ainda mais;
7. a velocidade dos ventos aumenta, levando, consequentemente, a mais evaporação, condensação, aquecimento e queda de pressão. O furacão atinge sua força máxima.

De acordo com Ayoade (2003), o furacão consiste em dois vórtices separados por uma área central de calmaria conhecida como "olho" (Figura 11.3).

Quando o centro de um furacão se aproxima, a algumas centenas de quilômetros verifica-se um aumento das nuvens cirros e a pressão atmosférica começa a baixar lentamente. Na medida em que o centro se aproxima, essas nuvens tornam-se mais espessas e baixas, o vento aumenta sua força e a chuva começa a cair. Mais perto do centro, o vento aumenta para uma força de furacão, cerca de 100 km/h, por vezes muito mais. Velocidades de ventos persistentes acima de 160 km/h já foram registradas em muitas oportunidades. Com os furacões severos, a velocidade do vento está acima do alcance dos anemômetros comuns, que acabam sendo destruídos. A chuva torna-se, então, torrencial e a pressão cai muito rapidamente. As condições tornam-se cada vez mais violentas até a beira do "olho". De repente, há uma súbita calmaria, o vento torna-se leve, a chuva cessa e as nuvens diminuem visualmente. O olho pode ter de 8 km a 80 km de diâmetro e concede alguns minutos ou até algumas horas de calmaria enquanto passa sobre uma região. Do ar, esse olho parece uma enorme bacia circular de nuvens. Depois de ter passado, o furacão recomeça subitamente com toda sua força – nuvens, chuva e vento como antes, exceto que o vento agora sopra de uma direção oposta, o que é óbvio, por sua circulação em volta do centro. Depois, o furacão se afasta, a

216 Introdução à climatologia

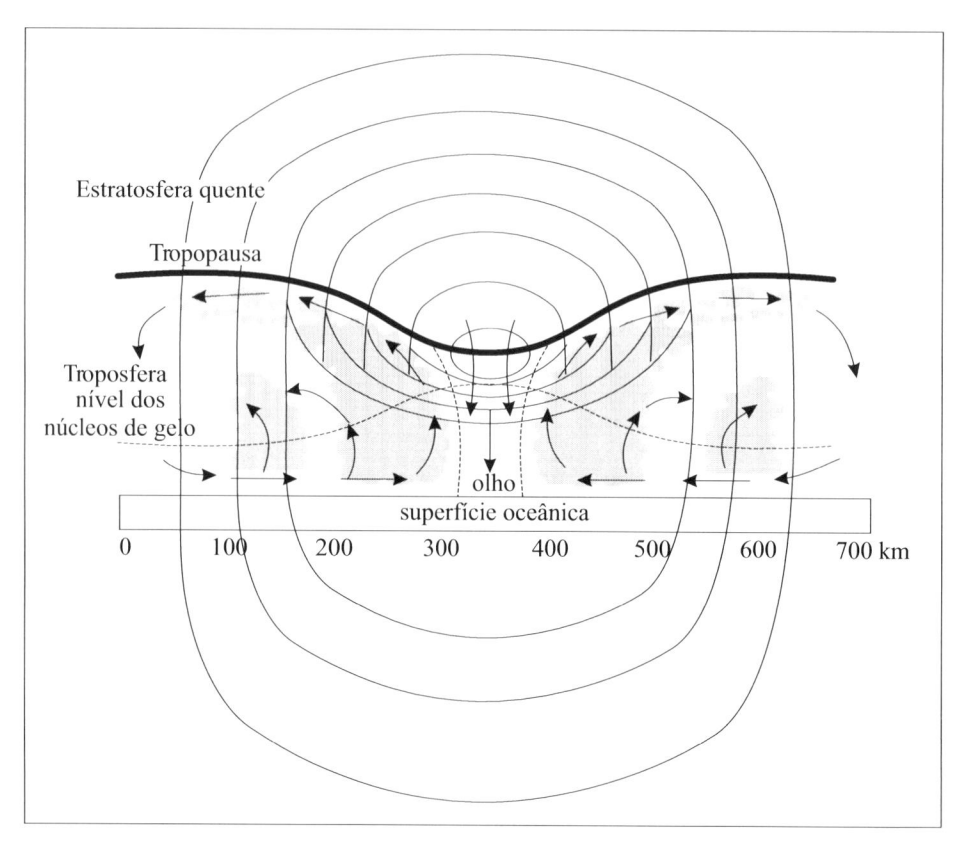

Adaptado de: Ayoade (2003).

Figura 11.3 Seção transversal através de um ciclone tropical

chuva e o vento diminuem aos poucos e a pressão eleva-se rapidamente (MACHADO, 2000b).

A maioria dos furacões ocorre no final do verão e do outono, de agosto a novembro no hemisfério norte e de janeiro a maio no hemisfério sul. Os ventos do furacão causam enormes danos a edificações, cabos elétricos e telefônicos, a vegetação, residências e vidas humanas. Outro perigo é a agitação do mar causada pelo vento e as ondas que invadem áreas costeiras baixas causando grandes inundações.

Um furacão se extingue em dias ou até em horas ao viajar sobre as águas frias ou sobre o continente. Isso acontece por causa da queda no nível de umidade do ar. Sem o indispensável suprimento de ar quente e úmido, diminui o movimento ascendente e o aquecimento extra por condensação do vapor; a pressão interna aumenta e a velocidade dos ventos cai. Em pouco tempo, a estrutura do vórtice se desorganiza, as nuvens invadem o olho do furacão e o aglomerado se espalha e morre (MACHADO, 2000b).

11.3.1 Tornados

Os tornados são "considerados como os fenômenos meteorológicos mais violentos, em consequência da alta concentração de energia que envolvem, em dimensões espaciais relativamente pequenas" (VIANELLO e ALVES, 1991, p. 370). Felizmente, são muito pequenos em relação aos padrões atmosféricos, e as áreas afetadas por eles são muito limitadas. Um tornado é visto como uma coluna ondulante de nuvens que, aparentemente suspensa de uma espessa nuvem escura (Cumulonimbus), toca a terra. No seu centro, o ar torna-se rarefeito sob a influência da força centrífuga e sua pressão cai para quase metade do seu valor normal. A velocidade dos ventos perto do centro da coluna só pode ser calculada, pois quaisquer instrumentos próximos são destruídos; provavelmente a velocidade alcance 480 km/h. A área central que produz danos sérios tem apenas 100 metros de largura, mas, na medida em que o tornado avança, a coluna deixa atrás de si um longo rastro de destruição, em uma faixa com aproximadamente essa largura. Os tornados ocorrem em frentes frias, quando o ar quente está muito úmido e instável. Aparecem onde há diferenças extremas entre a direção das massas de ar frio e quente.

Os piores tornados ocorrem nos estados do centro-oeste dos EUA, na primavera/verão (a partir de abril/maio) e, menos intensos, também na Austrália e na África do Sul. Como citado por Atkinson e Gadd (1990, p. 38), "os tornados ocorrem com maior frequência nos estados do interior dos EUA, particularmente do Texas para o Kansas. Também aparecem a leste dos Andes, na Índia Ocidental e, de forma muito mitigada, nas ilhas Britânicas".

Uma escala baseada na velocidade dos ventos identifica a força destrutiva desse evento. "A escala dos tornados (*twister*) varia de F1 a F5 (os mais raros e mais destrutivos, com ventos de até 512 km/h – maior registro oficial: 461 km/h Weather Channel)" (MACHADO, 2000b, p. 56).

Eles têm duração efêmera, mas, em compensação, os ventos dentro do tornado atingem até 360 km/h causando uma destruição maior que a dos furacões, embora muito mais localizada.

11.3.2 Tempestades de areia

As colunas giratórias de ar ocorrem em áreas de deserto e sugam grandes quantidades de areia e poeira e são chamadas "diabos de poeira". Diferem dos tornados pelo fato de se desenvolverem do solo para cima. Sua causa é a instabilidade gerada por forte calor e, logicamente, intenso aquecimento do deserto pelo sol.

As tempestades de areia ocorrem em áreas de deserto seco quando as correntes ascendentes, que antecedem a penetração de frentes frias, elevam grandes quantidades de areia a alturas de centenas de metros. Sua aparência é a de uma vasta parede de areia que avança ao longo da linha de frente. As tempestades de areia mais conhecidas são as do Saara Oriental e as do Sudão, onde são conhecidas pelo nome de *haboobs*.

11.4 EVENTOS OSCILAÇÃO SUL (EL NIÑO E LA NIÑA)

Talvez a melhor maneira de se referir ao fenômeno El Niño seja pelo uso da terminologia mais técnica que inclui as características oceânico-atmosféricas associadas ao aquecimento anormal do Oceano Pacífico tropical. O ENOS, ou El Niño Oscilação Sul, representa de forma mais genérica um fenômeno de interação atmosfera-oceano associado a alterações dos padrões normais da temperatura da superfície do mar (TSM) e dos ventos alísios na região do Pacífico equatorial, entre a costa peruana e o Pacífico oeste, próximo à Austrália (Oliveira, 2001). O fenômeno atinge seu ápice no final de dezembro e sua denominação advém do fato de acontecer na época do Natal.

O La Niña é um fenômeno quase oposto, ou seja, acontece por causa da redução acentuada da temperatura das águas desse mesmo local. O que a causa também é pouco conhecido, embora se mostre um evento modificador das condições climáticas globais.

Assim, tanto o El Niño quanto o seu oposto, a La Niña, são resultados de alterações no comportamento normal da chamada célula de Walker, circuito de circulação de ventos de sentido oeste/leste e que ocorre normalmente entre o Pacífico leste (costa peruana) e o Pacífico oeste (Indonésia/Austrália), ao sul do Equador. As causas das modificações nessa "gangorra barométrica" ainda não são claras, embora se saiba que estejam envolvidos no processo de aumento e/ou diminuição da temperatura das águas do Pacífico austral, modificações no comportamento dos ventos alísios de sudeste, nas correntes marítimas e nas ressurgências da corrente fria de Humboldt, na costa oeste da América do Sul (Equador e Peru).

Situação normal da circulação da célula de Walker:

Indonésia/Austrália:	Pacífico leste/costa sul-americana:
• águas quentes (± 25 °C);	• águas frias (correntes frias e ressurgência da corrente de Humboldt);
• formação de um centro de baixa pressão (BP), área ciclônica receptora e ventos de superfície;	• área de alta pressão (AP), anticiclone dispersor de ventos em superfície e com convergência/subsidência de ventos secos;
• ocorrência de chuvas.	• poucas chuvas e muita pesca.

Situação de ocorrência do fenômeno El Niño:

Indonésia/Austrália:	Pacífico leste/costa sul-americana:
• redução da temperatura das águas do Pacífico (± 22 °C/23 °C);	• águas mais quentes que o normal (em 1982/83: 5 °C/7 °C acima da média; em 1997/98: 3,5 °C acima do normal);
• enfraquecimento do centro de BP, às vezes, substituído por um centro de AP;	• descaracterização do centro de AP, que chega a ser substituído por um centro de BP;
• enfraquecimento da célula de Walker e até sua inversão;	• diminuição da ressurgência de águas frias do fundo do oceano;
• diminuição das chuvas e ocorrência de secas;	• aumento da precipitação na costa;
• melhora das condições para a pesca;	• diminuição da pesca.
• modificações climáticas globais.	

Situação de ocorrência do fenômeno La Niña:

Indonésia/Austrália:	Pacífico leste/costa sul-americana:
• centro de BP mais forte;	• fortalecimento do centro de AP;
• maior aquecimento relativo das águas oceânicas;	• águas mais frias que o normal;
• aumento da precipitação; 　• intensificação da célula de Walker; 　• modificações climáticas globais.	• intensificação das secas.

11.4.1 Efeitos

Os eventos dos fenômenos El Niño e La Niña têm tendência a se alternar a cada três a sete anos. No entanto, é possível que de um evento ao seguinte o intervalo mude de 1 a 10 anos.

Quando do fenômeno El Niño, pode até haver inversão da célula de Walker, ou seja, ventos que seguiam da costa da América do Sul para a costa australiana, em situações normais, fazem o oposto, graças à mudança dos centros de pressão, seguem da costa oriental da Austrália até a costa ocidental da América do Sul, o que implica mudanças climáticas globais.

No Brasil, de acordo com Oliveira (2001), seus efeitos podem ser assim resumidos:

- Região Norte – Diminuição da precipitação e das secas.
- Região Nordeste – Seca severa.
- Região Centro-oeste – Não há evidências de efeitos pronunciados de chuvas nessa região. Tendência de chuvas acima da média e temperaturas mais altas no sul do Mato Grosso do Sul.
- Região Sudeste – Moderado aumento das temperaturas médias. Não há padrão característico de mudanças no regime das chuvas.
- Região Sul – Precipitações abundantes notadamente na primavera e inverno. Aumento da temperatura média.

Já durante os episódios do fenômeno La Niña, ocorre quase o oposto, a costa sul-americana, que em situações normais, é mais fria que a costa australiana, fica ainda mais fria, reforçando a área de alta pressão aí observada.

No Brasil, de acordo com Oliveira (2001), seus efeitos podem ser assim resumidos:

- Região Norte – Aumento das precipitações.
- Região Nordeste – Aumento das precipitações.
- Região Centro-oeste – Área com baixa previsibilidade.
- Região Sudeste – Área com baixa previsibilidade.
- Região Sul – Secas severas.

11.4.2 Origens

Segundo Mendonça e Danni-Oliveira (2007), as pesquisas desenvolvidas até o presente apontam quatro possíveis origens do fenômeno:

- A tese dos oceanógrafos: a origem do evento El Niño é interna ao próprio Oceano Pacífico. Para os oceanógrafos, o fenômeno seria resultante do acúmulo de águas quentes na porção oeste desse oceano por causa da intensificação prolongada dos ventos de leste nos meses que antecedem o El Niño, o que faz o nível do mar se elevar ali em alguns centímetros. Com o enfraquecimento dos alísios de sudeste, a água desliza para leste, bloqueando o caminho das águas frias provenientes do sul.
- A tese dos meteorologistas: a origem do fenômeno é externa ao Oceano Pacífico, pois o estudo da atmosfera tropical mostra uma propagação em direção leste das anomalias de pressão em altitude. Essa propagação estaria relacionada a uma acentuação das quedas térmicas sobre a Ásia Central, o que reduz a intensidade da monção de verão na Índia, resultando na formação de condições de baixas pressões mais expressivas sobre o Oceano Índico. Os ventos alísios do leste do Índico e do oeste do Pacífico tornam-se, assim, menos ativos e criam condições para a formação do El Niño.
- A tese dos geólogos: o fenômeno é derivado de erupções vulcânicas submarinas e/ou continentais. Coincidentemente, os eventos ocorridos em 1982, 1985 e 1991 estavam relacionados a erupções no México (El Chichón), na Colômbia (El Nevado del Ruiz) e nas Filipinas (Pinatubo), respectivamente. A influência das erupções vulcânicas continentais sobre o El Niño estaria ligada, sobretudo, às cinzas vulcânicas injetadas na troposfera, o que gera alteração do balanço de radiação na superfície e perturba a circulação atmosférica.
- A tese dos astrônomos: o El Niño está ligado aos ciclos solares de 11 anos.

Essas teses, além de outras de menor difusão, revelam o estágio de elevada especulação dos conhecimentos relativos à origem do El Niño, então, se pode pressupor que todas essas origens sejam possíveis e apresentam uma interação.

capítulo 12

Oscilações e variações climáticas

O planeta Terra está em constante transformação em suas várias esferas: a litosfera, em razão do movimento das placas tectônicas; a hidrosfera, em virtude do ciclo da água; a atmosfera, por causa das variações climáticas; e a biosfera, em virtude da expansão e contração das áreas ocupadas por determinada espécie ou grupo de espécies.

Nas últimas décadas, vários estudos (HAFFER, 1969; AB'SABER, 1977; BRADLEY, 1985; ABSY et al., l993; TURCQ et al., 1993) têm demonstrado que, desde sua formação, a Terra vem experimentando de maneira cíclica períodos mais quentes e períodos mais frios.

De acordo com Penteado (1980), em escala geológica, períodos muito quentes (Devoniano, Jurássico, Eoceno) se alternam com períodos muito frios (Cambriano, Permocarbonífero, Quaternário).

Ainda de acordo com a autora, chamam-se oscilações climáticas os altos e baixos das médias de séries consecutivas de 30 anos. Denominam-se variações climáticas períodos superiores a 30 anos. Oscilações e variações, ligadas pelos mesmos processos de circulação geral, não diferem senão pela amplitude e duração. Entretanto, a maior parte dos meteorologistas usa o termo oscilações precisando sua escala no tempo:

- Oscilações geológicas: contam-se os períodos em milhões ou milhares de anos;
- Oscilações climáticas: período de vários séculos, posteriores à última glaciação quaternária;
- Oscilações seculares: períodos de 10, 20, 30 ou 50 anos (considerados no interior de um século);
- Oscilações irregulares: aquelas de uma semana a outra, de um mês a outro, de um ano a outro.

Para Tardy (1997), no Permiano, os continentes eram agrupados em torno do polo sul; a atividade tectônica global era desacelerada; o nível dos mares era baixo; o clima global (todas as zonas climáticas, sobre terra e sobre mar) era frio e seco; as estepes e os desertos são extensos; o polo sul é o centro de uma vasta glaciação. O escoamento superficial era modesto; a erosão mecânica e a erosão química eram fracas; a pedogênese era refreada; a cobertura vegetal pouco extensa.

No Cretáceo e no Paleoceno, os continentes eram divididos; seu centro de gravidade era próximo do Equador; a tectônica global acelera; o teor de CO_2 da atmosfera era 30 vezes mais que o conhecido hoje; o efeito estufa era forte; a temperatura média global era de 25 °C, ou seja, 10 °C a mais que os 15 °C atuais. O clima global era quente e úmido; os desertos eram pouco extensos; as geleiras, ausentes. O escoamento superficial era elevado (50% mais forte que atualmente); a erosão mecânica e a erosão química eram intensas; a taxa de sedimentação era elevada; a pedogênese era ativa e as lateritas se desenvolvem sobre grandes extensões; a cobertura vegetal era densa e cobria vastas superfícies nos domínios temperado e equatorial (TARDY, 1997).

Ao longo do Terciário, os continentes foram soldados novamente; dessa vez, ao redor do polo norte, ao passo que o continente Antártico, de altitude elevada, ocupava o polo sul. A tectônica global, com exceção de um sobressalto há cerca de 40 Ma, diminuiu progressivamente. Desenvolveu-se grande regressão do nível dos mares. As glaciações se sucederam desde o fim do Eoceno e culminaram ao final do Quaternário. A glaciação de Würm foi a mais rude. Os desertos, particularmente o Saara, expandiram-se em direção ao norte e ao sul; a extensão do Saara, por exemplo, é máxima há cerca de 20 mil anos. O teor em CO_2 da atmosfera diminuiu; a temperatura global também. O escoamento superficial reduziu-se; a erosão química enfraqueceu consideravelmente, embora a mecânica tenha aumentado em consequência da orogênese alpina; a floresta regrediu (TARDY, 1997).

Oscilações de segunda e terceira ordens sobrepuseram-se à tendência geral do clima que, de quente e úmido, passou a frio e seco. Tais oscilações foram também produzidas sobre o modo normal, associando estádios glaciais muito frios e secos alternados com interestádios mais amenos e úmidos. É interessante sublinhar que as flutuações dos teores em CO_2 da atmosfera, nas diferentes escalas de tempo consideradas, acompanharam as oscilações da temperatura. Geralmente considerado como responsável ou como variável explicativa do efeito estufa, o gás carbônico poderia ser visto apenas como uma variável explicada, cujas variações seriam simples consequências, e não causas, das flutuações de temperatura. As reações no ciclo do carbono, ligadas aos outros ciclos elementares, são tão numerosas e tão imbricadas que só é possível abordá-las de maneira simplificada. "*É preciso ainda investigar*" (TARDY, 1997, p. 165).

Contudo, foi durante o período Quaternário, conhecido como A Grande Idade do Gelo (SALGADO-LABOURIAU, 1994), que as mais importantes modificações no sistema terrestre, sentidas hoje, ocorreram.

No início do Quaternário, os continentes já ocupavam a posição moderna e já tinham a forma atual. O período se divide em duas épocas: o Pleistoceno, com cerca de 1,6 milhão de anos e o Holoceno, que inclui somente os últimos 10 mil anos.

Ainda de acordo com a autora, "parece que um grande resfriamento no final do Plioceno resultou no avanço dos glaciares (geleiras) em direção às baixas latitudes, em ambos os hemisférios do planeta. Como resultado, teve início a primeira grande glaciação e teria começado o Pleistoceno" (SALGADO-LABOURIAU, 1994, p. 257).

Durante o Quaternário, as glaciações se alternam com períodos interglaciais com duração de 100 mil anos e 20 mil anos, respectivamente. Os mecanismos que causaram as grandes mudanças climáticas não são totalmente conhecidos, contudo, alguns fatores correlacionados ajudam a explicar essas flutuações.

Oscilações milenares e seculares

O exame das flutuações, que ocorre há 100 anos, do fluxo dos rios do mundo inteiro e das temperaturas anuais sobre o conjunto dos oceanos e dos continentes permite a seguinte síntese: o escoamento continental global (soma dos fluxos de todos os rios e correntes que escoam sobre os continentes) aumentou. No entanto, em certas regiões do globo, o fluxo aumentou durante a primeira metade do século e diminuiu durante a segunda. Em outras regiões, ao contrário, o fluxo diminuiu durante a primeira, mas aumentou durante a segunda metade do século. As oscilações seculares da pluviosidade são compensadas de uma região para a outra. O aumento refere-se apenas aos continentes, e não aos oceanos, de sorte que nada permite concluir ter a Terra toda se tornado mais úmida. É possível, de fato, que o excesso de pluviosidade sobre os continentes seja compensado por um déficit sobre os oceanos. A escala continental, considerando o conjunto dos continentes, não deve ser confundida com a escala global, ou seja, a escala de todo o globo terrestre (TARDY, 1997).

Em 100 anos, na escala anual, as oscilações do fluxo foram muito fortes (mais ou menos 50% de um ano a outro). Todavia, de uma região para a outra, as oscilações não são sincrônicas, mas defasadas. De leste a oeste ou de norte a sul, com efeito, propagam-se ondas de seca e de umidade que constituem a explicação do mecanismo de compensação, tomado em escala continental ou planetária. As ondas defasadas que aparecem como quase cíclicas são, na verdade, policíclicas e reguladas com as frequências de emissão das manchas solares. Sobre o mar, o ritmo das vagas é o mesmo, apesar de, no porto, a posição dos barcos que flutuam não ser idêntica de um ponto a outro; uns se elevam quando outros se abaixam; uns culminam sobre as cristas, ao passo que outros estão mais abaixo, entre as cristas (TARDY, 1997).

A temperatura global média aumentou. Entretanto, como para o fluxo (fortemente ligado à pluviosidade), as oscilações seculares são compensadas em escala regional e em escala local. Para a Terra, de um ano a outro, por exemplo, as flutuações ocorrem 75% no modo normal (quente e úmido contra frio e seco) e 25% no modo anormal (quente e seco contra frio e úmido) (TARDY, 1997).

As flutuações de temperatura e de umidade são determinadas pela posição dos anticiclones e das depressões sobre os oceanos e sobre os continentes que, de um mês a outro, de um ano a outro, de um século a outro, ou mesmo de um milênio a outro, oscilam em posição, no ritmo e à maneira do SOI (*southern oscillation index* – índice de oscilação sulina – mensageiro do El Niño). Essa dança de altas e baixas pressões é determinada pelas bolhas de ar polar que, provenientes alternadamente do polo sul ou do polo norte, são enviadas mais ou menos distante para o norte ou para o sul, em direção ao Equador (LEROUX, 1994).

O estudo da bacia do Amazonas mostra que com as oscilações climáticas – as quais, como já dissemos, são fortes – variam os ritmos de consumo de gás carbônico, de mineralização da matéria orgânica, de erosão física e de erosão química. Na escala de uma estação, de um ano e de um milênio, oscilações dos fatores do clima e flutuações dos parâmetros que definem o ambiente são interconectadas (TARDY, 1997).

Tal modelo é aplicável às flutuações do clima dos últimos 20 mil anos que se seguiram à última grande glaciação, denominada glaciação de Würm.

Em torno de 18 mil anos no caso da Europa do Norte e de 16 mil anos no caso da América do Sul, instala-se um episódio frio e seco, ao passo que o Saara encontra-se muito ampliado entre 20 mil e 15 mil anos. Simultaneamente à deglaciação, instaura-se, nas regiões antes geladas, clima ameno e chuvoso (TARDY, 1997).

12.1 CAUSAS DAS VARIAÇÕES CLIMÁTICAS

De acordo com Salgado-Labouriau (1994), os fatores que podem iniciar ou terminar uma glaciação são:

a) Mudanças no relevo topográfico

O levantamento de grandes cadeias de montanhas no final do terciário (Andes, Himalaia, Alpes etc.) iniciaria a glaciação por mudança no padrão dos ventos e das regiões anticiclônicas. Mais gelo se formaria nos polos, o nível dos oceanos baixaria, isso representaria um aumento das áreas continentais que somado à elevação direta das cadeias de montanhas teria o mesmo efeito climático que se a terra tivesse se elevado.

Esse mecanismo poderia explicar uma idade do gelo, mas não sua forma cíclica, pois não foram constatadas mudanças topográficas coincidentes com os ciclos climáticos, por isso é combinado com outros mecanismos.

b) Mudanças de radiação por efeito de meteoros

Existe uma camada de pó muito fina ao redor da Terra. São partículas minúsculas de meteoros que entram na atmosfera do planeta e se pulverizam. Se houvesse um aumento dessa camada, a radiação solar diminuiria sobre a superfície terrestre. Isso levaria à redução da temperatura e iniciaria uma glaciação.

c) Mudanças de radiação por efeito de vulcanismo

Com o mesmo argumento anterior procura-se a causa do início de uma glaciação no vulcanismo intenso. As cinzas lançadas por vulcões em grande quantidade pode, sim, diminuir a radiação solar sobre a superfície, contudo, da mesma forma que a poeira dos meteoros, uma atividade vulcânica grande não pode ser a única explicação para o início de uma glaciação, a não ser que tivesse proporções descomunais. Não há registro de atividades vulcânicas colossais durante o Quaternário.

d) Mudanças na inclinação do eixo de rotação

A inclinação do eixo de rotação da Terra em relação ao seu plano de órbita varia ao longo dos séculos, quanto maior a inclinação, maior a diferença entre a temperatura do inverno e do verão, com isso haveria invernos bem mais frios e verões bem mais quentes.

Alguns autores acreditam que durante o Terciário o ângulo de inclinação era nulo, ambos os hemisférios recebiam a mesma quantidade de energia solar, não havia estações climáticas. No final do período, o ângulo teria aumentado, resultando nas quatro estações. Essa hipótese não é aceita pela maioria dos paleoclimatólogos.

e) O ciclo solar

O sol é um reator termonuclear cuja energia emitida não é constante, mas hoje obedece a um ciclo de cerca de 11, 12 anos. De todos os efeitos da maior atividade solar, o mais fácil de observar é a quantidade de manchas solares. Nas fases de ocorrência delas, há emissão de maior energia pelo Sol, o que faz a energia que atinge a superfície do planeta variar em virtude da atividade solar.

Com a diminuição da atividade solar, pressupõe-se que diminuiria a temperatura global da Terra desencadeando uma alteração em sua configuração climática.

f) Teoria de Milankovitch

De acordo com sua teoria, "Milankovitch diz que a energia global recebida pela Terra e sua distribuição ocorrem por causa dos parâmetros de movimento orbital do planeta" (SALGADO-LABOURIAU, 1994, p. 265).

As glaciações seriam resultado de três parâmetros que modificariam a quantidade de radiação solar recebida, influenciando a configuração climática terrestre.

- Obliquidade da eclíptica – afeta o gradiente térmico sazonal de acordo com a variação da inclinação do eixo de rotação do planeta, essa inclinação varia entre 22,1° e 24,5° em dois ciclos, de 41.000 e de 54.000 anos.

- Precessão dos equinócios – altera a distância entre o Sol e a Terra; a posição dos equinócios (outono e inverno) vai mudando dentro do ano em um ciclo de 22.000 anos. Essa mudança afeta também os solstícios (verão e inverno), quando o solstício de inverno ocorre mais longe do sol (afélio), a Terra recebe menos energia, e os invernos são mais rigorosos.
- A excentricidade da órbita terrestre – atualmente a órbita da Terra varia entre 0,00 (circular) e 0,06 (elíptica), em um ciclo de 100.000 e em um ciclo de 400.000 anos. Quando a órbita é elíptica, a Terra recebe mais 3,5% de energia solar no periélio e menos 3,5% de energia no afélio.

Os três parâmetros orbitais têm ciclos diferentes, com isso, a interação entre eles pode reforçar ou suavizar um efeito; o resultado é a maior ou menor energia recebida pela Terra do Sol. De acordo com a hipótese de Milankovitch, quando a recepção de energia chegasse ao mínimo, a Terra entraria em uma Idade do Gelo. Em oposição, um interglacial ocorreria quando as três variáveis resultassem em um máximo de ganho energético.

Outros autores incluem, entre outros fatores, os ciclos do sistema solar, principalmente dos grandes planetas, Júpiter, Saturno e Urano. Como todas as forças que envolvem o sistema solar estão inter-relacionadas, os parâmetros orbitais da Terra estão ligados aos dos outros planetas. Quanto mais ciclos entram em fase, maior o efeito sobre o clima global.

Ainda de acordo com a autora, nenhuma das teorias explica todas as glaciações de maneira satisfatória, porém mostram algumas causas de variação do balanço energético que influem diretamente na temperatura da Terra.

g) Movimentação tectônica

De acordo com Tardy (1997), na escala dos tempos geológicos, o clima dos continentes oscila conforme as flutuações da tectônica global por várias razões:

- há, inicialmente, razões relacionadas à posição. Quando os continentes são reagrupados em torno dos polos, instalam-se naturalmente períodos glaciais, frios e secos. Quando, ao contrário, vastas áreas oceânicas rodeiam os polos, as condições suavizam-se. Quando os continentes estão localizados em torno dos trópicos e do Equador, instalam-se climas quentes. No primeiro caso, a tendência é para a umidade; no segundo, para o caráter seco;

- em seguida, razões relacionadas à configuração. Quando os continentes estão fragmentados, as costas marítimas são longas e os climas são úmidos (sobretudo nas baixas latitudes e sobre as costas orientais); quando os continentes se reagrupam, o clima tende, ao contrário, ao caráter seco, pois as distâncias até a costa aumentam. Tal característica é, sobretudo, marcante ao longo das costas ocidentais e nas latitudes tropicais, onde se localizam os desertos;
- finalmente, razões ligadas à composição química da atmosfera e, particularmente, ao seu teor em gás carbônico. A abundância desse elemento na atmosfera provoca aquecimento e aumento da evaporação sobre as zonas oceânicas tropicais. Por consequência, a evaporação sobre os oceanos provoca um aumento da umidade sobre os continentes, particularmente nas zonas equatoriais e sob as latitudes médias, temperadas. A redução de seu teor, por outro lado, provoca queda na temperatura e umidade globais.

12.2 EFEITOS DAS VARIAÇÕES CLIMÁTICAS

As variações climáticas ocorridas, sobretudo durante o Pleistoceno, trouxeram várias consequências para a superfície terrestre. As principais são apresentadas a seguir:

a) Mudanças no nível do mar

Durante o Pleistoceno, ocorreram períodos mais quentes que o atual, com isso, houve o derretimento dos glaciares, que aumentou o nível do mar em relação ao atual; por outro lado, ocorreram períodos mais frios, que aumentaram a porcentagem de água no estado sólido, o que fez o nível do mar reduzir. De acordo com Salgado-Labouriau (1994), o nível do mar baixou entre 70 metros e 180 metros durante a última glaciação, com isso, a maior parte da plataforma continental estaria emersa (Figura 12.1). As ilhas que hoje estão sobre a plataforma estariam interligadas ou fariam parte do continente.

De acordo com a Figura 12.1, a faixa sombreada corresponde aproximadamente à plataforma continental que fazia parte do continente no máximo da última glaciação.

Oscilações e variações climáticas 233

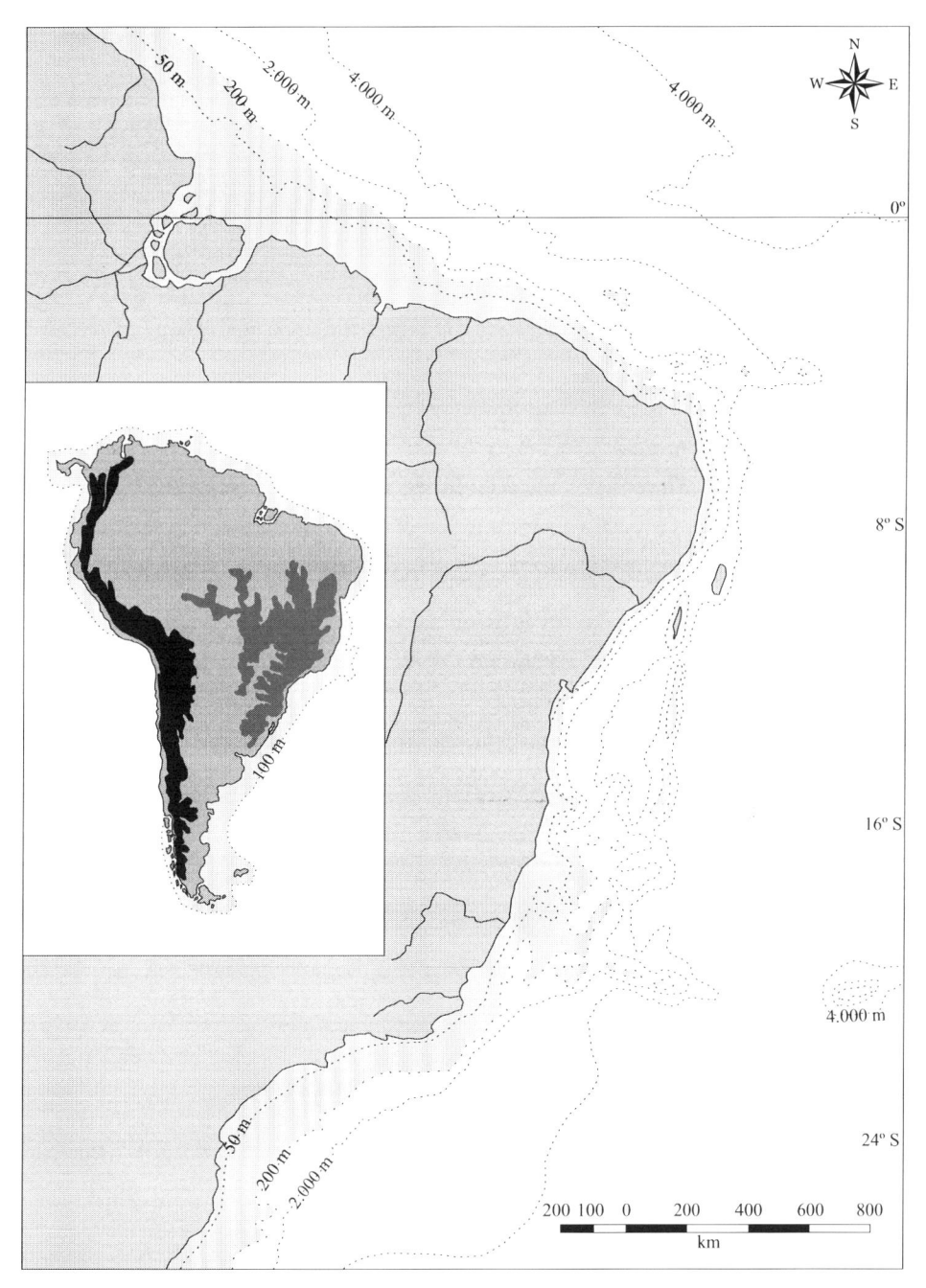

Encaixe: a faixa de 100 metros de profundidade na América do Sul, que deve ter ficado acima do nível do mar.
Adaptado de: Salgado-Labouriau (1994).

Figura 12.1 Curvas batimétricas no litoral do Brasil

Ao baixar o nível do mar, fauna e vegetação puderam migrar para áreas antes separadas por barreiras, estabelecendo novas pontes. Um exemplo desse processo foi que, durante a última glaciação, o estreito de Bering era uma ponte de terra, ligando a Ásia à América, rota e período provável para a chegada do *Homo sapiens* ao continente americano.

b) Efeitos sobre os continentes

Com o aumento das superfícies dos continentes, tem-se pelo efeito da continentalidade, maior gradiente térmico sazonal, ou seja, verões mais quentes e invernos mais frios, isso se deve à falta do poder amenizador da água. Como a água demora mais para ganhar e perder calor (maior calor específico), ao transferir de forma lenta calor para o ar atmosférico, mantém este com uma temperatura mais amena, por outro lado o continente esquenta mais rápido e esfria mais rápido (menor calor específico) resultando em maior amplitude térmica em áreas longe de grandes superfícies hídricas.

c) Efeito sobre a quantidade de água na atmosfera

Com uma menor superfície de água nos oceanos e menor poder evaporativo da radiação solar, diminuiu a quantidade de vapor de água na atmosfera, bem como o índice pluviométrico e a umidade absoluta do ar.

d) Efeitos sobre a distribuição da biota terrestre

De acordo com Haffer e Prance (2002), as variações climáticas provocaram mudanças globais na distribuição de florestas tropicais e demais vegetações não florestais antes e durante o Cenozoico (Terciário-Quaternário). Os biomas continentais de florestas e vegetações não florestais mudaram continuamente sua distribuição durante o seu passado geológico, fragmentando-se em blocos isolados, expandindo-se e juntando-se novamente sob condições climáticas alternadas entre secas e úmidas. Entretanto, durante as diversas fases climáticas, comunidades de plantas e animais fragmentaram-se e as espécies mudaram suas distribuições de maneira individual. Esse isolamento promoveu "destinos" evolutivos diferentes para cada fragmento, o que representou um grande número de especiações, originando espécies distintas das antecessoras.

Esse fator levou a geração da teoria dos refúgios (HAFFER, 1969; VANZOLINI e AB'SABER, 1968; VANZOLINI, 1970; AB'SABER, 1977). Para Viadana (2002), a ideia da teoria, em síntese, é:

> *[...] a que flutuações climáticas da passagem para uma fase mais seca e fria durante o Pleistoceno terminal, a biota de florestas tropicais ficou retraída às exíguas áreas de permanência da umidade, a constituir os refúgios e sofrer, portanto, diferenciação resultante deste isolamento. A expansão destas manchas florestadas tropicais, em consequência da retomada da umidade do tipo climático que se impôs ao final do período seco e mais frio, deixou setores de maior diversidade e endemismos como evidência dos refúgios que atuaram no Pleistoceno terminal.*

A razão da existência de um clima mais seco e frio no período citado está relacionada com a glaciação de Würm-Wisconsin. Durante esse período, como já observamos, houve diminuição da quantidade de água na atmosfera.

No Brasil, de acordo com Silva (2004), a corrente fria das Malvinas ficou mais intensa chegando até o litoral sul do atual estado da Bahia. Toda a faixa litorânea do Brasil sul e sudeste passou a ter influência direta dessa corrente fria de maneira semelhante como ocorre hoje nos litorais do Pacífico da América do Sul. Essas faixas de terra, entre as quais a atual plataforma marinha que então aflorava, eram espaços secos com condições para que as caatingas do nordeste se expandissem (Figura 12.2).

Com essa sensível mudança climática, os quadros vegetacionais da América do Sul sofreram uma reconfiguração. Assim, segundo Ab'Saber (1977), as florestas úmidas do litoral atlântico ficaram refugiadas, permanecendo em escarpas mais úmidas de maneira descontínua na Serra do Mar. As temperaturas mais baixas proporcionaram uma expansão das florestas de araucárias para áreas interiores dos estados do sul e sudeste, além dos campos de altitude. Os cerrados resistiram parcialmente ao avanço das caatingas, existindo muitos indícios de sua presença nas depressões interplanálticas do Brasil Central (AB'SABER, 2003).

As caatingas, no entanto, se expandiram pelas novas faixas de terras afloradas no litoral, avançando sobre depressões e locais mais áridos do sul e do sudeste. A Amazônia, por sua vez, sofreu uma retração e boa parte de seu atual espaço acolheu os cerrados.

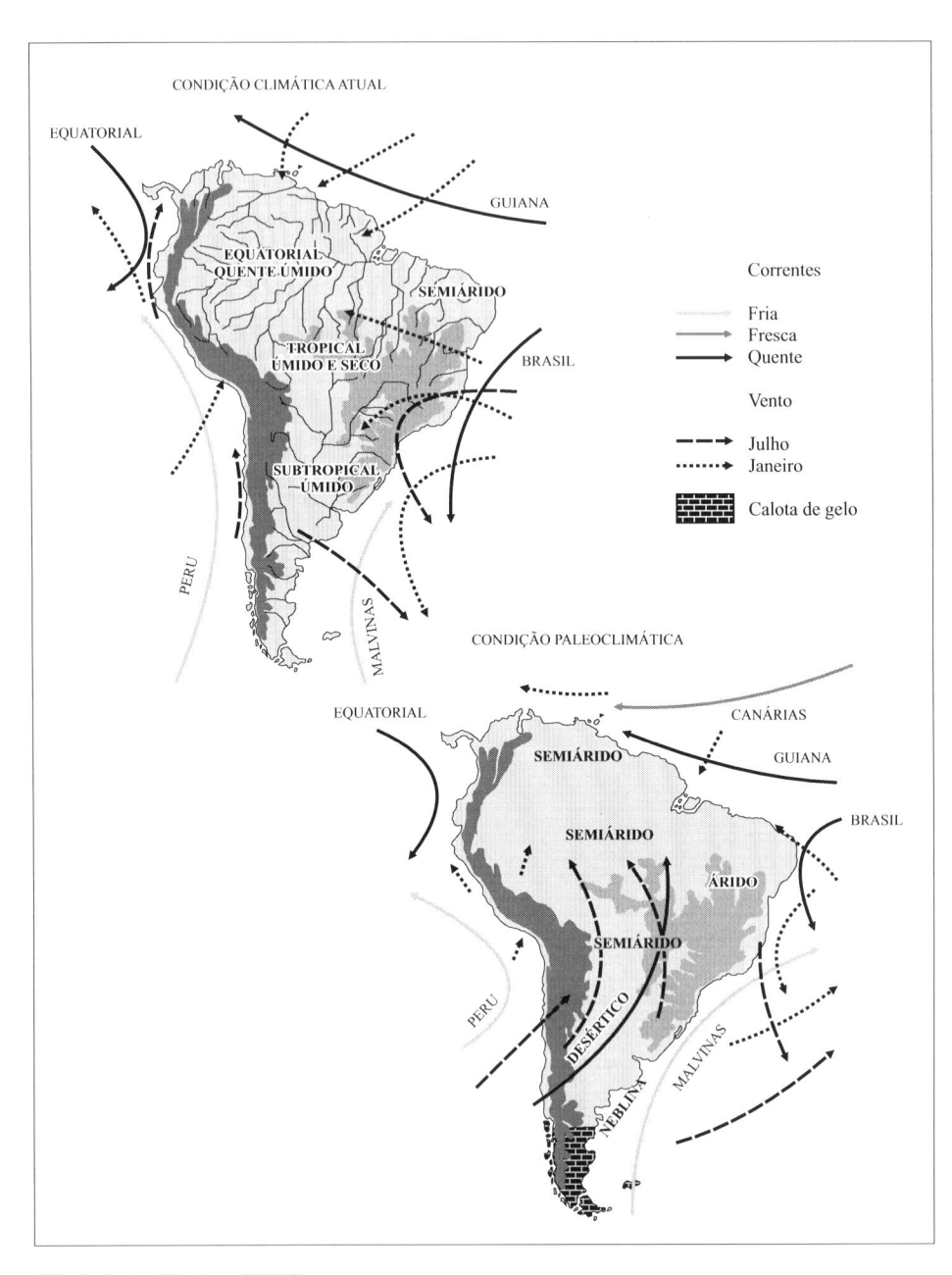

Adaptado de: Viadana (2002).

Figura 12.2 Condições climáticas atuais e durante a glaciação de Würm-Wisconsin

Ainda de acordo com Ab'Saber, com a retomada do clima mais quente, no Holoceno, os processos se inverteram, a umidade passou a favorecer ecologicamente a vegetação então refugiada, em uma eventual competição ecológica, e a sua expansão para espaços então ocupados pela vegetação xerófita.

A retração e o avanço dos grandes biomas sul-americanos durante fases de desintegração resistásica e equilíbrio biostático (ERHART, 1966) são responsáveis, em grande parte, pela riqueza genética dos meios naturais, pois, mesmo com a retomada da umidade/acentuação de aridez, muito da vegetação alóctone sobreviveu nos locais onde se manteve um ambiente favorável ao cumprimento de suas funções ecológicas, muitas dessas funções persistindo até os dias atuais, provocando o funcionamento de processos evolutivos complexos (AB'SABER, 1992).

capítulo 13

Estrutura meteorológica

Sobre as observações de superfície, é importante atentar para o que está disposto no *Manual de Observação de Superfície* (Ministério da Agricultura, 1969, p. 1):

> *Uma observação meteorológica de superfície consiste na medição ou determinação de todos os elementos que, em seu conjunto, representam as condições meteorológicas em um momento dado e em determinado lugar, utilizando instrumental adequado e valendo-se da vista. Estas observações, realizadas em forma sistemática, uniforme, ininterrupta, e em horas estabelecidas, permitem conhecer as características e variações dos elementos atmosféricos, os quais constituem os dados básicos para a confecção de cartas de previsão do tempo, para o conhecimento do clima, para investigação das leis gerais que regem fenômenos etc. As observações devem ser feitas, invariavelmente, nas horas indicadas e sua execução terá lugar no menor tempo possível. É de capital importância prestar atenção a estas duas indicações porque o descuido das mesmas dará lugar, pela constante variação dos elementos, à obtenção de dados que, por serem tomados a distintas horas, não podem ser comparáveis. A definição anterior, por si mesma, exclui qualquer possibilidade de informação com caráter de previsão de condições futuras do tempo por parte do observador. Com isso, deve ficar claro que o observador, ao preparar uma observação meteorológica de superfície, deverá se restringir a informar as condições de tempo reinantes no momento de observação. Não lhe é facultado informar o tempo que ocorrerá em momento futuro, mesmo que*

sua experiência e conhecimentos pessoais lhe permitam prever mudanças importantes no tempo.

Como já notamos, uma observação é composta de vários elementos; alguns são obtidos por observação visual direta do fenômeno, outros são obtidos por meio de leituras e indicações de instrumentos especiais.

As observações para fins sinópticos, em qualquer lugar do mundo, são feitas de acordo com a hora universal. As horas-padrão fixadas são Hora Média de Greenwich (TMG), e não hora local, o que, no caso de grande parte do território nacional (em função do fuso horário no qual está incluída) compreende leituras diárias às 9 horas, às 15 horas e às 21 horas, exceto na época em que está vigorando o horário de verão, quando as leituras são realizadas às 10 horas, às 16 horas e às 22 horas, mantendo-se, assim, um padrão internacional de observações, ou seja, às 12 horas, às 18 horas e às 24 horas TMG.

No Brasil, as observações meteorológicas em escala nacional são feitas pelos Ministérios da Agricultura, Aeronáutica e Marinha. As observações dos Ministérios da Aeronáutica e da Marinha estão direcionadas à navegação aérea e marítima. O Ministério da Agricultura, por meio do Instituto Nacional de Meteorologia (Inmet), é responsável pela coordenação e pelo desenvolvimento das atividades meteorológicas no país. Em escala mundial, o Inmet é o representante do Brasil na Organização Meteorológica Mundial (OMM), responsável pela coordenação das atividades meteorológicas no mundo.

A meteorologia só chegou, de fato, ao Brasil em 1909, com a criação da Diretoria de Meteorologia e Astronomia do Ministério da Agricultura, Indústria e Comércio. Hoje, as previsões do tempo em todo o país são de responsabilidade do Instituto Nacional de Meteorologia, que é vinculado ao Ministério da Agricultura.

O Inmet possui uma estrutura composta de um órgão central e dez órgãos regionais ou distritos de meteorologia. Cada distrito de meteorologia é constituído de uma sede, de agências estaduais de meteorologia, de estações meteorológicas e de telecomunicações. Na sede do distrito, além da seção de apoio administrativo, existem as seções técnicas de observações meteorológicas, de previsão do tempo e de telecomunicações.

Para que as observações meteorológicas cheguem rapidamente aos centros de análise meteorológica, os serviços de meteorologia precisam estar dotados de uma eficiente rede de telecomunicações.

Constam do Centro Regional de Comunicações, localizado em Brasília, cinco centros coletores, nove subcentros coletores e mais de 400 estações terminais. Os centros coletores estão localizados nas cidades de Belém, Recife, Porto Alegre, Rio de Janeiro e Cuiabá. Os subcentros coletores estão localizados nos municípios de Rio Branco, Manaus, Floriano, Fortaleza, Salvador, Belo Horizonte, São Paulo, Curitiba e Florianópolis. As estações terminais estão localizadas nas estações climatológicas principais e ordinárias.

Nas estações terminais, as observações meteorológicas e as condições de tempo são transformadas em mensagem, que é transmitida por telefone ou fax aos centros ou subcentros coletores. Estes reúnem as mensagens em boletins ou coletivos parciais e os transmitem para os centros coletores. Os centros coletores reúnem os coletivos parciais em forma de coletivos territoriais e os transmitem ao Centro Regional de Telecomunicações de Brasília. O Centro Regional de Telecomunicações de Brasília, recebendo os coletivos territoriais, organiza o coletivo do Brasil (Figura 13.1). Após receber os coletivos dos centros meteorológicos regionais da Argentina e da Venezuela, organiza o coletivo da América do Sul. Esse coletivo é fornecido ao Centro de Análise e Previsão do Inmet e é transmitido ao Centro Meteorológico Mundial de Washington (EUA), que troca essas informações com os outros dois centros meteorológicos mundiais, localizados na Austrália e na Rússia.

O sistema global de telecomunicação meteorológica do Programa de Vigilância Meteorológica Mundial é formado por um circuito tronco principal que interliga os centros meteorológicos mundiais de Washington, Moscou e Melbourne (Austrália) (Figura 13.2).

Classificação das estações meteorológicas de superfície quanto à finalidade:

a) Estação sinótica: objetiva a previsão do tempo. As medições realizadas são direção e velocidade do vento, temperatura do ar, umidade relativa do ar, chuva, pressão atmosférica, nuvens, geadas. As leituras são realizadas às 9 horas, 15 horas e 21 horas.

b) Estação climatológica: tem por finalidade obter dados para determinar o clima de uma região, após um histórico de no mínimo 30 anos de observação. As medições realizadas são direção e velocidade do vento, temperatura do ar, umidade relativa do ar, chuva, pressão atmosférica, nuvens, geadas, temperatura do solo, evapotranspiração, orvalho, evaporação e radiação solar. As leituras são realizadas às 9 horas, 15 horas e 21 horas.

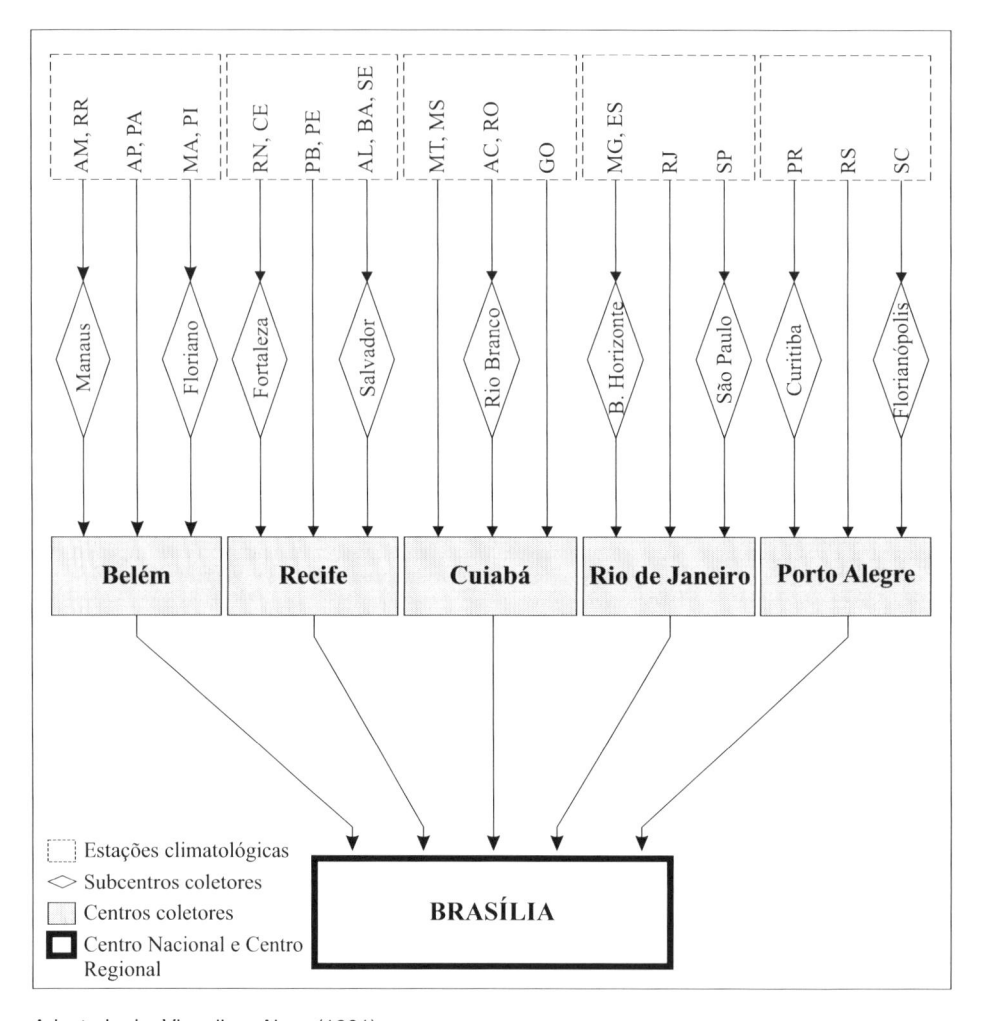

Adaptado de: Vianello e Alves (1991).

Figura 13.1 Fluxograma das observações meteorológicas realizadas no Brasil

c) Estação agroclimatológica: tem por finalidade fornecer informações para estudar a influencia do tempo (elementos meteorológicos) sobre as culturas, além de realizar observações que determinam o crescimento e desenvolvimento das culturas.

O local de instalação da estação deve ser representativo na região. Tem abrangência de cerca 150 km² ao redor da estação. Requisitos da área:

Estrutura meteorológica 245

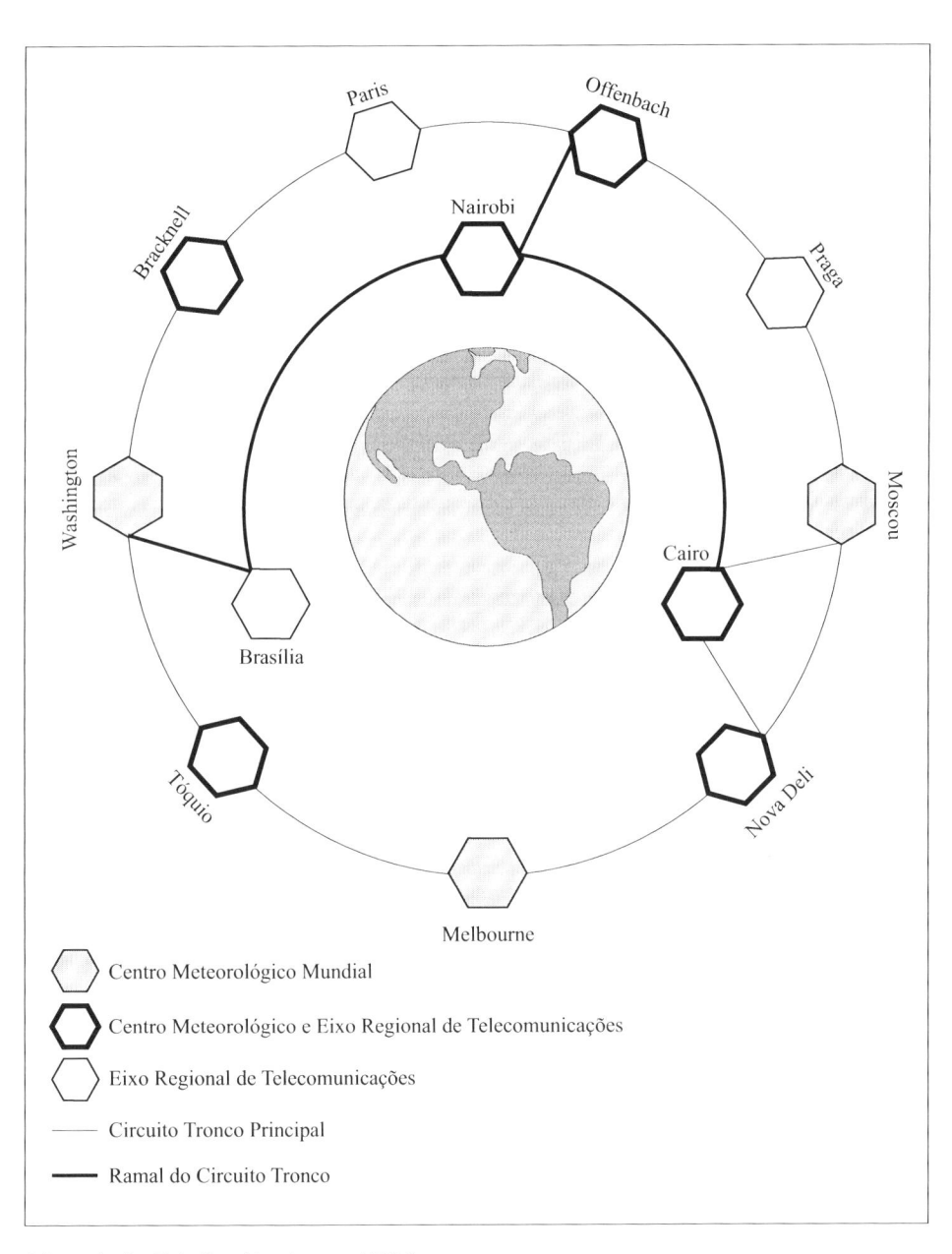

- ⬡ Centro Meteorológico Mundial
- ⬢ Centro Meteorológico e Eixo Regional de Telecomunicações
- ⬡ Eixo Regional de Telecomunicações
- ——— Circuito Tronco Principal
- ▬▬▬ Ramal do Circuito Tronco

Adaptado de: Tubelis e Nascimento (1984).

Figura 13.2 Sistema global de telecomunicação meteorológica

a) exposição aos ventos gerais da região, não deve ser instalada em fundo de vale;
b) horizontes amplos, ou seja, não pode haver barreiras que impeçam a incidência da radiação solar ou que modifiquem o vento;
c) distante de cursos d'água, pois esses modificam o balanço de energia;
d) solo representativo da região, plano, que não acumule água; a área deve ser gramada a fim de minimizar os efeitos das diferentes texturas.

A grama deve ser cortada periodicamente de modo a manter 10 cm, evitando-se, assim, o sombreamento de equipamentos como o radiômetro de Gun-Belani. Os equipamentos devem estar sempre calibrados. Cercas e mourões devem ser pintados de branco, e as portas da estação e do abrigo devem ser mantidas fechadas.

A área que os aparelhos devem ocupar deve ser tal que evite o sombreamento ou a interferência de um equipamento no outro (Figura 13.3). A estação deve ser cercada a fim de evitar animais na área. A tela deve ser de arame galvanizado com malha de 5 cm e 1,5 metro de altura (OMM). O terreno deve ser plano, gramado e bem drenado. Junto à estação deve haver uma casa de alvenaria cuja finalidade é armazenar os instrumentos de medida de pressão, além do radioamador.

Na porção norte, devem ficar os instrumentos que não podem ser sombreados, como heliógrafo, actinógrafo, geotermômetros, tanques de evaporação, pluviômetros e evapotranspirômetros. Na porção central, deve ser instalado o abrigo meteorológico, cuja porta deve estar voltada para o sul. Na porção sul, devem ser instalados os aparelhos mais altos, como o anemômetro.

13.1 PRINCIPAIS INSTRUMENTOS

1. Heliógrafo de Campbel-Stokes

Aparelho que mede a insolação, ou seja, mede o intervalo de tempo de céu descoberto quando o sol se encontra acima do horizonte (em horas).

Compõe-se de uma perfeita esfera de cristal suspensa em suporte semicircular, tendo por baixo uma armação metálica em forma de concha, na qual existem seis ranhuras em que são colocadas as tiras de papelão. A tira curva comprida é utilizada da metade de outubro até o fim de fevereiro. A tira reta

Estrutura meteorológica 247

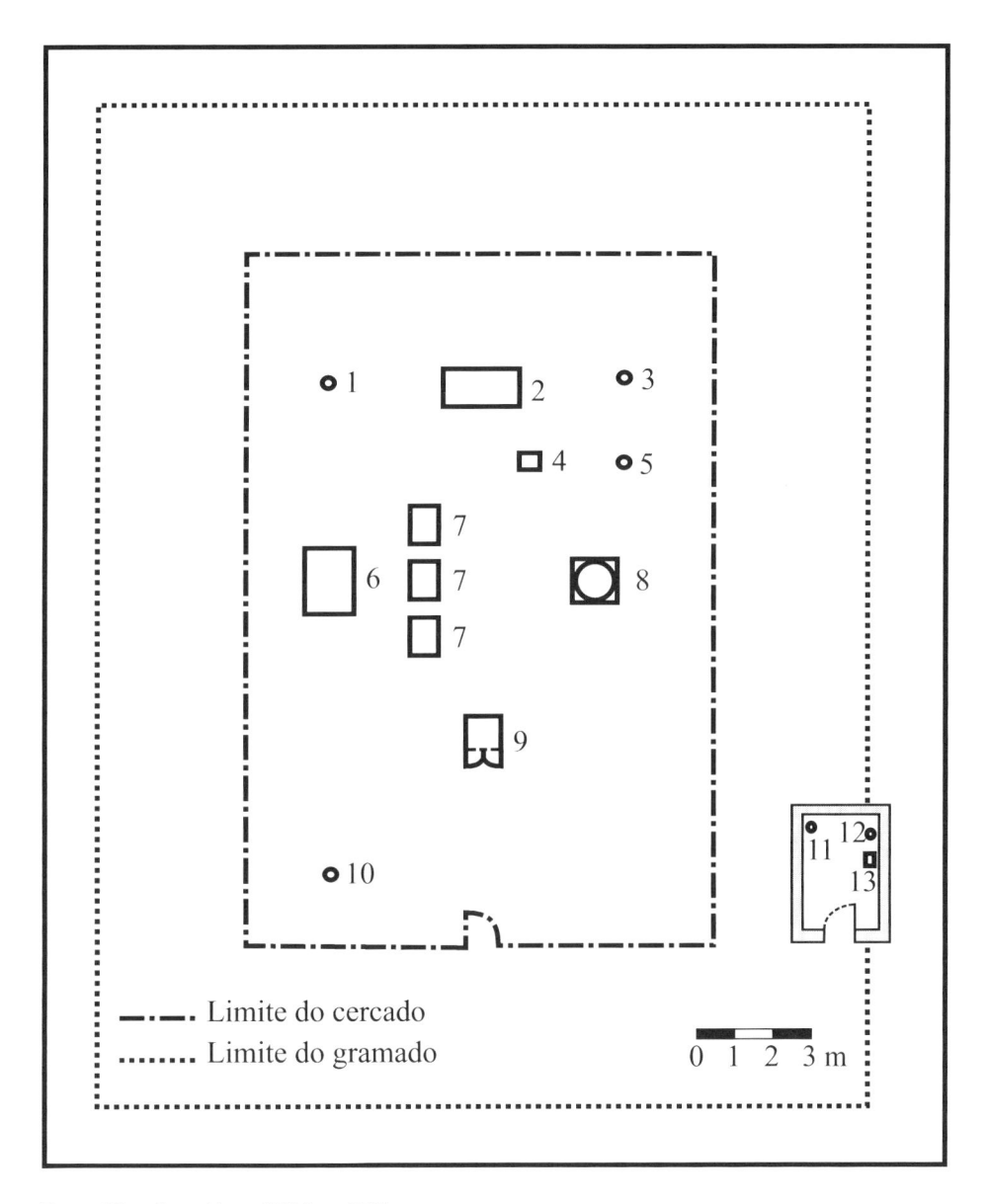

—·—· Limite do cercado
········ Limite do gramado

0 1 2 3 m

Fonte: Vianello e Alves (1991, p. 279).

Figura 13.3 Planta baixa de uma estação climatológica e respectivos instrumentos:
1 – heliógrafo e actinógrafo; 2 – conjunto de geotermômetros; 3 – pluviógrafo;
4 – orvalhógrafo; 5 – pluviômetro; 6 e 7 – evapotranspirômetro (6 – poço de coleta e
7 – canteiros irrigáveis); 8 – tanque de evaporação; 9 – abrigo meteorológico;
10 – anemômetro e catavento de leitura instantânea; 11 – anemógrafo universal;
12 – barômetro-padrão; 13 – barógrafo

é utilizada do princípio de março até a metade de abril e do princípio de setembro até a metade de outubro. A tira curva curta é utilizada da metade de abril até o fim de agosto.

2. Conjunto de geotermômetros

Determina a temperatura do solo. Consiste em uma haste de vidro que apresenta uma saliência, o ponto de referência que deve ficar na superfície da terra. É fixado em suporte específico. Apresenta um bulbo que deve ser enterrado no solo conforme a profundidade desejada. As profundidades mais comuns são: 2,5 cm, 10 cm e 20 cm na disposição leste/oeste. A menor profundidade deve ser colocada no lado oeste. A extremidade superior da haste deve apontar para o norte. A variação da medição é de −13 °C a 60 °C, com subdivisões de 0,2 °C, podendo-se estimar até 0,1 °C.

3. Pluviógrafo

Registra a cada instante de tempo a precipitação pluvial, informando o total de chuva e a intensidade (mm/h). Consiste em uma boca de captação de 200 cm^2 que descarrega a água em um depósito que possui uma boia. Na medida em que o depósito se enche de água, a boia se eleva, acionando uma pena que registra a precipitação em um gráfico acoplado a um tambor. O tamanho do depósito é limitado a 10 mm. Na extremidade inferior, possui um sifão para escoar a precipitação captada.

4. Pluviômetro

Mede a quantidade de precipitação pluvial (chuva), em milímetros (mm). A altura da chuva é dada pela razão entre o volume inicial e a superfície em questão. O recipiente é um tronco cônico com área de captação e torneira na parte afunilada inferior.

5. Evaporímetro de Pichè

Mede a evaporação – em mililitros (mL) ou em milímetros de água evaporada – com base em uma superfície porosa, mantida permanentemente umedecida por água. Tubo cilíndrico de vidro de 35 cm de comprimento e 1,5 cm de diâmetro externo. Graduado em 30 cm^3 com divisões a cada 0,1 cm^3.

6. Tanque de evaporação

Serve para determinar a capacidade evaporante da atmosfera a fim de medir a evaporação de uma superfície livre de água. Tem diâmetro de 1,219 m por

25,4 cm de altura feito de chapa galvanizada número 22. Assentado sobre caibros (estrado) nivelados com vãos cheios de terra. É constituído, ainda, por poço tranquilizador nivelado, no qual se faz a leitura com aparelho chamado micrômetro de gancho assentado em cima do poço.

Em casos especiais, deve-se colocar tela de arame hexagonal para evitar entrada de galhos, folhas e pássaros. Nesse caso, é preciso fazer a correção da leitura. Outro tanque deve estar junto a fim de servir de depósito de água.

No tanque principal, deve haver um termômetro de máxima e mínima flutuando sobre a água. É necessário um anemômetro para medir a velocidade do vento.

Manejo e operação: enche-se o tanque até 5 cm da borda superior. O nível de medida permitido é 7,5 cm da borda superior, ou seja, a cada 25 mm de evaporação, é necessário recolocar água.

7. Abrigo meteorológico

O abrigo encontra-se a uma altura padrão de 1,5 metro. É construído com ripas de madeira branca que permitem ventilação natural e, ao mesmo tempo, criam condições de sombra. Alguns instrumentos ficam no seu interior:

7.1. Termômetro de máxima e mínima

Registra as temperaturas máxima e mínima do ar (°C) ocorridas no dia.

7.2. Termômetro

Indica a temperatura do ar.

7.3. Psicômetro

Mede a umidade relativa do ar – de modo indireto – em porcentagem (%). Compõe-se de dois termômetros idênticos: um denominado termômetro de bulbo seco e outro, com o bulbo envolvido em gaze ou cadarço de algodão mantido constantemente molhado, denominado termômetro de bulbo úmido.

8. Anemômetro e catavento

Mede a velocidade (em m/s) e a direção (em graus) do vento. O catavento possui um vão metálico que tem uma extremidade em forma de cone que indica o sentido de onde vem o vento e outra extremidade com duas aletas separadas por um ângulo de 22°. O conjunto é móvel juntamente com um ponteiro que indica, sobre uma parte fixa, a direção do vento. Na parte fixa, estão os pontos cardeais e os números representativos da direção do vento.

O anemômetro é formado por três a quatro conchas instaladas sobre um eixo vertical fixado a uma engrenagem que movimenta um mostrador. Os dados são acumulados e divididos pelo período.

9. Anemógrafo

Registra continuamente a intensidade do vento, bem como sua direção e seu sentido.

10. Barômetro

Mede a pressão atmosférica em coluna de milímetros de mercúrio (mm Hg) e em hectopascal (hPa).

11. Barógrafo

Registra a pressão atmosférica ao longo do dia.

12. Termo-higrográfo

Registra continuamente a temperatura do ar e a umidade relativa do ar à sombra.

Referências bibliográficas

AB'SABER, A. N. O*s domínios de natureza no Brasil: potencialidades paisagísticas*. São Paulo: Ateliê Editorial, 2003.

_____. A teoria dos refúgios: origem e significado. *Revista do Instituto Florestal*, São Paulo, edição especial, mar. 1992.

_____. Espaços ocupados pela expansão dos climas secos na América do Sul, por ocasião dos períodos glaciais quaternários. *Paleoclimas*, São Paulo: IGEOG-USP, n. 3, p. 1-19, 1977.

ABSY, M. L. et al. A história do clima e da vegetação pelo estudo do pólen. *Ciência Hoje*, n. 16, p. 26-30, 1993.

ARGENTIÉRE, R. *A atmosfera*. São Paulo: Pinçar, 1960. 248 p.

ATKINSON, B. W.; GADD, A. *O tempo*. São Paulo: Círculo de Leitores, 1990.

AYOADE, J. O. *Introdução à climatologia para os trópicos*. Rio de Janeiro: Bertrand Brasil, 2003.

AZEVEDO, A. (Org.). *Brasil*: a terra e o homem. São Paulo: Editora Nacional, 1968.

BAGNOULS, F.; GAUSSEN, H. Les climats biologiques et leurs classifications. *Ann. Géogr.*, 66, p. 193-220, 1957.

BARBOSA, L. B.; ZAVATINE, J. A. Dinâmica pluvial e movimentos de massa: considerações iniciais a respeito de um estudo de caso, região noroeste da área urbana em Juiz de Fora – MG. In: SIMPÓSIO BRASILEIRO DE CLIMATOLOGIA GEOGRÁFICA – CLIMA E AMBIENTE, 4, 2000, Rio de Janeiro. *Anais...* Universidade Estadual do Rio de Janeiro, 2000. CD-ROM.

BARRY, R. G.; CHORLEY, R. J. *Atmosphere, weather and climate*. Londres: Methuen, 1976.

BERGER, A. et al. Insolation and Earth's orbital periods. *Journal Geophysical Research* 98 (D6), p. 10341-62, 1993.

BLOOM, A. L. *A superfície da Terra*. São Paulo: Edgard Blüsher, 1988.

BRADLEY, R. S. *Quaternary paleoclimatology:* methods of paleoclimatic reconstruction. Boston: Allen & Unwin. 1985.

BRANCO, S. M. *Água*: origem, uso e preservação. São Paulo: Moderna, 1988. 96 p.

_____. *O meio ambiente em debate*. São Paulo: Moderna, 1993.

BUDYKO, M. I. *The heat balance of the Earth's surface*. Washington: U.S. Department of Comerce, 1956.

CPTEC/INPE. *Princípios de meteorologia e meio ambiente*. Disponível em: < http://www.cptec.inpe.br/glossario/>. Acesso em: 16 jun. 2008.

DOMINGUEZ, A. *A formação da Terra*. Rio de Janeiro: Salvat, 1979.

ERHART, H. A teoria bio-resistásica e os problemas biogeográficos e paleobiológicos. *Notícia Geomorfológica*, Campinas, n. 11, p. 51-8, 1966.

FLOHN, H. Neue Auschavvgen über die allgemeina zirulation der atmosphare und ihre klimatische bedeutung. *Erdkunde*, 4, p. 141-62, 1950.

FORSDYKE, A. G. *Previsão do tempo e clima*. São Paulo: Melhoramentos, 1969. GALETI, P. A. *Conservação do solo, reflorestamento, clima*. Campinas: ICEA, 1989.

GONÇALVES, C. W. P.; BARBOSA, J. L. *Geografia hoje*. Rio de Janeiro: Ao Livro Técnico, 1989.

GOODY, R. M.; WALKER, J. C. G. *Atmosferas planetárias*. São Paulo: Edgar Blucher, 1975.

GUERRA, A. J. T.; GUERRA, A. T. *Novo dicionário geológico geomorfológico*. Rio de Janeiro: Bertrand Brasil, 1997.

HAFFER, J.; PRANCE, G. T. Impulsos climáticos da evolução na Amazônia durante o Cenozoico: sobre a teoria dos Refúgios da diferenciação biótica. *Estudos Avançados*, v. 16, n. 46, p. 175-206, 2002.

HAFFER, J. Speciation in Amazonian forest birds. *Science*, 165, p. 131-37, 1967.

HARDY, R. et al. *El libro del clima*. Madrid: Hermann Blume, 1983.

HOLDRIDGE, L. R. Determination of world plant formations from simple climatic data. *Science*, Nova York, v. 105, n. 2727, p. 367-68, 1947.

HUGGET, R. J. *Geoecology: an evaluation approach*. Londres: 1995.

INSTITUTO BRASILEIRO DE GEOGRAFIA E ESTATÍSTICA. *Atlas geográfico escolar*. Rio de Janeiro: IBGE, 2006.

_____. *Mapa Brasil climas*, Escala 1:5.000.000. Rio de Janeiro: IBGE, 1978.

KERROD, R. *The universe*. Milão: Warwick Press, 1976.

KÖPPEN, W. P. Klassification der Klimate nach Temperatur, Niederschlag und Jahreslauf. *Petermanns Geog. Mitt.*, n. 64, p. 193-203; p. 243-48, 1918.

KOTTEK, M. et al. World Map of the Köppen-Geiger climate classification updated, *Meteorologische Zeitschrift*, Berlim, n. 15, p. 259-63, 2006.

LABORATÓRIO DE CLIMATOLOGIA E ANÁLISE AMBIENTAL. Banco de Dados do Laboratório de Climatologia e Análise Ambiental. Juiz de Fora: UFJF, 2009.

LEINZ, V.; AMARAL, S. E. *Geologia geral*. São Paulo: Nacional, 1989.

LEPSCH, I. F. *Formação e conservação dos solos*. São Paulo: Oficina de Textos, 2002.

LEROUX, M. Interprétation météorologique des changements climatiques observes en Afrique depuis 8000 ans. Climatic change and geomorphology in tropical environments. Roy. Acad. Overseas Sciences, Bruxelles, Belgique, *Geo-Eco-Trop*, v. 16, n.1-4, p. 207-258, 1994.

LOVELOCK, J. E. *The ages of Gaia*: a biography of our living Earth. Nova York: W.W. Norton & Company, Inc. 1989.

MACHADO, P. J. de O. *Meteorologia* – notas de aula. Juiz de Fora: DGEO – ICH – UFJF, 2000a.

_____. *Climatologia* – notas de aula. Juiz de Fora: DGEO – ICH – UFJF, 2000b.

MARTINS, E. C. R. *O universo* – os astros, a Terra e o homem. Rio de Janeiro: Francisco Alves, 1970.

MEC/FAE. *Atlas geográfico*. Rio de Janeiro: FAE, 1984.

MENDONCA, F. A.; DANNI-OLIVEIRA, I. M. *Climatologia*: noções básicas e climas do Brasil. São Paulo: Oficina de Textos, 2007. v. 1.

MESQUITA, S. C. P. F. *Modelação bioclimática de Portugal continental*. Lisboa, 2005, 129f. Dissertação (Mestrado em Sistemas de Informações Geográficas) – Universidade Técnica de Lisboa. Instituto Superior Técnico.

MILLER, A. A. *Climatologia*. Barcelona: Omega, 1982.

MINISTÉRIO DA AGRICULTURA. *Manual de observação de superfície*. Brasília: Ministério da Agricultura, 1969.

_____. *Atlas internacional de nuvens*. Rio de Janeiro: Ministério da Agricultura, 1956.

MOLION, L. C. B. A Amazônia e o clima da terra. *Ciência Hoje*, n. 8, p. 42-7, 1988.

MONTEIRO, C. A. de F. Sobre o índice de participação das massas de ar e suas possibilidades de aplicação à classificação climática. *Revista Geográfica*, Rio de Janeiro, v. 33, n. 61, p. 59-9, jul./dez., 1964.

MOTA, S. *Planejamento urbano e preservação ambiental*. Fortaleza: PROEDI, 1981.

NIMER, E. *Climatologia do Brasil*. Rio de Janeiro: Fundação IBGE, 1989.

OLIVEIRA, G. S. *O El Niño e você* – o fenômeno climático. São José dos Campos: Transtec, 2001.

OLIVEIRA, R. R. et al. Significado ecológico da orientação de encostas no maciço da Tijuca. O *Ecologia Brasiliensis*, Rio de Janeiro, v. 1, p. 523-41, 1995.

PÉDELABORDE, P. *Le climat du Bassin parisien. Essai d'une méthode rationnelle de climatologie physique*. Paris: Atlas, 1957.

PEEL, M. C.; FINLAYSON, B. L.; MCMAHON T. A. Updated world map of the Köppen-Geiger climate classification. *Hydrology and Earth System Sciences Discussions*, n. 4, p. 439-73, 2007.

PENTEADO, M. M. *Fundamentos de geomorfologia*. Rio de Janeiro: IBGE, 1980.

PISIAS, K. G.; IMBRIA, J. Orbital geometry, CO_2 and pleistocene climate. Woods Hole: *Oceanus*, 29, p. 43-9. 1987.

RETALLACK, B. J. *Notas de treinamento para a formação do pessoal meteorológico classe IV*. Brasília: DNMET, 1977.

RIBEIRO, C. M.; LE SANN, J. G. O diagrama ombrotérmico e a classificação climática de Bagnouls e Gaussen. *Revista Geografia e Ensino*, Belo Horizonte, ano 2, n. 7, p. 39-70, 1985.

RIBEIRO, C. M. O desenvolvimento da climatologia dinâmica do Brasil. Revista *Geografia e ensino*. Belo Horizonte: UFMG, ano 1, n. 2, 1982.

RIVAS-MARTÍNEZ, S. *Global bioclimatics* (versión 23-04-04). Phytosociological Research Center, 2004. Disponível em:<www.globalbioclimatics.org>. Acesso em: 16 nov. 2009.

_____. *Bioclimatic map of Europe* – thermotypes. Espanha: Cartographic Service, Universidade de Léon, 2001.

ROSS, J. L. S. (Org.). *Geografia do Brasil*. São Paulo: Edusp, 1995.

SADOURNY, R. *O clima da Terra*. Lisboa: Instituto Piaget, 1994.

SALGADO-LABOURIAU, M. L. *História ecológica da Terra*. São Paulo: Edgard Blücher, 1994.

SERRA, A.; RATISBONNA, L. *As massas de ar na América do Sul*. Rio de Janeiro: Serviço de Meteorologia do Ministério da Agricultura, 1942.

SILVA, E. M. O clima na cidade de Uberlândia – MG. *Revista Sociedade & Natureza*, Uberlândia, Universidade Federal de Uberlândia, Instituto de Geografia/EDUFU, ano 16, n. 30, p. 91-107, 2004.

SOARES, R. V.; BATISTA, A. C. *Meteorologia e climatologia florestal*. Curitiba: UFPR. 2004.

SORRE, M. *Les fondements de la Géographie Humaine. Les fondements biologiques. Essai d'une écologie de l'homme*, tomo I. Paris: Armand Colin, 1951.

_____. Introduction-Livre Premier: Climatophysi-que et Climatochimie. In: PIERRY, M. (Org.). *Traité de climatologie biologique et médicale I*. Paris: Masson, 1934.

STRAHLER, A. N. *Geografia física*. Barcelona: Omega, 1982. SUGUIO, K.; SUZUKI, U. *A evolução geológica da Terra e a fragilidade da vida*. São Paulo: Edgar Blucher, 2003.

SUPAN, A. Die Temperaturzonen der Erde. Berlim: *Petermanns Geog. Mitt*, n. 25, p. 349-358, 1879.

TARDY, Y. Geoquímica global: oscilações climáticas e evolução do meio ambiente desde quatro bilhões de anos. *Estudos Avançados*, São Paulo, v. 11, n. 30, p. 149-73, 1977.

TEIXEIRA, W. et al. *Decifrando a Terra*. São Paulo: Edusp, 2000.

TERJUNG, W. H.; LOUIE, S. Energy input output climates of the world: a preliminary attempt. *Arch. Met. Geoph. Bickl*, series B, 20, p. 129-66, 1972.

THORNTHWAITE, C. W.; HARE, F. K. Climatic classification in forestry. *Unasylva*, n. 9, v. 2, p. 51-9, 1955.

THORNTHWAITE, C. W. An approach toward a rational classification of climate. *Geogr. Rev.*, n. 38, p. 55-94, 1948.

TORRES, F. T. P. *A qualidade do ar em Juiz de Fora*. Juiz de Fora, 2003, 121f. Monografia (Bacharelado em Geografia). Universidade Federal de Juiz de Fora.

TROPPMAIR, H. *Biogeografia e meio ambiente*. Rio Claro: Graffset, 2004.

TUBELIS, A.; NASCIMENTO, F. J. L. *Meteorologia descritiva*: fundamentos e aplicações brasileiras. São Paulo: Nobel, 1984.

TUHKANEN, S. Climatic Parameters and Indices in Plant Geography. *Acta Phytogeographica Suecica*, n. 67, p. 1-105, 1980.

TURCQ, B. et al. Registros milenares nos sedimentos dos lagos da Serra de Carajás. *Ciência Hoje*, n. 16, p. 31-5, 1993.

VANZOLINI, P. Zoologia sistemática, geografia e a origem das espécies. Inst. Geográfico São Paulo. *Série Teses e Monografias* 3, 1970.

VANZOLINI, P. E. e A. N. AB'SABER. Divergence rate in South American lizards of the genus *Liolaemus* (Sauria, iguanidae). *Papéis Avulsos de Zoologia*, n. 21, p. 205-208. 1968.

VAREJÃO-SILVA, M. A. *Meteorologia e climatologia*. Recife: UFPE, 2006.

VIADANA, A. G. *A teoria dos refúgios florestais aplicada ao estado de São Paulo*. Rio Claro: Edição do Autor, 2002.

VIANELLO, R. L.; ALVES, R. *Meteorologia básica e aplicações*. Viçosa: Universidade Federal de Viçosa, Imprensa Universitária, 1991.

VIERS, G. *Climatologia*. Barcelona: Oikos-Tau, 1975.